花
笙
STORY

让好故事发生

柳叶刀与野玫瑰

柠檬羽嫣 著

中信出版集团 | 北京

图书在版编目（CIP）数据

柳叶刀与野玫瑰 / 柠檬羽嫣著 . -- 北京：中信出版社，2024.4
ISBN 978-7-5217-6219-8

I.①柳… II.①柠… III.①长篇小说-中国-当代 IV.① I247.5

中国国家版本馆 CIP 数据核字（2023）第 232440 号

柳叶刀与野玫瑰

著者：　柠檬羽嫣
出版发行：中信出版集团股份有限公司
　　　　　（北京市朝阳区东三环北路 27 号嘉铭中心　邮编　100020）
承印者：　北京盛通印刷股份有限公司

开本：880mm×1230mm 1/32　印张：11.5　　字数：267 千字
版次：2024 年 4 月第 1 版　　印次：2024 年 4 月第 1 次印刷
书号：ISBN 978-7-5217-6219-8
定价：59.80 元

版权所有·侵权必究
如有印刷、装订问题，本公司负责调换。
服务热线：400-600-8099
投稿邮箱：author@citicpub.com

目录

一瓣玫瑰	荒漠中的生存法则	001
两瓣玫瑰	送给她的祭天剧本	012
三瓣玫瑰	阳关道与独木桥	026
四瓣玫瑰	这世上本没有的路	040
五瓣玫瑰	看见世界的另一面	054
六瓣玫瑰	意料之外的转折	082
七瓣玫瑰	明明已是局中人	104
八瓣玫瑰	质问的意义	128
九瓣玫瑰	选择的理由	146
十瓣玫瑰	她的登天路	163
十一瓣玫瑰	24小时在线客服	180
十二瓣玫瑰	人生不如意	199
十三瓣玫瑰	现在有男朋友吗	215
十四瓣玫瑰	不正当关系	238
十五瓣玫瑰	竭尽全力的反击	254
十六瓣玫瑰	老师与老板的差别	273
十七瓣玫瑰	铁娘子的真面目	289
十八瓣玫瑰	母亲的影子	304
十九瓣玫瑰	兜兜转转人生路	325
二十瓣玫瑰	盛放的野玫瑰	344

一瓣玫瑰
荒漠中的生存法则

"你是我收的第一个女学生，期望以后你不会怪我，让你一个女孩子入了神经外科的门。"

这是苏归晓硕士毕业的时候导师对她说的话。

而眼下，站在全国 Top1 的华仁医院神经外科医生办公室门外，苏归晓听到屋里的女护士问男医生："昨天晚上值班的是苏归晓，按理应该她去跟那台急救手术，怎么周启南把下班的韩晓天叫回来了，却没找苏归晓？"

"嗐，那台急救可是脑干的大手术，院长亲自操刀，难度大，时间久，老周是怕苏归晓一个女生坚持不下来吧！要说命好还是韩晓天，咱们张主任每届两个博士，最多只能有一位留院工作，每年都得争破头，偏偏韩晓天这届和他一起的是苏归晓，女的。"

女护士有点不乐意："女的怎么了？"

男医生冷笑了一声："华仁医院神经外科自建科起到现在就没收过一个女医生入职，你觉着呢？"

苏归晓是在这个时候推门而入的。

她穿着干净齐整的白大褂,双手插在两侧的兜里,波浪般的黑色长发垂在肩上,一米七五的身高,就算穿着一双平底鞋,走路也自带气场。虽然刚刚值完24小时的班,明明该是最疲惫的时候,她脸上的妆容却依旧整整齐齐,嘴唇上如烈焰般的红色明艳得让人无法忽视。

屋里的对话戛然而止,众人看到她,目光中都闪过一抹亮色。

这就是全院有名的"神外冰美人"——苏归晓。

可转念之间,那目光中又多多少少都带了些同情的意味。

这也是全院有名的"神外陪跑者"——苏归晓。

进了屋,苏归晓径自走到病历车旁站定,之前坐着闲聊的人不知她听到了多少,有些尴尬地整理着自己的白大褂。

马上就要早交班了,距离八点还有最后一分钟。伴随着哈欠声,韩晓天跟在周启南身后进了屋,他随意在电脑桌前找了个地方站定,半靠在桌子边缘,漫不经心地抬起头,只见正对面站着的,刚巧就是苏归晓。

办公室里突然异常安静,大家都在打量着两个人的表情,而就在这片低气压中,交班正式开始。

作为值班医生,苏归晓率先开始汇报昨天夜间病人的情况:"神外一病区昨晚新收入院一人,六床患者石井川,男,四十五岁,颅内动静脉畸形拟行切除术,急诊术后转入一人……"

苏归晓话音未落,就有人突然开口打断了她:"鉴于昨晚这个病人的手术是我跟的,苏归晓不了解情况,这个病人由我来交。"

众人循声望去,只见之前还漫不经心的韩晓天此刻站得端端正正,当着科里其他所有人的面郑重其事地宣告。

了解内情的人不由低头一笑,在苏归晓值班的时候,最难的手术却是由不值班的人去跟的台，而且还当着主任们的面被韩晓天放在明面上说了出来，他这算是跟大家暗示苏归晓跟不了大手术，不如他。

而堪称诛心的是，这台手术不是苏归晓跟的，她不了解情况，韩晓天来替她交班，她连生气的理由都没有。这一轮，韩晓天"双杀"。

韩晓天从兜里掏出了一张纸，纸上写着几个潦草的数字，记录着与患者相关的具体情况，他开口道："患者马天庆于昨晚六点突发意识丧失，急诊入院完善头 CT……"

没想到，众人眼中已经毫无反抗余地的苏归晓突然开口打断了韩晓天，接着他的话继续说了下去："急诊入院后完善头 CT 和 MRI[1] 可见脑干动静脉畸形破裂出血，遂行手术切除，于七点零五分行全麻后行颅内动静脉畸形切除术，经后正中入路，可见脑桥背侧动静脉畸形血管团，行全切术，术中出血 500cc，患者术后转入 ICU，生命体征平稳。"她面无表情，声音却极为坚定。

与韩晓天不同，苏归晓全程没有看任何提示，就将手术情况快速而具体地汇报了出来。办公室的气氛变得愈发微妙了，周围的人不由得惊讶地交换着眼神，眼神中的含义大致相同：苏归晓明明没有跟台，为什么会对手术的情况这么了解？

惊讶过后，大家看了看韩晓天，他还保持着刚才叙述被打断时的姿势，从表情到体态都显得有些僵硬。再看他对面的苏归晓，她就像什么都不知道一般，在所有人的注视下坚定地说道："我是昨晚的值班医生，昨晚病人的情况理应由我来交班。"

这是她的职责，也是她的自尊。

1　磁共振成像。

她停顿了一下，环视四周，说出了最后四个字："交班完毕。"

苏归晓说完，向后退了半步，示意自己的任务已经结束，可以进入下一个环节了。

然而在她说完之后，办公室里足足安静了半分钟之久，直至主任轻咳了一声，低声道："交新病人吧。"

但这件事没有就此结束。早交班结束后，周启南叫住了苏归晓，将她和韩晓天带到了二线办公室。

周启南清了清嗓子，蹙起眉对苏归晓严肃说道："小苏啊，刚才交班的时候，晓天替你交昨晚手术病人的情况是想帮你，你不要有情绪。"

苏归晓面无表情，语调平静道："老师放心，我对这件事没有情绪，我只是不需要别人替我完成工作，不管是今早的交班，还是昨晚的手术。"

没有想到苏归晓会直接戳开昨晚手术人选的事，周启南和韩晓天脸色有些难看。

周启南眉蹙得愈发紧了："昨晚的手术做了十多个小时，我没叫你，是怕你一个女生坚持不住。平日里大家还可以关照你一二，可昨晚病人本来就病得重，又是院长亲自主刀，我们没有精力再去照看你。"

苏归晓面色未变："感谢老师关照我的心意，但我入科这么久总共跟了超过一百台手术，有哪一次我没有坚持下来，给老师们添了麻烦吗？又或者从值班次数、收病人的量、跟台的数量，我完成的标准要比韩晓天同学低吗？"

明明都是读博,都是按照一样的标准完成的,甚至她要做得更好,为什么在大事上他还是默认她不如韩晓天,还是默认她需要照顾?

对于苏归晓的问题,周启南自然回答不出,有些尴尬地低咳了一声。旁边的韩晓天试图解围道:"总归……总归女生的体力不如男生,就算你真的跟下来整台手术也会很累的。"

苏归晓只觉得这逻辑牵强得好笑,索性反问道:"难道因为韩同学你不是女生,站十几个小时手术台就不累吗?"

韩晓天明显被噎住了,嘴上却不服软:"行行行,你厉害,怪我们多管闲事、自讨苦吃,那你想怎么办?"

苏归晓没有丝毫犹豫:"下次的脑干手术我要跟台。"

看着眼前油盐不进的苏归晓,周启南只觉得有些头疼。

若论外貌,苏归晓毫无疑问是个美人坯子,在神经外科这样的男人堆里,是不折不扣的"万绿丛中一点红",原本该是个团宠一样的角色,但凡她稍微撒个娇、卖个萌,想要什么或许都会比她现在这样容易得多,至少不会像现在这样让人头疼。

周启南也想不太明白,脑干手术一台十个小时起,他们今早下台的时候也在一旁坐了好一会儿才有力气走出手术室,她非要争这个干什么。他说道:"你一个女生何必非要把自己逼成这样?"

这个问题苏归晓却回答得很快:"因为我一定要成为一名真正的神外医生。"

她一顿,又说:"我有一个病人今天上午还要做腰穿,先走了。"

话音落,苏归晓向着周启南微一鞠躬,转身离开了。

"你是我收的第一个女学生,期望以后你不会怪我,让你一个女孩子入了神经外科的门。"

这是苏归晓硕士毕业的时候导师对她说的话。

可其实早在十多年前,苏归晓就决定了一定要成为一名神经外科医生,具体点说,是一定要成为华仁医院的一名神经外科医生。

苏归晓永远忘不了十五岁时的那天夜里,母亲沈宝英焦急的惊叫声将她从梦中惊醒,她跑到父母的卧室门口,只见母亲正颤抖着手拨打120,而床上的父亲任由母亲怎么呼唤都一动不动。彼时的她还没意识到发生了什么,只记得慌乱中自己穿着拖鞋和睡衣就跟母亲上了救护车。

夜晚的马路上车不多,伴随着红蓝交织的灯光和刺耳的警笛声,救护车一路飞驰,到了急诊,医生最终也只是长叹一口气,对她们道:"病人这是醒后卒中,按照病人睡前最后清醒的时间计算,现在已经超过了六个小时,没有办法再做手术取栓了。"

沈宝英已经哭成了泪人,苦苦哀求:"医生,求求您给他做手术吧,出什么事我们都认!"

医生虽然心有不忍,态度却依旧坚决:"不行,病人现在已经超过指南上的手术时间窗,又是比较大面积的脑梗,病情比较重,我没有这个技术和能力处理,只能让他先进ICU,保守治疗,看看能不能先熬过眼下这几天。"说着从抽屉中拿出了一张ICU的知情同意书,放到沈宝英面前。

沈宝英颤抖着声音问:"如果……熬不过呢?"

医生有些不忍,但还是指了指知情同意书上的文字:"那就是这里所说的概率内的事,如果发生了,也是没办法的事。"

在这一瞬间,诊室陷入了死寂。苏归晓身后的窗户没有关严,有夜风顺着缝隙钻进来，那股凉意一寸寸地沁入她的体内，蔓延进她的心里。在她还不理解醒后卒中是什么的时候，这几个字就已经成了她这辈子的噩梦。

后来拿着沈宝英颤抖着手写下的几乎要认不出的签名离开时，医生忍不住感慨了一句："这种情况，全国也只有华仁医院神经外科的医生还可能给他做手术，可惜太远了。"

苏归晓在泪眼婆娑中猛地抬起了头。大概是从那一刻开始，华仁医院神经外科这几个字就刻进了她的心里。

后来，那个不幸的如果真的发生了。苏父没有熬过那个漫漫长夜，离开了苏归晓和她的母亲，却在苏归晓的心中留下了一个执念：她要去华仁医院神经外科，要成为在没有希望时能够为病人创造希望的、全国最好的神经外科医生。

她并非没有听说过神经外科这个专科对女性而言有多困难，堪称医学人眼里的女性禁区，更不要提是华仁医院的神经外科。可她早就打定主意，就算这里是一片荒漠，她也要扎下根来。

从那时起，她一路走来都是为了这个执念。若非当初输给了那个人，她进入华仁的时间还会再提前几年。

那个人……她来华仁有一段时间了，不知为什么一点关于那个人的消息都没有听到过。不过以那个人的天赋和能力，大概已经成了很厉害的医生了吧？

那个唯一让她输得心服口服的人。

许是因为白天的争执，这一晚苏归晓没有睡好，破碎的梦境里又出现了当初的事情。她从梦中醒来，拿过手机看了一眼时间，还差五分钟六点。不知道是不是心有灵犀，母亲也在这个时候向她发起了视频通话，苏归晓略一叹气，起身去屋外接起了电话。

画面里，室内的光线不算明亮，母亲还躺在床上，脸上透着些许疲惫，大概是刚醒，母亲问她："起了？今天是什么班？"

沈宝英知道苏归晓日常六点起，一般不会在这个时间联系她，但从她略显犹豫不安的神情中，苏归晓猜到了："白班，妈，你是不是做噩梦了？"

沈宝英长叹了一口气，默默说道："我梦见你爸走那天了……"

这或许就是血缘和家人吧，会有这样默契的巧合。

苏归晓低头，也几不可闻地轻声叹气，再开口的时候用尽可能积极的语气道："妈，你别多想了，再休息休息，注意身体。"

沈宝英并不想让负面情绪影响苏归晓，只是梦里失去至亲的痛苦过于清晰，她在还没有完全清醒的情况下就已经拨通了女儿的电话，此时看到女儿好好地出现在屏幕里，心就定了一大半，又恢复了平日里轻松乐观的样子。

"你要是真关心我，就赶紧找个男朋友回来，别天天就知道手术手术的，你已经离三十没有几年了，三十五就高龄产妇了，到时候遭罪的是你，你是学医的，你还不知道吗？"

听到这些只有亲妈才会说出的话，苏归晓顿时有些头疼："妈，我努力学做手术不也是想攻克我爸当年得的那种病吗？你想想是不是挺有意义的？再说找男朋友也要讲缘分，这不是没遇到合适的嘛。"

沈宝英认真道："你现在学手术攻克你爸的那种病对你爸也没什么意义了，但你要是孤家寡人每天过得都不开心，你爸知道了可是会难过的！我早晚也是要离开你的，你要早点建立你自己的家庭，二十多岁正好的年纪，多出去转转享受享受生活，别天天把自己困在手术室里，人生苦短，要懂得珍惜！"

苏父的猝然离世让苏归晓和沈宝英对苏归晓的人生期待走向了截然不同的两条道路——苏归晓立志刻苦努力要成为最优秀的医生，做别人做不了的手术；而沈宝英却醒悟了人生苦短，只盼她及时行乐。

奈何劝不动，根本劝不动。

苏归晓含糊地应着"知道了"，可从她的表情中，沈宝英知道自己又是白说。挂断电话，苏归晓又叹了一口气，她将自己的全部押上，尚且不一定能获得一个和其他男同学平等竞争的机会，又哪里敢奢求什么享受生活？

她能够理解母亲的心情和担忧，她毕竟已经二十七了，别说同龄的其他行业的人，就是她的博士同学们，也有不少已经结婚甚至有孩子了——但大多是男生。

对于他们而言，结婚生子不过是朋友圈里的一张结婚照，产床旁夫妻二人抱着孩子的一张全家福；而对于选择在读研读博期间生子的女生而言，要面临的却是留级、延毕，有的甚至再没能完成学业，最后直接退学。

想到这里，苏归晓清醒了几分，回屋拿好东西去梳洗，随后小心翼翼地用遮瑕膏盖住黑眼圈，她不想让任何人看出她疲惫的痕迹。

苏归晓对周启南主动请缨的下一台脑干手术并没有让她等太久——急诊又收入了一名更为严重的动静脉畸形破裂患者。

周启南同时通知了苏归晓和韩晓天做上台准备，话说得也很直白："等小苏坚持不住的时候，至少还有小韩把活干完。"

虽然明白周启南依旧不看好自己，但苏归晓也并不想费心多去争辩什么,只想手术台上见真章,却没想到意外突生。

苏归晓在这个当口来了月经。

从早上起,她就觉得小腹隐隐有些坠痛,连带着腰也有些酸,可掐指一算经期还有几天,也就没有当回事,只当是熬夜熬得身体有些疲乏。此时看来,她当真是大意了,许是因为最近熬夜比较多,经期变得不规律,堪堪赶在这个时候来了。

苏归晓因为体质问题,来月经的第一天会有强烈的痛经,再加上刚才喝了半瓶凉水,她在心里只来得及暗叫一声"糟糕",小腹的痛感已经越来越明显。

此时距离手术的麻醉准备完成还有半个多小时,她必须在这段时间解决好自己的问题。这个跟台机会是她硬要破除性别偏见争取来的,如果真的因为这样特殊的原因在这个时候放弃,那真是没有比这更打脸的了,此后她也没有立场再去争取什么。

苏归晓翻找出止痛药匆忙服下,额头已经冒出了细细密密的汗珠,她走到手术室休息区的椅子处坐下。痛感越来越强烈,她咬紧牙关静静地忍耐着,默默计算着时间。

她的脸色不是很好,整个人的状态也不太对,手术室的护士长陈涵路过看到她这个样子不由多问了一句:"归晓,你是不是哪里不舒服?"

苏归晓抬头,冲着陈涵勉强地笑了一下:"没事,只是痛经,已经吃药了。"

陈涵闻言,了然地点了点头:"那你先在这儿歇歇,不行就回去休息吧。"

苏归晓应了一声,只是说:"没事。"

无论如何,她都不能有事,她不想自己的狼狈状态被传出去,不想让这件事成为她需要被照顾的证据。却没想到，陈涵刚走，就有一个苏归晓此刻并不想见到的人站到了她面前。

韩晓天。

他显然听到了刚才她和陈涵的对话，此刻脸上的神情有些复杂，得意中透着关切，关切中透着同情，同情中透着笃定。最后他站在那里，对着椅子上的她居高临下地说出了那一句："都这个样子了，别坚持了，回去休息吧！"

苏归晓看着他，坚定地回应："我没事，不需要。"

韩晓天料定她会这么说，哂笑了一声，抬头看向墙上的电子表："你们这些女生真是……还有五分钟手术开始，看你这个样子走到手术间都费劲，还要站十几个小时，别现在逞强说没事，回头倒在里面，让我抬你出来。"

韩晓天话里的轻视太过明显，苏归晓深吸一口气，站起身："我不是逞强说没事，而是根据医学得出的结论，我在两点三十六分进到这里之前已经吃了止痛药对乙酰氨基酚，对乙酰氨基酚主要通过胃肠道吸收，半衰期是3~4小时，血浆峰值通常会在30~120分钟内出现，根据我个人的经验一般是30分钟起效，也就是……"

苏归晓说着，抬头看向了墙上的表，刚刚好，三点零六。她牵唇，看向韩晓天："也就是现在。"

她轻舒气，腹部的疼痛相较于之前已经好转了许多，虽然还有丝丝隐痛，但这些，韩晓天不必知道。

她抬起手，十指微动，飞快地将口罩的带子系好，再抬头挺直身板，头微微地扬起，依旧是平日里那个清冷果决的苏归晓。如同什么都没有发生一般，她微偏头，对韩晓天道："我们走吧。"

两瓣玫瑰
送给她的祭天剧本

这台手术做了足足二十个小时,超出了所有人的预料。

手术室里空间有限,主任们和麻醉医生是手术的关键人物,可以有椅子坐着休息一下,但即使这样,手术结束的时候人都已经僵硬了,后背也都已经湿透。

苏归晓和韩晓天作为手术室里的小兵,在有限的条件下只能全程站立。手术超过十个小时的时候,主任对他们说:"你们两个坚持不住可以轮换着出去歇会儿。"

两个人不约而同地回应说:"不用。"

然而,当墙上的手术计时器进入第十六个小时的时候,韩晓天终于坚持不住了,跟苏归晓小声说了一句:"我先出去一会儿,回来替你。"

与苏归晓面对面硬扛了许久,他原以为苏归晓是女生,又在经期,手术前疼到站不起来,按时间算止疼药也该过效了,她应该很快就坚持不住了才对,却没想到这妮子实在是能熬。韩晓天觉察到自己的腿已经忍不住在颤抖了,因而在绷不住出丑之前匆忙离场。

唉,这个苏归晓,每天都在较劲,真烦……韩晓天摘下帽子,有些烦躁地胡噜了一下头发。

而苏归晓并没有给他替班的机会,不管韩晓天在与不在,她一直站到了手术结束。

收台。

主任们先行离开,苏归晓、韩晓天和护士老师留下收尾。手术护士看着苏归晓忍不住赞叹道:"归晓,你还好吗?你站了整整二十个小时啊,没上厕所没喝水,你也太厉害了吧!"

苏归晓尝试着动了动腿,还好,虽然很僵,但勉强还能使唤得动。她想要挤出一个微笑,但脸上的肌肉已然僵硬,笑得有些难看,又轻描淡写地向护士回应道:"是吗,我没注意。"

护士老师又夸了她两句,随后拿着器械出了手术间。

他们的工作已经完成,苏归晓轻舒了一口气,脱下手术衣正要离开,身后的韩晓天却叫住了她,并趁她没反应过来,拉下了她的口罩,随即露出了一副不出所料的表情:"苏归晓,就算想赢我也不用这么拼吧?你看看你现在的脸色惨白成什么样了?"

她脸上的妆早已晕花,再也遮掩不住她的狼狈,口红掉尽的嘴唇上血色尽失,干裂得不成样子。

苏归晓抵触地后退了一步,重新将口罩系好。她看向韩晓天,努力挺直了腰,想找回自己平日里的气场,可超过二十个小时滴水未进,一开口声音明显是嘶哑的:"我坚持跟完手术是因为机会难得,我想要学习主任是如何处理这样棘手的血管畸形的,一分一秒都不想错过。"

韩晓天却不以为然:"说得好听,回去看手术录像难道就不能学习了吗?"

"你明知道看录像和在现场是不一样的。"苏归晓顿了顿，沉了声音，"退一万步讲，今天这台手术我想赢的也不是你，而是大家心中的偏见。韩晓天，刚刚手术的时候你出去休息，大家只会说是手术时间太久，太累了，但如果我们两个换位，所有人都会说，你看，果然女生坚持不了那么久，跟不下来整台手术，不适合做神外的医生。这件事于你不过是一个小小的波折，但于我将会是对职业生涯的毁灭性打击。"

刚刚手术的时候，她整个人其实已经麻木了，止疼药早就过效，腹痛又出现，可也只有这样的痛感还能够让她保持清醒，也正是因为抱着没有退路的信念，她才能在经期第一天，穿着纸尿裤，在手术台上坚持了超过二十个小时。

韩晓天本能地否认："哪儿有那么夸张……"

苏归晓的目光锐利："上次脑干手术周老师没有叫我的原因，你难道不清楚吗？"

韩晓天一僵。

苏归晓停顿了一下，看着韩晓天，郑重道："你刚刚说我是为了赢你才这么拼，其实本质上我对赢你这件事没什么兴趣，我在乎的只是我一定要在这里成为一名出色的神外医生。但如果赢你是必经的路，那么我义无反顾。"

这台手术之后，苏归晓"铁娘子"之名传遍了医院上下。

超过二十个小时不吃不喝不去卫生间，跟钉子一样站在手术台上，听说的人大多忍不住感叹一句：这个神外的女学生是个疯子啊！

这之后又是手术和值班的交替忙碌，苏归晓握着手中的柳叶刀感到了久违的踏实，在进入华仁医院的第四个月，她好像终于走上了自己期待已久的那条道路。

从手术室走出来的时候，苏归晓看到了外面的天光，清晨蓝色的天空中晨曦的光芒明亮耀眼，让人的心底生出一分暖意。

回到科室，刚好赶上新一天的工作开始。

写完手术记录，苏归晓正准备翻出手术录像再做学习，师兄严安逸却在这时来通知她导师张建忠叫她去办公室开会。她起初有些摸不着头脑，跟着严安逸进了主任办公室，看到韩晓天也在。

严安逸关上了主任办公室的门，导师张建忠从电脑前转过身来看向他们："最近怎么样？"

大主任百忙之中抽出时间叫他们开会，自然不可能是简单的关切。苏归晓没有说话，只是点了点头示意自己挺好，倒是韩晓天更为主动，向张建忠道："最近科里面大手术很多，虽然累但是感觉学到了很多东西，特别充实。您之前说过 Moyamoya 病的变异特别有意思，我仔细观察了两个病人，发现的确如此。"

韩晓天几句话不仅表达了自己日常手术工作辛苦、工作态度积极认真，更暗示自己把张建忠的话都记在了心里，并且正在努力按照导师的提示去学习。

张建忠赞许地点了点头，问他："对 Moyamoya 感兴趣吗？"

韩晓天点头："感兴趣。"

"那你课题的方向就定 Moyamoya 病吧，具体的题目自己先去查文献思考一下，小严的课题就和 Moyamoya 病有关，你先跟着小严学学。"

Moyamoya 是课题组的一大主攻方向，有前期的积淀，能够做更加深入的研究，出更好的成果，同时又有积累下来的资料，能够省下许多精力。这个方向一确定，韩晓天顿感毕业压力轻了许多。

韩晓天一喜，爽快地应声道："好的。"

原来导师今天叫他们过来是要安排课题方向的。明白了这一点，苏归晓心里反而平静了许多，她的目标是要成为手术台上定江山的外科医生，她对科研课题没有什么兴趣，唯一的想法就是能毕业就行。因此，她根据课题组前期的方向及现有的资料为自己先寻找了一个省心省力的小方向。

"张老师，我看咱们之前在动脉瘤……"

然而苏归晓的话还没有说完，就被张建忠打断了，大主任的态度坚决："AI影像判读的课题要开始了，小苏你就做这个课题吧。"

苏归晓一怔。

科里的人都知道张主任刚刚申请下来了一个科技部重点课题，关于脑卒中AI影像判读，大家都在猜测他会让谁接手，不管是科里的哪位医生，拿下这个课题以后就算是有保障了，算是个可遇而不可求的机遇。没想到主任竟然一时兴起，把这个课题随手给了刚刚博士一年级的苏归晓！

对于在职的医生而言，这件事绝对是个重大的机遇，但对于研究生而言，事情就截然不同了。这么大的项目交由一个学生主要负责，协调各方的难度可想而知。项目申请时预期是在三年内完成，在临床工作如此繁忙、每天都忙于手术和值班的情况下，别说轻松地把这个课题完成，不延毕就已经算是创造奇迹了。

张主任的话一出，连一旁的严安逸脸上也是明显的震惊。苏归晓原本想再挣扎一下，可还没开口，就听张建忠已经安排好了她接下来的任务："这个课题是和智影公司合作的，你尽快去找周启南帮你联系一下公司的负责人，规划一下之后的工作。"

苏归晓去找周启南的时候，周启南也明显表现出出乎预料的震惊。他和对方简单地短信沟通之后，将信息截图发给了苏归晓，上面约定了明天晚上在对方公司见面。

苏归晓向周启南道了谢，周启南回了一句："好好干吧。"话虽如此，语气和表情却是不以为然，他并不觉得苏归晓接下这个课题能做出些什么。

苏归晓倒没有在意，转身出了办公室。过了一会儿，她因为要问明天手术安排又回来的时候，走到门口就听到周启南和办公室里其他二线医生的对话。

"让苏归晓去做AI影像的那个课题，张主任摆明了是放弃苏归晓了啊。"

另一人道："也不能叫放弃吧，本来女生在神外毕了业就很难找工作，不是换专科就是干脆转行。苏归晓要是真能把课题做出点名堂来，之后说不定可以找个神外的科研岗或者技术员干干，也算没出神外。"

周启南一声嗤笑："能干出什么名堂？那课题又大又难，不仅耗精力，风险还大。我看主任是觉得科里其他人都是手术的壮劳力，花太多时间在这个课题上耽误手术，性价比不高，就她一个女生也不顶什么用，才把她放过去的吧！"

另一人笑了一声："那倒也是。反正苏归晓先去探路，等她把前面的路探得差不多了也就该毕业了，接手的人才是真正的人生赢家。"

简单来说就是，苏归晓刚刚以为终于可以为自己的手术能力正名，转头就拿到了祭天剧本。牺牲她一个，幸福全科人。

其实祭不祭天这件事苏归晓并没有那么在意，毕竟她要是怕难,今天就不会站在神经外科了。但唯独一件事她极在意,那就是她不能被这件事占用太多的精力,她要做神外的医生,手中的柳叶刀才是她的立身之本。

是以当苏归晓拎着精致的礼物敲响智影科技公司技术总监办公室门的时候,她的目的非常明确,那就是和对方寻找一个平衡点,让对方接受她只将有限的时间和精力花费在这个课题上。当然,如果对方接受不了,能去和她的导师张建忠主任商量换个人更好不过。

办公室里传出男人微沉的声音:"请进。"

苏归晓推开门,黑白色系的办公室里空间不算很大,但明亮的落地窗一尘不染,初冬的阳光从窗户照入,落在办公桌的方向,桌子后面的人原本背对着门看着窗外不知在思考什么,此刻转过身来。他抬头的时候,阳光刚好照亮他的面庞,轮廓俊朗,眸光深邃,高挺的鼻梁下薄唇微抿,从容中透着些许笃定。

看清他模样的那一刻,苏归晓整个人僵住了,原本准备的客套话瞬间一句也说不出来了。她仔细地看了看,看了又看,恍惚之间还以为认错了人,她万万没有想到会在这里见到他。

"叶……叶和安?"

苏归晓上一次见到叶和安还是在八年前,那个时候他们是同城同校同班同桌的同学。

他们当时所在的是全市第一的重点高中,因为两个人的成绩常年保持在年级前五,班级前二,各自又都有明确的目标,最让老师省心,所以班主任索性把他们两个的座位安排在了一起,放在了教室安静的角落里。高中三年，他们就这样做了两年半同桌。

那时的叶和安还不是此刻穿着黑色西服的成熟模样，少年面容清俊，一身白色的运动校服带着青春的意气。他坐在最靠窗边的位置，每每她偏头就会看到他聚精会神地算着题，阳光擦过他的侧脸，而他眼里的光竟比那阳光还要明亮，他就那样闯进了她的心底。

"苏归晓，我找到解法了，过来看着！"他抬起头来看向她，将演算纸向她这边推了推。苏归晓凑了过去，却又小心地在两个人中间留下了一点距离。

叶和安手上的笔飞快地动着，他一边写一边向苏归晓说："之前真是笨得要死，这里求导之后提取公约数，可以套用裂项的公式消项，你看……"

苏归晓跟着他的思路向下走，恍然大悟，只恨自己之前怎么没有发现："那上一步的结果就可以代到这里来了，怪不得！"

"对。"叶和安应声，手中的笔却突然停了下来，他有些迟疑地点了点纸面，"不过接下来这里的式子还是有些复杂……"

苏归晓却想起了什么，激动间自然地抢过了他手中的笔，写下了一串公式："是这个，用这个就可以了！"

苏归晓写完，转头看向叶和安，却没想到他几乎同时也向她看了过来，两人四目相对。不知何时，苏归晓最初留下的那点距离早已消失不见，她几乎可以看到阳光下叶和安鼻尖的小茸毛，还有他眼中映出的她的样子。苏归晓的呼吸有一瞬的停滞，而心跳却在不自觉中越来越快。

她忽然回过神，赶忙挪开坐直了身子。叶和安原本也有一瞬的慌乱，见到苏归晓眸光躲闪却又装作无事的样子反而镇定了下来。他轻笑了一声，又回到了平日里傲娇的样子："苏归晓，你躲什么？"

怕我？"

苏归晓梳着马尾辫，白皙的脸庞、白色的校服，明明还是乖巧中带着些许稚气的样子，却故意强撑着所谓气场，瞪了他一眼："怕你什么？怕你做题做一半就解不出来了？"

嘲讽他？

虽然叶和安以毒舌闻名全校，但苏归晓这不服输的性格总是在他面前体现得淋漓尽致，与他斗起嘴来寸步不让。

叶和安食指轻扣着桌面，饶有兴味地看着她"凶巴巴"的样子，停顿了片刻，再开口已经换了话题："苏归晓，高考志愿决定了吗？"

他看似轻描淡写地问出了这句话，却又不自觉地屏住了呼吸。

苏归晓没有立刻回答，初夏的季节，两个人之间安静得可以听到外面的蝉鸣。

决定了，从两年多以前就决定了——华仁医科大学临床医学系。如果不是因为他们全省每年只有一个招生名额，如果不是因为叶和安的第一志愿与她一样，这个问题的答案原本没有任何悬念。

可现在……与叶和安竞争这唯一的名额，苏归晓的胜算不足一成。虽然她也是当之无愧的尖子生，但是进入高考冲刺阶段，这学期所有的考试，苏归晓从没能赢过叶和安。两个人的分差稳定在十分左右，虽然差的不算很多，但这样的稳定意味两个人之间已经有了一层隐形的壁垒。

他们是考前报志愿，一旦第一志愿失利，第二志愿就会减六十分录取。苏归晓当然清楚，叶和安此刻问起这件事是想要避免他们两个人中会有人承受这样的损失。

在叶和安的注视下，苏归晓缓缓地攒出了一个笑："大概就是章和医科大学吧。"

叶和安松了一口气，点了点头："章和也很好，全国排名第二的医学院校。"

而且和华仁医科大学在同一个城市，他们以后可以时常见到。后面这句话叶和安没有说出口，只是看着苏归晓的时候眼里有星星点点的笑意。但他没有想到的是，高考前的这次对话，却成了他们两个人此后八年间的最后一次联系。

苏归晓瞒着他，还是填报了华仁医科大学临床医学系。她对他只字未提，不过是怕他心里有负担。

章和医科大学一切都好，只是神经外科学系和华仁医科大学的水平天差地别，苏归晓还是想为自己的梦想搏一次。

可惜，她输了。两分之差落败，她终究还是和自己的梦想失之交臂。

对于叶和安考上华仁医科大学这件事，苏归晓是服气的，也真心祝福他，她比谁都期待他能在华仁医科大学成长为一名优秀的医生。

但要说完全不遗憾、不难过，那是骗人的，她终究无法完全坦然地面对他，自此以后与他断了联系，只身远赴北方去了一个不知名的双非学校。等到考博进入华仁医科大学的时候，苏归晓也曾设想过两人可能再见面时的情景，无论怎么想，他都应该已经是一名前途无量的青年医生，却没想到……

他拿走了那年华仁医科大学临床专业唯一的录取名额，最终却放弃了医生这个职业？

苏归晓震惊得无法掩饰。相比于苏归晓，叶和安要平静太多，他起身向她走来，将近一米九的身高让苏归晓不得不抬头仰视。

"好久不见，我是你高中时的同桌叶和安。"他向她伸出手，停顿了片刻，再开口时语气中沾染了些许嘲讽的意味，不知是对自己还是对她，"不知道你还认不认得？"

八年了，八年有多久呢？久到如果苏归晓认不出他了，好像也没什么不合情理的。

高考前的互相鼓励，原以为是无尽未来的起点，却没想到是最后的道别。

拿到录取通知书的时候，他还以为那是皆大欢喜的结局，他们会一同前往新城市，在全国第一第二的医学院校开始新的人生，可怎么也打不通的电话昭示着这不过是他的一厢情愿。他是在那个时候才知道，苏归晓填报了华仁医科大学，然后以两分之差输给了他，不得不以第二志愿减分录取去了一个双非院校。

在那一刻，他说不清自己心里的感受，震惊、担心、难过、愤怒，各种感觉交织在一起，他不知道她为什么会对华仁医科大学有着如此深的执念。而他生气的是，华仁医科大学对她这么重要，她却一个字都没有和他提过，而且在发生了这么多事之后，她连一句道别都没有，就消失得干干净净。

现在，她就站在他面前，熟悉的眉眼透着熟悉的清冷倔强，仿佛什么都没有变，可那神色中的讶然又提醒着他，什么都变了。

苏归晓当然听得出他语气里不怎么愉悦的那一部分，回想起来，当初两个人断掉联系的确是因为自己，时隔多年重逢，要说她一点歉意都没有，那是假的。

她低头，只见伸到自己面前的那只手五指修长、骨节分明，透着外科医生的干净与干练，只可惜它的主人已经不再是一名外科医生。

想到这一点，苏归晓心里刚刚蔓延出的歉意被压了回去，她抬起头，故意向着叶和安道："确实差点没认出来，毕竟我一直以为我的同桌考上了顶尖的医学院，会成为一名顶尖的医生来着，没想到会在这里遇见。"

两个人的视线在这一刻相交，不知不觉间竟有些火花四溅的意味。

经历了那么大的人生打击，过了这么多年，不服输这一点，她倒是一点没变。

客套和寒暄已然不必，叶和安收了手，转身走回办公桌旁，从抽屉里拿出一个U盘，放到了靠近苏归晓方向的桌角上："这里面有与课题相关的重要文献，以及项目目前的进展情况，全看完再来见我。"

原本准备的那些请求对方能关照她、让她不要浪费太多时间在课题上的话此刻已说不出口，手里沉甸甸的礼物也根本送不出手，只能当是白带了。苏归晓走过去拿起U盘放进自己的衣兜里，又忽然意识到有哪里不对，蹙眉看向叶和安："你是不是早知道来的会是我？"

叶和安神色未变："周启南发消息的时候说了你的名字。"

苏归晓被叶和安的回答噎住，"哦"了一声，一时间觉得自己有些自作多情。只是她未曾细想，这世上重名的人那么多，光凭一个名字，他又怎么能笃定来的是她，全无意外。

两个人同时安静了下来，气氛一时间有些尴尬。这时，屋外脚步声传来，紧接着是象征性的敲门声，有女生甜美的声音响起："叶学长，我把计划表整理出来了，我……"女生话音一顿，大概是刚看到苏归晓，有些讶然道："不好意思，我不知道有外人在。"

苏归晓回头，只见一个青春甜美的女生站在门口，她扎着可爱的丸子头，妆容精致，粉色系的眼影、脸颊微微泛着的红晕，还有粉红色的唇釉，衬得整个人像水蜜桃一般可人。

那女生只是停顿了片刻，随即自然而熟稔地走进办公室，越过苏归晓，来到了叶和安面前，杏眸微眯，甜甜笑开，语调里满是撒娇的意味："这次你可得好好夸夸我，我只用三天就把三年的计划线详细写完了，咱们项目一定会非常轰动的！"

女生说话的时候，自然地挡在了苏归晓身前，将叶和安和苏归晓隔开。苏归晓明明站在这里，却又好像不存在一般。

苏归晓不想再在这里尴尬地碍事，便低声说："我先走了。"

出师不利，来的时候原想让对方不要在课题工作上过于为难她，好让她不要因为在自己不感兴趣的科研工作上浪费太多时间而耽误手术工作，却没想到偏偏遇到了这么多年不见的叶和安。

老同桌久别重逢，喜悦不多，火药味却不少，大概是因为他们都曾对对方有期待，却又全部落空，只剩下了无法理解的隔阂。

话不投机半句多，再多浪费时间也无益，苏归晓转身要走，身后的叶和安却突然叫住了她："等一下。"

她一顿，不解地回头。

"一个联系方式也不留，你想每次都让上级医生替你传话？"叶和安的语气严肃。苏归晓一怔，反应过来叶和安指的是她来之前，周启南帮她联系他的事情。

"我怕你不愿意把联系方式随便留给别人……"

毕竟叶和安现在是创业公司的高层，她不过是合作课题的学生，她料想课题做起来，大概率是他手下的人与她对接，他们两个留联系方式没有多大的必要。

苏归晓说完，却又觉得解释无益，既然叶和安说起，那直接留个联系方式就好了。

她掏出手机:"那烦请叶总加个微信?"

一个"叶总",将两个人的关系直接拉开到叙旧都不必的距离。

却没想到叶和安倒是比她更为决绝,面无表情地推了一张纸和一支笔到她面前:"电话写这儿。"

他连手机都懒得拿出来,动作和姿态就像是对待不请自来的推销员或者其他什么不速之客。

苏归晓看着神色冰冷的叶和安,终究什么都没说,只是一笔一画地将自己的姓名和电话写在了纸上。

拎着沉甸甸的礼物走出写字楼的时候,苏归晓的电话响了,她将礼物换了个手,有些费力地从口袋里拿出手机,来电显示是一个未知号码。她接通后,听筒里传来对方清冷的声音:"下次来的时候不要再带任何礼品。"

是叶和安,他果然注意到了她手里的礼盒。

她还未来得及回应,就听叶和安短暂的停顿后继续说道:"还有,换电话提前告知是合作的基本礼仪。"

他说完将电话直接挂断,徒留苏归晓站在寒风中看着手机屏幕失神。

三瓣玫瑰

阳关道与独木桥

苏归晓回科的时候，师兄严安逸刚好做完手术坐在办公室，见她穿着便装走进办公室，就问她："去见过 AI 课题的合作人了？"

苏归晓点了点头。

见苏归晓的脸色不算太好，严安逸只当她是在外面受了打击，随口宽慰她道："叶和安这人说话一向不留情面，做起正事又格外认真，要是你没达到他的要求，他说你几句都是正常的，不要太往心里去。"

她和叶和安之间的事情不好向旁人解释，苏归晓闻言只是含糊地应了一声，随后忽然意识到严安逸似乎与叶和安十分熟悉，转头问道："你和他认识？"

严安逸听到她的问题，脸上露出诧异的神情："当然，你不知道叶和安之前也是张主任的学生、咱们的同门吗？"

苏归晓刚来华仁医院不久，又不是爱四处打听的八卦性格，没有特意去打听师门的情况，自然对此一无所知。此时听到严安逸这么说十分惊讶，她摇头："不知道。"

严安逸叹气："叶和安之前是华仁医科大学八年制本博连读的学生，本科就去剑桥的实验室做了两年医工交叉的课题，发了一篇顶刊，研究生阶段的导师是咱们老板，要真论起辈分，咱们还得叫他一声师兄。他不管是临床还是科研都非常厉害，即使在华仁医院这种金字塔尖都十分突出，肯定能成为顶尖的神外医生。只是可惜啊，博士没有读完，他突然退学了。"

这是苏归晓完全没想到的情况，她一怔，讶然问道："为什么？"

严安逸耸了下肩："不是很清楚，他当时完全没说过，再听到他的消息就是不久前听说他创立了一家医疗科技公司。不过听传言说八成和钱有关，他转行做公司第一轮融资就拿到了5000万，当医生的几辈子才能挣到这么多钱？"

所以……叶和安当初拿到了华仁医科大学临床医学专业全省唯一的录取名额，却又为了钱放弃了医生这个职业？

在这一瞬间，苏归晓的心底仿佛有什么东西碎了。当初她高考失利远赴他乡去到一个与她的成绩并不匹配的学校时，心里唯一的安慰就是至少叶和安进入了华仁医科大学。叶和安赢得名副其实，比她更为优秀，一定会成为比她更好的医生，可现在……

严安逸没有注意到她的表情变化，随后又道："这些事你自己知道就好了，就算是为钱转行我们也不能说人家什么，我要是有他那能力我也转。他退学的时候咱们老板非常惋惜和遗憾，这次他回来合作课题，老板非常重视，你就好好完成你的工作就好了。"

这倒是提醒了苏归晓，她点了点头，找了个电脑打开叶和安给的U盘看了看，里面有一个名为"课题基础"的文件夹，再点开，里面都是PDF格式的英文文献。

严安逸凑过来瞄了一眼，问她："这都是你找的？"

苏归晓摇头："不是，叶和安给的，让看完再去见他。"

严安逸盯着屏幕上滚轮滚了半天也看不到尽头的文献，嘴角抽了抽："这么多文献都看完？他可能是再也不想看见你了吧……"

苏归晓："……"

严安逸说完，大笑了两声，适逢护士进来对他们说："十八床来了新病人，快去个医生看一眼。"

苏归晓果断点了屏幕右上角的小红叉，将 U 盘塞进兜里，起身出了办公室，连带着叶和安让她看文献这件事也一起塞进了记忆的不知道哪个角落里。

苏归晓这一忘，忘得十分彻底，直到半个月之后，师兄严安逸传老板指令叫她去会议室开会。

彼时苏归晓刚值完 24 小时的班从手术室回来，鼻端还萦绕着电刀切割脑组织时产生的焦煳味。她跟着严安逸进了会议室，原以为只是如往常一样来当个会议背景板，却没想到一进会议室就看到了坐在主任张建忠身边的叶和安。

叶和安穿着一身深灰色西装，修长的手指轻扣着桌面，许是听到了苏归晓的脚步声，他转过头来，两人视线相对的那一刻，苏归晓一个失神，突然想起了那个不知被她塞在了哪个衣服兜里的 U 盘。

张建忠指了指会议桌的对面："小苏，你坐那边。"

走到会议桌的另一边，正面对着张建忠和叶和安两个人坐下，苏归晓虽然面上依旧保持着平静克制，但心里已经隐隐预感到了要发生什么。

果然，张建忠开口直奔主题："小叶说你们上次见面，他已经交给了你一些课题相关的任务，完成得怎么样了？"

张建忠说话的时候语气平静，但他眼神扫过来的时候，苏归晓感受到了极大的压力。

面对主任的质问，苏归晓的后背已有冷汗，但面上的表情未变，她尽可能冷静地答道："上次见面的时候，叶老师给了我一个U盘，里面有102篇英文论文，因为论文数量较多，而我在人工智能影像方面的基础有限，遇到了困难，所以进度比较缓慢，但一定会尽快完成叶老师给的任务。"

苏归晓在尊重事实的基础上尽可能体面地回答了张建忠的问题，说出102篇文献这样具体的细节表示自己确实看了相关内容，有尽快完成的态度，但也陈述了自己的难处，以期获得主任的体谅。

如她所料，张建忠的脸色沉了沉，但念及苏归晓终归是刚开始接触新领域，确实会有诸多困难，他蹙眉沉思了片刻没有立刻开口。

却没想到叶和安眸光锐利直看向她："你说什么地方有困难，我给你解答。"

他故意问她细节，就是料定了她没看文章，说不出什么。当年做了那么久同桌，苏归晓每次糊弄老师的时候是什么样子，叶和安比谁都了解。虽然这么多年未见，她习惯的方式倒是一点也没变。

苏归晓一窒，桌下的手下意识地攥了起来，她好不容易维持的体面就这样被叶和安轻松打碎。她回看向叶和安，言语间虽然客气，目光却不退避："叶老师那么忙，我还是自己研究，不麻烦叶老师了。"

没想到这句话偏偏踩到了张建忠的雷区，他严肃又严厉地命令道："没有什么麻不麻烦，有问题就要随时请教沟通，不然浪费的是大家的时间。AI影像判读是国家级重点课题，时间紧任务重，你必须严格按照小叶的要求,保质保量地完成课题工作,明白了吗?"

主任的话掷地有声,张建忠的严厉更是全院主任中出了名的,此刻会议室里的空气似乎凝滞了。苏归晓不敢再多说,只能应了一声:"好。"

张建忠依旧不是很放心,又道:"如果临床的工作忙不过来,我让周启南安排你脱产。"

这句话于苏归晓而言如同一道惊雷。苏归晓拼尽全力的目标是要成为一名顶尖的神外手术医生,而不是只会写点文章、根本不会看病的"假医生"。如果从临床脱产,她会丧失许多手术的学习机会,这是她绝对不能接受的!

她几乎是脱口而出:"不用,主任,我一定好好完成课题的工作,请您让我继续在临床工作。"

面对苏归晓恳切的目光,张建忠眉头蹙紧,最终只是说了一句"安排好自己的时间"。虽然他没有再说什么,但苏归晓已经充分领悟了他未说出的部分:如果她安排不好时间耽误了课题工作,那么之后就由不得她了。

苏归晓微抿唇,点了下头。

"交给你了。"张建忠说完,拍了拍叶和安的肩膀,是显而易见的器重,随后起身离开了会议室。

房间里只剩下了面对面的苏归晓和叶和安,还有在角落里隔岸观火的严安逸。

课题干系重大,对于苏归晓这半个月来不重视的态度,叶和安自然是不满的。他神色冷冷的,开口时创业公司高层的气场显露无遗:"一周之后开会,开会前必须看完所有文献。"

面对叶和安强硬的要求,苏归晓只能尽可能平静地与他商量:

"一周之内精读所有的文献全文根本不现实,你明知道就算我现在答应你,也根本不可能完成。我们从现实的角度考虑,能不能从中挑选一些重要文献先看?"

叶和安一如既往地直白而犀利:"不是一周,而是三周。"

加上之前的半个月,这个任务并非无法完成。

苏归晓沉默了一瞬,再开口时音调低了些许:"之前的事是我的错,是我耽误了进度,但既然我们要继续合作,眼下还是要先寻找一个行得通的解决办法,不是吗?"

叶和安冷笑了一声:"这102篇文献是我一篇篇挑选整理出来的,每一篇都是重点,不然你以为我为什么要给你这么多内容?为了为难你吗?"

"可是……"

苏归晓还要再说些什么,眼见着气氛急转直下,一直假装自己不存在的严安逸终于看不下去,开口打断了他们的对话:"好了,师妹,叶师兄既然已经说了他给你的内容都很重要,你就尽最大努力去看就可以了。叶师兄那么忙,就别让他浪费时间和自己人吵架了,今天就聊到这儿吧。"

严安逸一句"师兄",一句"自己人",将对立的两个人重新归为了一个师门的战友。

苏归晓与叶和安对视了一眼,视线相接,双方的态度已然明显,只是严安逸的话已至此,再吵下去并不合适。

沉默了片刻,叶和安终于起身,拿过搭在椅背上的大衣,转身离开了会议室。

回办公室的路上，苏归晓一路沉默。"神外冰美人"之称并非浪得虚名，苏归晓原本气场就强，此刻不高兴时面无表情，双手插在白大衣的兜里，走路生风，连带着周遭的温度似乎都降低了。

走在一旁的严安逸摸了摸自己胳膊上的鸡皮疙瘩，还是以师兄的身份试图劝慰她："虽然一周看完这么多论文确实困难了点，但在这个课题组里，叶和安毕竟是你上级，直接和他发生冲突对你没什么好处。你就尽力能看多少看多少，体现出你尽力了最重要，最后就算没达到要求，叶和安多少会留些情面，不会为难你的。"

苏归晓却确定地回应道："他会的。"

叶和安，高中时期全校有名的冷面，向来不留情面，夸他的人说他"人间清醒"，骂他的人少不了一句"自以为是"。

他当学生会主席的时候，有一次非常重要的活动，预彩排的时候却状况连连，他直接当场换掉了分管的负责人，带着大家通宵加班重新整理。后来会议室大门打开的时候，大家看到被撤掉的那个负责人不知道在外面等了多久，也梳理了一份资料交给叶和安，想要重新回到活动组织团队中，却被叶和安毫不犹豫地拒绝了。

周围的同学帮着求情："天宇他知道错了，也在想办法补救，整理这些资料挺辛苦的，都是同学，要不这次就算了？"

叶和安面无表情道："知道错了有什么用？该花心思组织活动的时候他去打街头篮球赛，现在出了这么大问题，浪费了这么多人的时间，又说要回来组织活动，晚了吧？这资料不是我让他整理的，再辛苦这资料对我也没用，不要做一些自我感动的事情来道德绑架我！"

叶和安说完，头也没回就走了。

这件事很快传遍了学校上下，成了能够体现叶和安性格的代表性事件。当初他便是如此，如今苏归晓也不奢求他能突然懂得留些情面。

面对严安逸的好心规劝、心怀侥幸，苏归晓简洁而直白地回应道："如果他真的是能留情面的人，刚刚怎么会当着老板的面故意问我细节拆穿我？"

严安逸闻言，沉默了片刻。"那倒也是。"他想了想，又不由叹了一口气，"要不你按主任说的脱产算了，学学技术、写写文章，以后说不定有哪家医院看上你的科研实力愿意招你，这说不准是条'康庄大道'呢。"

康庄大道，是啊，现在医院对科研的要求越来越高，越好的医院、越好的科室越是如此。比起临床能力这样难以量化的能力，科研成果在找工作甚至以后的职称晋升中都占着更重要的位置，在她原本性别就不占优的情况下，说不定会是她弯道超车的机会。如果她真的按照这样的安排去做，最起码不用临床和科研两头跑，也不至于因为没有时间完成课题任务而面对来自主任和叶和安的双重压力，自己会过得轻松许多。万一真的吉星附体做出些什么成果，声名利禄说不定也会有她一份，的确可以称得上是一条康庄大道。

可是……

苏归晓自嘲一笑："然后呢？师兄，面对情况紧急需要做手术的患者我怎么办？跟他们说'对不起，这个手术我在论文里见过，但我做不了'，还是跟他们说'这个手术某个医院某个医生可以做，但可惜在千里之外，你只能认命了'？"

对苏归晓的问题，严安逸也不知该怎样回答，不过苏归晓也并没有想要他回答。

她直视着严安逸，目光是从未有过动摇的坚定："也许就像你说的这确实是条康庄大道，但我之所以成为医生，是因为我想去救我的手触碰到的每一条生命，我还是想走我的独木桥。"

苏归晓说完，适逢手机信息提示，她低头一看，是患者家属找她，便和严安逸道了别，先一步走了。

严安逸看着她风风火火离去的背影，想着她刚刚言语间的坚定，一时陷入了沉默。

他到底该不该告诉她，院领导班子这两年要换届，他们的老板张建忠主任和其他几个科室的主任都是潜在的副院长人选，其中关系错综复杂，最后鹿死谁手尚未可知。手术和临床工作固然重要，但科技部重点课题的成果产出和转化则是重中之重，老板的耐心经不起挑战，苏归晓可别分不清轻重……

严安逸想着，重重地叹了口气。算了，苏归晓有她的理想和信念，他要是说多了反倒显得他世俗，暂且尊重他人命运，下次再说吧。

可就算苏归晓再坚定，现实的困境也不得不面对。

有了之前的教训，这次苏归晓只要一有时间就会打开叶和安给的文献，想要将平时的碎片时间利用起来拼凑出足够的时长去阅读论文。

然而现实却不遂人愿，临床为主的论文内容她还可以这样勉强读完，可叶和安给她准备了许多人工智能方法学方面的文章，这些文章全翻译成中文连在一起让她读，她都未必能懂那些专业名词的含义，更别说利用碎片时间看懂全英文内容了。每一次再打开论文的时候，她早就忘了之前讲了什么，翻来覆去来来回回重读的还是第一段，一篇文章卡了整整两天没有进展。

原本就被论文搞得头昏脑涨，可苏归晓的背字运还没走完。

晚饭的时候，苏归晓坐在食堂里，快速吃着饭的同时，心里也在计划着晚上回去看论文的进度。一周之期就要截止，她必须抓紧这一晚难得的完整时间抢一抢进度。

这时,周启南和科里的另一位二线贺晓光好巧不巧地端着盘子坐到了她隔壁的桌子旁。

吃着饭,医生们也不忘聊一聊医院最近的大事,要说影响最大的一桩,大概就是胸外张副主任急诊手术没救过来病人,被病人家属给告了。

贺晓光叹气道:"听说是个酒后骑摩托、车祸外伤的病人,挺年轻的,其实已经没什么希望了,家属非闹着要做手术,不做就闹事。当时老张也是觉得可惜,就答应试试,早就交代好了生死有命,谁知道家属转头就索要天价赔偿,本来就忙得要命,还摊上这种事,老张最近可是一脑门官司。"

周启南也跟着叹气,却又忍不住说:"也怪老张太心软,伤得那么重,还上什么台啊!"

贺晓光摇了摇头:"也不能那么说,家属难缠是家属的事,病人毕竟才二十多岁,谁看着忍心啊!"

周启南将嘴里的饭咽了下去,冷笑了一声:"真遇上那种看着就不讲理的家属,我肯定不会拿自己的职业生涯冒险。他都不拿我们当人看,我干吗啊?再说了,这点自知之明我还是有的,我没那个神来之手,能把该做好的手术做好就不错了,那种九死一生的手术我可没那个能耐。"

也不知怎的,苏归晓忽然想起了多年之前在急诊室里那个医生说过的话:"我没有这个技术和能力处理。"

大概只有患者和家属才能明白,医生这简单的一句话带给他们的是怎样的绝望。

这一路披荆斩棘走来,她明知不被所有人看好,还非要咬牙赖在这里，不过是因为当初那句"这种情况，全国也只有华仁医院神经外科的医生还可能给他做手术"，因为这里有着患者最后的希望。可如果华仁医院神经外科的医生都像刚才周启南那个态度，那对患者而言，这世间还有什么希望？

苏归晓几乎是本能地冷哼了一声。

原本是很轻的一声，却刚好落在了周启南和贺晓光对话的间歇，在安静的环境里显得格外清晰。周启南和贺晓光几乎同时转头向她看了过来。

惹祸了！

是以夜里凌晨一点正熬夜看着论文时接到值班二线周启南的电话，苏归晓没有半分意外。

电话那边周启南的话简短直接："来了两台急诊手术，人不够，过来干活。"说完就挂断了电话，没给苏归晓任何拒绝的机会。

苏归晓换衣服的时候，大概是被她的动静吵醒，梁亚怡打着哈欠问："你们老师又叫你上手术？"

苏归晓没什么波澜地应了一声："嗯。"

倒是梁亚怡忍不住替她抱不平："不是说外科都是女的当男的用，男的当畜生用？怎么你们科专欺负你这个女的？你师兄呢？"

苏归晓想起白天见到严安逸时他的大黑眼圈和肿眼泡，哂笑了一声："那畜生连上了72小时的院总[1]班，已经累死了。"

梁亚怡半睡半醒中愣了一下，想了想感叹了一句："还好当年我没被外科的表面风光诱惑，选的内科。"

---

[1] 一种医生岗位，要负责安排患者住院的时间，协调跨科会诊，指导下级医师的医疗行为，跟上级医师做手术，还要对所轮转病区的所有病人负责。

苏归晓匆匆赶到了急诊室。

这一晚与周启南搭班的值班一线刚好是韩晓天，苏归晓是被临时叫来支援的。她飞快换好刷手服出现在他们面前的时候，周启南一句客套话也没有，反而话带讽刺地给了苏归晓一句："上次你值班，晓天被临时喊过来替你上手术，这次就当是你还他人情了。你也体会一下非值班日被叫来值班的心情，别好像人家替你上手术还占了你多大便宜似的。"

对于周启南话里的逻辑，苏归晓虽然并不认同，但她深夜赶来加班不是为了和他们掰扯这些无聊的事情，是以苏归晓没有回应，只是拿过急诊患者的病历，直接开始了工作。

和家属交代病情、联系手术室、备血、为患者做术前准备，这一大圈杂活忙完，已经将近凌晨三点。眼见着事情处理得差不多了，苏归晓正在心里盘算着现在回去到明早上班之前还能再看多少篇论文，偏巧这个时候，神经内科值班的三线大主任叫了神外的急会诊。

三线大主任亲自叫会诊就说明事情非同小可，周启南将前一位病人的手术安排给其他医生，就带着韩晓天和苏归晓急匆匆地赶了过去。

是一个产妇。产后十八天，颅内静脉窦血栓形成，静脉性脑梗死伴出血，人昏迷不醒。

人才三十岁啊，因为身患抗磷脂抗体综合征，之前两次怀孕两次胎停，连吃药再打针三年多这次才生下了孩子。原以为终于苦尽甘来，却没想到天意弄人，她还没来得及多看孩子几眼就昏迷了。

患者母亲哭着说："我女儿起初只是头疼，没想到会发展成这样啊，求医生救救她！"

不能怪患者怎么头疼了十几天才来医院，因为她经历过的疼痛比这要多了去了，原以为忍忍就好了，哪里想得到这么严重。

患者的丈夫却怒目圆睁地盯着他们："求他们做什么？他们本来就必须得救！"

患者颅内压过高，开颅减压只怕连手术台都下不来。现在只有介入拉栓治疗还可以勉强一试，但风险同样很高，获益谁也不能保证，尤其是像这个患者这样特殊的情况。可如果连他们都拒绝，就真的没有别的办法了。

看着眼前苦苦哀求的患者母亲，以及患者丈夫凶神恶煞的样子，周启南长叹了一口气，说："那就做吧。"

苏归晓一怔，不由偏头望向周启南。

那个人曾在食堂冷笑着和别人说："真遇上那种看着就不讲理的家属，我肯定不会拿自己的职业生涯冒险。他都不拿我们当人看，我干吗啊？再说了，这点自知之明我还是有的，我没那个神来之手，能把该做好的手术做好就不错了，那种九死一生的手术我可没那个能耐。"

可眼下，病人的病情极其危重，又是产妇，一旦有个意外，影响的是孕产妇死亡率这样关键的指标。按照规定必须层层上报到市里做病例讨论，手术中的每一个细节都会被拿出来放大评估，更别说就连苏归晓都能一眼看出来患者的丈夫绝非善茬，周启南却答应了要做手术。

刷手的时候，苏归晓终于还是忍不住问出了口："这个产妇的手术风险那么大，你这次为什么会答应？"

周启南自然明白她的疑问来自他在食堂的那一番发言，他冷哼了一声，开口时语气中的无奈和烦躁不知是对苏归晓，还是对这令人无可奈何的世界："那我能怎么办？这个病人都可怜成这样了……"

他自认只是个普通人，却不得不充当一次神。周启南没有再多说什么，只是将手中的方巾扔进回收桶，转身就进了手术室。苏归晓抬头，不由得对着他的背影多看了两眼。

随后苏归晓和韩晓天加快速度给病人做完术前准备，又给手术区消了毒。介入的手术要在放射线下完成，苏归晓正准备去穿十几斤重的防护铅衣，却被周启南拦住了："你们都出去等着吧。"

周启南停顿了一下，不忘特意对苏归晓补了一句："让你们两个都出去，总不算我针对你吧？"

这混乱的一天。

站在手术间隔壁的记录室里，韩晓天对苏归晓道："周老师让我们出来是想让未婚未育的年轻人少吃点辐射，你可别以为是因为你是女生，不让你参与高难度的手术。"

韩晓天说话时的讽刺与周启南如出一辙，苏归晓学了那么多年医，又怎么会连这点常识都不懂？

她没有多说什么，只是简单地应了一声："我知道。"

正说着，介入值班的三线主任也赶了过来，背上沉重的铅衣，走进了手术室。

工作了一天的疲惫，让苏归晓的脑子有些混乱，在这深夜冰冷的医院里，当隔着一层铅玻璃，看着里面老师们忙碌的身影时，她的心底忽然生出了几分暖意。

四瓣玫瑰
这世上本没有的路

全国最好的医院、全国顶尖的专家,不畏艰险为这样一位特殊的患者手术,原本已经具备了电视剧里所有的戏剧元素,却并没有因此迎来欢喜大结局。

这之后又是忙得人晕头转向的连台手术,忙碌的间歇,苏归晓跟随周启南前往 ICU 探望手术后的产妇患者尹文静,刚刚走到 ICU 门口,就看到尹文静的母亲坐在冰凉的地面上。

见他们过来,尹母手扶着地面赶忙站起来,迎上前:"医生,我女儿怎么样了啊?"

ICU 不让家属进入,是以尹母在门外坐了整整一天,也全然不知女儿在里面是好是坏。

看着尹母期待的目光,周启南只是摆了摆手:"我先进去看看。"

负责神经重症 NICU 的大主任刘季雯正在查房,见到周启南,有些意外。

周启南主动打招呼:"刘主任,打扰您查房了,我来看看昨晚手术的那个产妇。"

刘季雯点头表示了然，又低头看向一旁的病床："我们正在说她，人还是深昏迷，肢体的张力也不见好转，复查 CT 出血倒是没见扩大，但是……"她想了想，抬头问周启南，"你们昨天手术的时候觉得怎么样？"

"静脉窦的血栓倒是通了，我们能做的已经做了，但是感觉……"周启南摇了摇头。

刘季雯的神情亦是沉重："有抗磷脂抗体综合征的产妇，这种病因的静脉窦血栓相对罕见，我的学生查了一天也没有查到什么针对性的治疗方法和规范，只能摸着石头过河，一步一步看了。"

听到刘主任的话，苏归晓亦发出了沉重的叹息，但作为外科医生，昨天的手术他们已经尽力，结果就不是他们可以左右的了。

从 NICU 出来，周启南看到了站在外面等候已久的尹母，看着满头白发的老阿姨满怀期待的目光，周启南眉心紧蹙，最终也只是说："还要观察，您先别急。"

老阿姨眼里刚刚燃起的光又暗了下去。

苏归晓有些不忍地别开了目光。

交代完病情，周启南和苏归晓正要离开，没想到没走几步，就迎面撞见叶和安和一个扎着丸子头的女生——正是苏归晓上次在叶和安办公室见过的那个姑娘，只不过这次，她身上穿着白大衣。苏归晓看向她的胸牌，华仁医院神经重症医学科，陈一妍，而 YB 这两个字母象征着和苏归晓一样的博士研究生身份。

原来她是华仁医院神经内科的学生。

大概是和周启南熟识，陈一妍先和周启南打了招呼："周老师好，您是来看尹文静的吗？"

周启南有些意外："你也知道这个病人？"

陈一妍浅浅一笑："我导师刘季雯主任今天一早就让我查抗磷脂抗体综合征卒中患者的相关文献，现在我已经对这个病例倒背如流了，只可惜没有查到什么有用的内容，所以刚刚一直在和叶学长讨论这种情况到底适不适合上手术，术前还有没有更好的评估办法。"

导师刘季雯……原来刚刚刘季雯主任说的那个查了一天论文的学生，就是她啊！

周启南昨晚不畏艰险为这个患者开了台，现在神内的学生却来讨论患者适不适合上手术的问题，他心里多少有些不悦。但陈一妍一个青春甜美的小姑娘，头上戴着小巧可爱的蝴蝶结，一双眼睛无辜地看着他，他也生不起气来，转而向叶和安打了个招呼："小叶今天怎么有时间过来？"

叶和安言简意赅："课题要开会，正好一起探讨了一下这个病例。"

相比于上次开会时的措手不及，这次苏归晓是数着日子过的，对于今天要开会的事情，她心里已然有了预期。

看到叶和安的目光落在了苏归晓身上，周启南也意识到了什么，因而道："今天的事情正好忙完了，苏归晓去开会，我就先走了。"

这次会议并没有大主任在场，陈一妍带他们就近在重症找了一间会议室。

将会议室的门关好，陈一妍随即自然地在叶和安旁边的位置坐了下来。面对苏归晓意外的目光，陈一妍莞尔一笑，向她伸出了手："你好，我叫陈一妍，是华仁医科大学临床医学本博连读的博士研究生，受导师刘季雯主任的指派，担任这次人工智能影像判读神内合作方面的课题执行人。以后我们会经常打交道，互相配合关照吧！"

苏归晓虽然知道这个课题很大，却没想到竟然还涉及了神内方面。课题牵扯到的合作方越多，课题的分量越重，无形中苏归晓的压力已成几何倍数增长。

她象征性地回握了一下陈一妍的手："神外张建忠主任博士研究生苏归晓。"

没想到陈一妍听完这清冷中透着疏离的自我介绍，却是十分热络地对她道："我听说过你，你也是博一对吧？咱们应该是同级，不过你是不是外院考过来的啊？"

苏归晓点头应了一下，并不是很想继续这个话题，但陈一妍已经开始了演算："如果是外院考过来的话，五年本科加上三年硕士……你今年是不是二十六？呀，那你和叶学长是一年的吧？"

一句话让苏归晓抬头与叶和安对视了一眼。的确是同一年的，毕竟同桌都当了那么多年。两个人随即又同时偏开了目光，谁都没有回答。

苏归晓虽然和叶和安一般大，此刻却和低叶和安两届的学妹同级。医学的学制就是这样玄妙，叶和安和陈一妍是华仁医科大学的学生，全国的尖子，八年就可以博士毕业；而苏归晓以两分之差与这个机会失之交臂后，要花十一年才能拿到博士学位，还是在运气好的情况下。这二者之间相差的不只是三年的时间，本博连读的学制本身就是学生优秀的象征。

不知是性格使然，还是对合作伙伴好奇，陈一妍对苏归晓继续追问："那你本科和研究生是在哪里读的啊？"

苏归晓沉默了一瞬，还是如实答道："北江医科大学。"

陈一妍下意识地蹙眉："北江？"

她努力在脑海中搜索了一番，还是没能想到任何和这所医科大学相关的信息。她是华仁医科大学本博连读的学生，平日里只关注全国顶尖的学校和医院，而北江医科大学显然不在这个范围内。

她看向苏归晓，目光中带着些许同情，试图安慰她道："没事，本科学校不好，但之后逆袭也不是没有可能。高考没考好只是高中阶段没有调整好自己的学习状态，你能从不知名的学校考进华仁神外，说明你肯定有特别的过人之处。"

苏归晓语调平静地回应道："我高考没有没考好，要说起来可以算是超常发挥。"

她平日和叶和安有将近十分的分差，高考最后只差了两分，那是她那段时间拼尽全力努力的结果。仔细想想，其实也是让她引以为豪的，只不过当初她年轻气盛，为了梦想固执地和命运做了一场豪赌，然后输给了对面的那个人罢了。

感受到叶和安的目光落在自己的身上，苏归晓将视线转向了陈一妍。

陈一妍一向擅长计算和比较，面对同学抑或竞争对手时算得更是飞快，显然没想到苏归晓会这么说，难免会感到意外，怔了一下——超常发挥才考上北江医科大学，那原本……得有多差……

她抿了下唇，片刻才意味深长地回应了一句："那你大学和研究生这几年可真是突飞猛进啊……"

医学是极其注重学历和学校水平的学科，陈一妍是华仁医科大学本博连读的学生，处在鄙视链的顶端，自然有资本居高临下地俯视其他人。

若是在刚上大学的时候，苏归晓或许还会解释两句，说她的高考分数其实并不低，确切地说是挺高的，只不过是报志愿的原因才没能去到与她成绩相匹配的院校。可是随着时间的推移，她已经逐渐习惯了不再解释，因为她明白她不可能有机会去向每一个人解释其中的曲折。更多的人在听到"北江医科大学"这几个字的时候就已经对她定性了：双非院校，资质平平。

其实不只是和陈一妍，即使是和同样由外校考进华仁医科大学的韩晓天比，苏归晓之前就读的院校都处在绝对的劣势。虽然韩晓天高考成绩算不上出色，但他总归是卡边进入了地方985院校的五年制医学院，而后考入该校的研究生，光985这一点就可以将苏归晓压得死死的。

面对陈一妍复杂的目光，苏归晓没有解释，只是说："我一会儿还要回去给病人拆线，有什么事我们速战速决吧。"

苏归晓说完，视线转向了叶和安。叶和安沉默了片刻，打量着苏归晓，以苏归晓向来不服输的性格，他还以为她一定会解释些什么，尤其是在这种事关医学生身价和颜面的事情上，却没想到苏归晓竟然什么都没有说，任由陈一妍这么看她。

苏归晓看似没变的好胜心之下，好像有什么变了。短暂的惊讶过后，叶和安开口："文献看完了吗？"

苏归晓直接地回答道："看完了52篇。"

叶和安的脸色一暗："那你为什么又要来浪费我们的时间？"

"是你们说要开会，我才会放下临床工作和你们坐在这里。"苏归晓顿了顿，不卑不亢道，"我也很遗憾没有能看完所有的文献，但我是临床外科医生，平日里有要紧的临床和手术工作要完成，就算利用了其他所有可用的时间，也只能看这么多内容。既然我们已经坐在这里了,与其把彼此都宝贵的时间浪费在争吵上,就不能先根据我已经看完的部分讨论交流吗?"

苏归晓的道理讲得不错,可得到的依旧是叶和安坚决的回答:"不能。"

她那么长一段话,换来他如此强硬的两个字,真可谓是话不投机半句多。

面对着意料之中固执己见的叶和安,眼见着对话又要向无止境的争吵发展,苏归晓只觉得头疼,终于耐心耗尽:"叶和安,你能不能不要这样不讲理?"

对于苏归晓突然直呼叶和安的大名,连一个"学长""师兄"的称谓都没有带,一旁的陈一妍吃了一惊。

叶和安冷笑了一声:"我不讲理?好,你想讨论是吧?那我问你,LINK 研究用的深度学习算法是什么?"

LINK 研究是近些年来 AI 影像判读领域中重要的项目,在叶和安所给的论文排序中也居于前几位,苏归晓认真看过,因而很快回答道:"卷积神经网络。"

但这不过是一个开始。

叶和安紧接着问道:"它们在研究中大量改写了之前研究的算法,为什么?"

算法的方法学方面是苏归晓的弱项,她只能根据读论文时原文所写到的内容简单回答:"它们使用了超高分辨率的图像,导致原有算法在它们的图像上行不通。"

等她的是叶和安的追问:"为什么行不通?"

苏归晓一默,努力回忆了一阵,终是无法回答。

叶和安晒笑,继续追问道:"它们解决图像分辨率问题的原理是什么?"

苏归晓连上一个为什么都答不出,这个问题已经是叶和安故意为难。

眼见苏归晓不再说话,叶和安继续道:"这些文献原本就只是课题的入门基础,你连这些都一无所知,还让我和你讨论什么?口口声声说利用了所有能利用的时间,可你昨天晚上明明没有值班,知道今天要开会,为什么没有抓紧完成给你的任务?"

叶和安看了昨夜尹文静的病历,自然能看到署着她名字的手术记录,知道她昨晚来了医院。

苏归晓昨晚几乎通宵,再加上今天一天连轴,咬牙顶着生理极限,不过是为了多救治几个病人,没想到还要因此遭受叶和安的指责。她心里是说不出的恼火,但还是压制住情绪解释道:"昨天晚上是因为有危重患者加台,手术缺人手,我才被叫来帮忙的。"

可叶和安并非什么都不懂的业外人士,对于苏归晓的说辞并不买账,反问道:"神经外科是只有你一个一线了吗?你没有那么重要,就算你不来,值班二线也可以找到别人,是你自己分不清轻重,耽误了进度,又何必去找这些借口?"

是啊,虽然昨晚周启南是故意为难她,打电话让她去加班,但若硬说起来,的确就算她不去,周启南也不是找不到别人,她确实没有那么重要。

可当需要她在亟待救治的患者和课题论文之间做选择时,她从没有过第二个想法,只要她能选,她一定会站在患者那边。她不能对任何一个患者视而不见,她不想成为那种只会高谈阔论的医生,那是她最讨厌的样子。

是以当面对叶和安这样的指责,苏归晓只感觉到了三观不合,打心底抵触。

她的声音冷了下来:"我的确耽误了进度,但这恰恰是因为我将轻重分得很清楚。我是临床医生,对于临床医生而言,性命垂危亟待救助的患者是重,纸上谈兵的事情就算再重要,也永远比不过患者的生命!对于昨晚的尹文静而言,能够帮到她的不是我看了多少篇论文,而是关键时刻能站上手术台勇敢为她一战!"

她义正词严,可叶和安看着她的眼神,就像是在看一个天大的笑话,接着说道:"如果真的有足够的相关论文,而不是像你这样有勇无谋的医生,尹文静或许反而可以获救了!"

苏归晓的脸色一僵:"你什么意思?"

叶和安坐直了身体,目光炯然地注视着苏归晓,语气严肃:"我们去查了目前所有抗磷脂抗体综合征患者静脉窦血栓的病例报道,七例里面有五例在取栓后病情突然加重,无力回天!虽然敢冒风险给病人手术,医生的勇气可嘉,但你以为这样就是英雄了吗?你有没有想过,合并抗磷脂抗体综合征的患者取栓之后血管内壁破损,暴露出更多的凝血因子,患者自身的免疫缺陷可能会导致血栓加速形成,你们自我感动的手术也许根本救不了她!"

苏归晓眸光微凝,神色愈发肃穆:"可如果不做手术,患者那样危重的颅内高压说不定挺不过昨天晚上!你也说了,七例中有五例加重,那也就是说还有两例预后尚可是吗?"

叶和安冷眼睨着她:"另外两例是原本就症状非常轻、栓子也很小的患者,这种条件你觉得你们昨晚的患者适用吗?现代医学是讲求证据的科学,你们北江医科大学的老师难道没有告诉过你,循证医学的核心思想,就是要慎重、准确和明智地应用所能获得的最好研究依据来确定患者的治疗措施?如果医生只靠勇气就可以治好患者,那这世上哪里还有那么多的回天乏术、生离死别?"

许是因为真的生气,叶和安的话中带刺,直指苏归晓不怎么荣耀的本科出身。

循证医学,现代医学的立身之本,是即使如北江医科大学这样寂寂无名的院校也要讲授的内容。指南、证据、临床研究、课题,这层层关系简单又复杂,只不过一心只想在临床上治病救人的苏归晓那时对这些未曾深思。

她深吸了一口气:"可是每一个证据的产生过程都极其漫长而曲折,作为临床医生,能做到以现有经验用最好的方法去救治每一个患者已经实属不易。"

叶和安站起身来,耐心已然耗尽,他居高临下、掷地有声道:"因为路难走,所以就不走了吗?医学研究的使命原本就是走出这世上原本没有的路,如果所有人都像你这样想,那现在人类还在靠跳大神治病呢!"

后来叶和安扔下了一个U盘的影像数据,要求她在一周之内完成血管影像判读,将结果发给他,随后懒得再和她多说一句话就离开了。

陈一妍对苏归晓道:"我知道你是外科医生,可能更崇尚手术立竿见影的效果,觉得繁复的文字工作没有多大意义。但正是基于你眼中没什么太大意义的文献证据,我们认为昨天夜里尹文静的预后可能会与你所期待的相去甚远,我们可以一起看看结果。"

经历了叶和安和陈一妍的接连质询,苏归晓只觉得额角的青筋跳得厉害,她从没想过,作为一个医生,有一天竟会因为竭尽全力救治了一个患者而要接受这样的责难。

她从外大褂的兜里抽出手,拿过U盘,站起了身:"手术已经做完，现在你们无论再说什么，都已经是事后诸葛、纸上谈兵。"

智影公司会议室内。

离原先预定的课题正式启动时间只剩下不到一个月的时间，神经外科方面却迟迟没有进展，项目会最后，叶和安的创业合作伙伴、公司的 CEO 林一航不忘催促叶和安："你也知道这个课题神经外科那边是关键，项目从前期准备、课题申请、答辩到现在用了将近两年，才终于走到了即将正式启动的这一天，如果神经外科那边的课题参与人定了，尽快带她来开一次会，安排下一步的工作吧。"

听到林一航的话，叶和安没有回答。

平日里叶和安在用人这种事情上向来是全公司最果决的，此时却是一副颇有顾虑的样子，林一航感到有些稀奇："怎么了？"

叶和安依旧没有开口，只是摇了摇头。

林一航和叶和安创业的时候，对于分工两人有言在先，涉及医学专业的具体内容，叶和安作为技术总监全权负责，但涉及项目的统筹运营，则由林一航统筹全局。

因此林一航没有再追问，只是直接给了结论："我知道你的标准一向很高，但咱们现在时间很紧，如果对方还可以，你也适当放低些要求，不要过于为难人家，可如果真的不行，还是要及时止损。我再给你两周时间，如果神外这个人还是沟通不好，我就直接联系华仁医院，让他们尽快安排好下一个人。"

林一航说完，轻轻拍了拍叶和安的肩，随后离开了会议室。

关于神经外科参与人选的事情，其实上次和苏归晓开会的时候，陈一妍心里就已经有了许多想法，只是知道叶和安的性格，没敢多说，这次借由林一航的话向叶和安问道："叶学长，上次开会的时候，我就觉得苏归晓对科研的了解浅显，而且兴趣缺缺，她是北江医科大学毕业的，本身能力基础就有限，拖了那么久没有看完文献，说不定是本身英语水平就不是很好，读起来费劲，再加上她以前应该也没有机会接触这种世界前沿级的课题，会不会不太适合我们的项目？"

因为上次苏归晓不肯解释，陈一妍在心里已经给她的能力定了性。

听到陈一妍的分析，叶和安想起高中时在国际辩论赛上用英语把外国学生撑哭的苏归晓，冷笑了一声："她英语好得很！"

相比之下，叶和安倒真宁愿她是英语不好才没能按时完成任务，他也不至于这么头疼了。

陈一妍一怔，不知道叶和安为什么对苏归晓的英语水平如此确信，略一思索，或许是叶和安在他们师门里听说了什么她不知道的情况。她倒也没有继续细想，只是继续劝说道："就算放下这些不谈，咱们的课题计划是三年之内完成，而苏归晓在两年半之后就会毕业，她一个女生，在神经外科几乎没有留院工作的可能，那个时候课题面临着最后的收尾工作，她突然离开一定会对课题进度有非常大的影响，倒不如找一位有机会能够留下、可以长期合作的神外医生。"

若是细说起来，陈一妍也不过是一个刚读博一的学生、课题的合作参与方之一，却能够从课题管理者的角度出发，想到如此长远的以后，这证明陈一妍的心思和她单纯可爱的外表不甚相同，细腻而又精于谋算。

叶和安没有顺着她的话往下说，而是问她："我听说苏归晓平日里工作十分努力,你也是女生,为什么也不看好她留院?"

陈一妍挑了下眉:"有些事情不是光努力就可以的,正是因为我也是女生,所以我比任何人都清楚女生在神经外科留院的难度。叶学长,你还记不记得,两年前我问过你一些关于神外的事情?那个时候其实我也想过选择神经外科作为自己的专科,毕竟神经外科是在人脑上做手术,是最接近上帝的位置,有着内科不能比的神气和威风。"

叶和安看着她:"那你为什么最终没选?"

陈一妍笑了笑:"我家里帮我联系了几位神经外科的老师做了咨询,清一色都是劝退。手术时间长、难度高、成长周期漫长,也许要过十年才能自己主刀一台手术,在这种情况之下,女生天然的劣势有多明显已经不用多说,所有的老师都跟我说不要自寻'死路',神外的女性医生连百分之一都没有,越是顶尖的医院就越是如此。人可以和自己较劲,但是不要和这个世界较劲,所以我做了更合理的选择,内科。"

陈一妍说的没错,神经外科对于女生而言付出大、回报低、风险高,是飞蛾扑火、以卵击石。她最终选择了神经内科,不仅算计得非常合理,而且聪明。

可世界上并不是每一件事都可以用聪明和合理的选择解决的。比如眼下他们所做的课题,国外的团队早在好几年前就已经开始,并且小有成果,而他们在国内还没有正式开始。他们已经输在了起跑线上,却还是投入了大量的时间、人力和物力成本去为之一战,成功的概率未知,这是聪明的人绝不会做的选择。

可是假如国内没有人做,国外的产品一上市就可以定出天价,大医院花高价拿到的还是落后于国外一代的产品,而基层医院则根本买不起。危急关头最需要为患者节约时间、寻找机会的地方没有东西可用，于国家、于医院、于每一个普通人都是一种悲剧。

所以，需要有人逆势而上、飞蛾扑火，去走这世上本没有的路。

这世上聪明人太多，有的时候凭借着一腔孤勇去和这个世界较劲的"笨蛋"也许更加难能可贵。

叶和安合上手中的文件，从椅子上站起身，对陈一妍说道："我倒是想看看她能和这个世界较劲到什么时候。"

五瓣玫瑰

看见世界的另一面

智影公司已经下了最后通牒，而对此一无所知的苏归晓还在临床和科研之间努力寻找着平衡。虽然上次开会和叶和安又是不欢而散，但是剩下的论文，她还是尽了最大的努力，连带着课题的任务书，在一周之内全部看完。虽然熬夜熬得头晕眼花，但她同时也将叶和安留下的影像判读任务完成，将结果发到了他邮箱。

上次会议结束后叶和安离开的时候，对于之后的安排什么都没说，并且再没联系过她，大概是真的对她生气失望。苏归晓虽然心中也有不满，但考虑工作第一，还是给叶和安发了一条信息："文献已全部读完，影像判读也已完成，如有下一步工作安排可随时沟通。苏归晓。"

等待良久，iMessage 显示已读，未回。苏归晓将手机塞回了白大褂的兜里。

对于叶和安这样的做法，苏归晓虽然生气，但转念再想，她正好也不想将太多时间浪费在课题上，叶和安没有工作安排反倒节约了她的时间，她索性不再去理会。

这之后又是一天的忙碌，越是临到下班，苏归晓越是脱不开身。

室友梁亚怡的电话一个接着一个，就差把她手机炸了。苏归晓终于赶回宿舍的时候，梁亚怡不由分说地把她按在了椅子上，一边把苏归晓的马尾辫拆下来梳成披肩长发，一边道："我的苏大医生欸，你再不下班，我男朋友就该到饭店了。这会儿可是晚高峰，咱们叫车过去也得将近半个小时，那饭店规矩多，人齐了才能进，别回头赶不上预约！"

今天是梁亚怡生日，因为是室友，也因为梁亚怡乐观开朗、乐于助人的性格，她成为苏归晓来到这个城市半年多的时间里交到的为数不多的朋友。因此，当梁亚怡盛情邀请苏归晓与她和她男朋友一起共享晚宴庆祝她生日的时候，苏归晓犹豫再三，还是没忍心扫梁亚怡的兴，答应了。

梁亚怡是典型的北方女生，性格大大咧咧的。她说："今天是我生日，寿星最大，归晓你快找条裙子出来，我想让你和我一起穿裙子和高跟鞋！"

梁亚怡的男朋友预约了一家高档餐厅，她盛装打扮，特意穿上了毛呢裙子，戴上了珍珠耳环和项链，妆容精致得像个公主。

听到梁亚怡的要求，苏归晓面露难色："我就不了吧……"

她原本只是打算跟梁亚怡一起去吃顿饭，应该也不会很久，回来的时间若是尚早，她正好可以再回科里去看看手术录像，可如果穿着裙子和高跟鞋就不太方便了。

可是她拒绝的话还没说完，梁亚怡就板起了脸，做出生气的样子："我都等你那么久了，今天还是我生日，我就这么一个小小的要求，你都不答应吗？"

得，还道德绑架上了！

这要是别人，苏归晓肯定眼也不眨地直接拒绝，可梁亚怡毕竟是唯一一个在她刚来华仁医院人生地不熟的时候，愿意花一天时间帮她搬东西、带她逛校园认路、耐心嘱咐她手续细节的朋友。苏归晓为人虽然算不上温暖贴心，但从来信奉投桃报李、知恩图报，也因此梁亚怡对她的道德绑架才能屡屡得手。

打开衣柜，苏归晓的裙子其实很少。因为她知道女生在神经外科的劣势，除非极特殊情况，她从来不会穿像裙子这样性别特征明显的服装，就连平日里穿的其他衣服，也都是以冷色调为主。唯一能达到梁亚怡要求的，大概就是本科演讲比赛时她穿过的一条黑色绒裙。

她换完裙子，梁亚怡迫不及待地找出了一条珍珠项链挂在她的脖子上，苏归晓的气质原本就偏冷艳，此时更显得精致优雅。梁亚怡又给她补了口红，看着镜子里的她们俩，满意地掏出手机拍了一张合影。

一路苦苦哀求司机师傅加速超车之后，梁亚怡拉着苏归晓，终于赶在预约时间作废之前与男朋友李言明会合。

李言明是学计算机的，研究生毕业以后已经在大厂工作了两年，所以整个人也更显沉稳，他穿着一件黑色的大衣，个子不高，大概一米七出头。苏归晓净身高就一米七五，还被梁亚怡要求穿上了高跟鞋，三个人站在一起颇有些 Wi-Fi 信号的意思，她是最高的那个。

苏归晓看着笑容灿烂的梁亚怡，算是明白她为什么要求自己一定要穿高跟鞋了，不由低笑了一声。

初次见面，大家简单地打了招呼，李言明因为工作聚餐等原因偶尔会来这家餐厅，便主动介绍起了这家餐厅的招牌菜。苏归晓对西餐一向没有什么研究，就和梁亚怡一起，按照李言明的推荐点了几道菜，随后梁亚怡起身去卫生间，只剩下他们两个在桌旁。

因为不熟，两个人先是不约而同地陷入了沉默，李言明随后想起了什么，翻开酒水菜单，指着上面的图片对苏归晓道："他们家的鸡尾酒是特色，要不要来一杯？"

餐桌是圆形的，苏归晓和李言明之间原本隔着一段距离，大概是怕苏归晓看不清菜单上的图案，李言明说话的时候身体向苏归晓的方向倾了倾。

叶和安进店的时候看到的就是这幅景象，苏归晓坐在不远处靠窗的位置，海藻般的披肩长发落在绒面裙子上，红唇明艳，珠光白亮，在窗外城市霓虹灯光的映衬下，整个人举手投足间都散发着冷艳的气质。

这好像是他第一次见到苏归晓穿裙子。

而她的身边，背对着他坐着一个陌生的年轻男人，不知道他说了些什么，苏归晓有些为难地笑着摇了摇头。

见他突然停下脚步，一旁同行的林一航不由抬头顺着他目光的方向望了过去，有些疑惑地问："怎么了？你认识那对情侣？"

叶和安蹙眉："情侣？"

"对啊，一男一女来这种地方共进浪漫晚餐，不是情侣是什么？"

也不知怎的，叶和安只觉得一向八面玲珑的林一航今晚说话十分不顺耳，冷哼了一声，转头向他们预订的包间走去，并且催促林一航道："别看了，一会儿客户等急了！"

"你这……恶人先告状啊！"林一航回过头，只见叶和安已经快进了包间，便赶紧快步跟了过去。

苏归晓婉拒了李言明要喝酒的提议，说话的时候不着痕迹地拉开了两个人的距离："我们随时可能有急诊手术，不能喝酒，你和亚怡喝吧。"

适逢梁亚怡回来，听到苏归晓的话，拍了下李言明的肩拦住他："你别为难归晓，她们外科医生和我们不一样，你给我点杯莫吉托就可以了。"

"好。"李言明应下。

这家餐厅不愧是黑珍珠榜单餐厅，李言明的推荐也很靠谱，菜的味道不错。虽然李言明和苏归晓是第一次见，但梁亚怡一贯会活跃气氛，大家很快熟络起来，说说笑笑间，气氛轻松愉快。

唯一的小插曲是他们点了猪肋排，服务生大概是新人，看上去年纪也小，刀叉用得不是很熟练，在分割的时候显得有些笨拙，大概是因为着急和尴尬，耳根都有些红了。

苏归晓伸手示意他将刀叉交给自己，她十指纤长，动作不大还透着几分优雅从容，下刀又稳又准，切开的肋排剖面光滑，肌理清晰，不过十多秒便都分好了。

服务生松了口气连忙道谢，苏归晓摆了摆手，倒是梁亚怡颇有些得意地对李言明道："快来尝尝我们神外大医生亲自为咱们切的肋排，多好看！"

苏归晓被她夸张的话逗笑："别拿我开玩笑，你切也好看！"

梁亚怡伸出手制止她："你可别给我画饼，我又没缝过葡萄，又没缝过生鸡蛋膜，我们内科狗可不跟外科比手稳。"

李言明有些不解："缝生鸡蛋膜？"

"对啊，他们神外的医生经常会练，拿小钻头把生鸡蛋的壳卸掉一点点，然后把里面的膜剪开，再用比头发丝还细的线缝上，要缝得完完整整的那种。"

梁亚怡解释完，李言明不禁对苏归晓有些肃然起敬。"厉害，真厉害。"他停了一下，突然问，"苏医生有男朋友吗？"

苏归晓和梁亚怡同时诧异地看着他，就在梁亚怡的目光逐渐变得危险的时候，李言明赶紧解释道："哦，你们别误会，我有个好哥们儿，前段时间和女友分手了，我想着要是你感兴趣的话可以认识一下，我那朋友和我一个公司，每年的收入能有小几十万，长得也不错。"他说着，突然想起了点什么，提醒梁亚怡："就是元黎青那小子。"

"元黎青？就是上次劈腿被抓的那个？"梁亚怡恍然大悟，显然对上号了，随即冷笑了两声，"以外科医生的刀工和专业知识，捅他一千刀还能算轻伤你信不信？"

梁亚怡只见过元黎青一次，但他的风流事迹可是听了不少，人长了一副好皮囊，却不干人事。以梁亚怡对苏归晓的了解，苏归晓能看得上他才见鬼。

李言明神色一凛。

苏归晓一面优雅地切着自己面前的牛排，一面轻描淡写地配合着梁亚怡，故意纠正道："一千刀有点夸张了，毕竟人体空间有限，一百刀还是没什么问题的。"

李言明脸色彻底暗下去了，回过头看向梁亚怡的时候语气中透着些许庆幸："虽然我不是元黎青，但我很庆幸你是内科的。"

梁亚怡挑了挑眉，幽幽地说道："内科虽然不擅长用刀，但要是想悄无声息地把你送走也是有很多种办法的……"

梁亚怡说话的时候，眼皮半抬不抬地睨着他，李言明不由得打了一个寒战，整个人都僵住了。

苏归晓和梁亚怡对视了一眼，随即笑出了声。

玩笑过后，梁亚怡还是好奇地问苏归晓："不过归晓啊，你有没有考虑过以后要找一个什么样的男朋友啊？比如什么职业的、年龄范围多少、身高外貌有没有什么要求？我们可以帮你留意着点，我看你妈好像时常会在电话里催你。"

住在一个宿舍，偶尔沈宝英打电话过来的时候，苏归晓也没有刻意回避梁亚怡。每一次沈宝英打电话，不管开头是什么原因，最后都会以催促苏归晓找男朋友收尾，可谓起承转找对象，甚至还隔着半个中国托朋友介绍，让苏归晓去相亲，次次都被苏归晓找借口躲了。

和苏归晓这么长时间相处下来，以梁亚怡对苏归晓的了解，什么样的人苏归晓不会接受，梁亚怡多少能猜得到，但什么样的人苏归晓会喜欢，梁亚怡的脑海里却一片空白。苏归晓在神经外科那样一个全是男人的狼窝里还能保持母胎单身，也堪称"万绿丛中过，片叶不沾身"，多少可以算得上是"不近男色"了。

被梁亚怡这样问，苏归晓顿了顿。她没有细想过这些问题，职业、年龄、身高外貌，她没有什么具体的想法和要求，如果非要说的话……

她想了想："我没有特别具体的要求，但我希望对方是可以让我变得更好的人，不是要从他那里获得什么，而是他能够让我更清楚地认识自己、提升自己。"

这么抽象的要求……可以，这很苏归晓。梁亚怡想了想，又问："那你以前有没有过喜欢的男生啊？"

也不知怎的，在这一瞬，苏归晓眼前突然闪过了高中时的那个同桌，不知是当时的阳光太过耀眼，还是他塞给她的奶糖太过甜腻，她的心跳在不自觉中加速……

可是下一刻，她脑海中又忽然浮现出不久前叶和安在会议室声色俱厉指责她时的样子，青春期的滤镜碎了一地。她当即回神，摇了摇头："没有。"

青春期心动的人果然还是活在回忆里比较美好。

晚餐之后，走到一楼，梁亚怡被商场活动吸引了眼球。每个过道中间都摆着一排排小车，上面都是些民俗相关的小物件，梁亚怡拉着他们一路走走逛逛，挑花了眼，最终在一个展示内画艺术的摊子前停了下来。

摊主是一个五十多岁的大爷，戴着一个铁铜色的小框眼镜，正在台灯下专心致志地画着一个鼻烟壶。随着大爷细细的笔触描摹，鼻烟壶内壁的少女已经初见清秀模样，瓶外大爷的手指上遍布粗糙的茧子，瓶内少女身着旗袍，身形窈窕可人，周围围观的人众多，莫不叹一声"好美"，不愧是非物质文化遗产。

李言明也不由得叹道："这手该是有多稳，才能从这样小的壶口伸笔进去，画出那样美的一个新世界。"

苏归晓和梁亚怡也跟着点头赞叹，紧接着，梁亚怡突然意识到了什么。"手稳？"她转头看向苏归晓，"欸？归晓，你手稳啊，你是不是也能画？"

梁亚怡一贯的大嗓门立刻引来了其他人的注意，就连原本专注于自己手里小壶的大爷也抬起了头。

苏归晓连忙摆了摆手："我美术不好，不会画画。"

话音刚落，就听大爷颇为不满地哼了一声："不用画画，在这里面你一行字都写不出来！"大爷内心充满骄傲，一看就是对自己的手艺十分自信。

梁亚怡看热闹不嫌事大，眼睛都亮了："大爷，您要这么说，我们可就想试试了。要不这样，您给我朋友一个新的壶和一支笔，我们按成品价买，您看可以吗？"

大爷想也没想就答道："她要是能写得比我好，我把这桌子上的壶都送你！"

"哇！"围观的人一阵惊叹。有人问："那要是这姑娘写得没有摊主好呢？"

刚刚还想要看热闹的梁亚怡这回也成了热闹被人看了。

梁亚怡的脾气苏归晓是知道的，这姑娘最爱话赶话热血上头，她赶紧伸手去拉梁亚怡冲她摇头，却已经晚了。梁亚怡十分豪气地当众下注："要是我朋友写得不好，那个，就架子上面那盒最贵的，我买走！"

摊主身后的架子上放着的是一套包装精致的内画壶，价格有大几千。

摊主一口答应下来："好！你说的，大家都听见了，不许反悔！"

有了这赌约，事情变得更有意思了起来，周围来来往往驻足观看的人越来越多，将这个摊子里三层外三层地围了起来。

气氛烘托到这儿了，说什么都晚了，苏归晓要是再摇头拒绝，就算是直接认输，给梁亚怡丢人还丢钱。而且她也确实好奇，在这壶内写字是什么感觉，会比在显微镜下缝合血管还要难吗？因而短暂思索后，她没多推拒，在摊主的对面坐了下来。

她模仿着摊主的样子，将毛笔伸进壶内，尝试着写了一笔。果然由于壶口空间狭小，落笔的位置很难精准掌控，她刚刚写了一横，住笔的时候笔尖不小心触碰到了壶的侧壁，染上了一个重重的墨点。

刚刚被提起兴致的围观群众有些失望地叹了口气，还以为是王者，这么看就是个青铜，怎么和人家摊主比？

但他们没有看到的是，苏归晓的眼睛却亮了起来。

这个内画，比她想象中还有意思！

终于结束了和投资方的见面，从商场滚梯下楼的时候，叶和安伸手将白衬衫袖口的扣子解开，一旁的林一航不由得说道："这投资圈的消息跑得可真是快，正道公司的陈总不过昨天才联系我，安达公司的安总就已经听到了风声。"

叶和安挽着袖口，不以为然道："这消息是自己跑的，还是有人故意放出风声还说不准呢。好在你做事一向考虑周到，今天直接拿出拒绝的聊天记录给安大铭看，倒是变坏事为好事了。"

林一航也伸手松了松领带，原本一身深灰色西装略显严肃的林总终于松弛了下来，笑了笑："讲真，他的饼画得还是挺诱人的，只不过他点背了一点。这圈子里我认识的人不少，他公司里的情况我打听打听就知道了，既然已经投了我们的对家，哪里还有闲钱再来和我们合作？在咱们即将抢先一步完成诊断试剂盒的时候来联系我，八成是想要些不入流的商战手段，诛心罢了。安大铭在商场那么多年，不用我们多说什么，一点即透，估计他回公司就会立刻和董事会的人商量咱们试剂盒落地转化的投资，如果没什么意外的话，这个月应该能听到好消息。"

林一航的表情看似闲适，眸光却已变得锐利，看着林一航这副成竹在胸的样子，叶和安不由跟着笑着摇了摇头。

在商业圈子里，林一航时常因为过于年轻，外表看起来平平无奇,性格又不温不火,而被那些自诩"老江湖"的人轻视。他们却不知道表面平静的小溪里也可能有湍急的暗流涌动,林一航父母白手起家,林一航耳濡目染,自有自己的处世方法和人脉。

叶和安挑眉,打趣他道:"不愧是我们小王子……"

林一航表情一板,当即打断了他:"你要再多说下去,我跟你急啊!"

叶和安微笑不语。林一航小时候因为家里的产业被人起的这个绰号,这么多年了,一提起他还会害羞,看来心理阴影还没消失啊。

说笑间,两个人到了一层,远远地便看到有一处摊位旁围了许多人,十分热闹,凑近一看,摊主和一个年轻女生都在低头画着一个小壶。

林一航也是个爱看热闹的,向一旁的人小声打听道:"这是在干什么?"

"那个女孩儿和这个鼻烟壶内画的摊主打赌,两个人写同样的诗句,谁写出来的清晰,字又小,就算谁赢。"

林一航诧异道:"打赌?内画?那不是一门非物质文化遗产的手艺吗?这女生也是专门学内画的?"

路人摇了摇头:"应该不是,十几分钟之前她还一个字都写不清楚呢,不过她确实有点天赋,很快就掌握了点技巧,就是不知道能不能比得过摊主了。"

说话间,摊主已经在自己的壶里写完了那句诗,将壶放在了摊位的前面,自信地供所有人看。果然不负他非遗传承人的名头,那壶壁上的字,虽然小,但字体俊秀随性,带着艺术的美感。围观的人鼓起掌来,有啧啧赞叹的,也有当即就在摊铺里挑选起自己喜欢的壶付款的。

苏归晓毕竟是初次尝试，自然没有摊主那么熟练，刚写完上半句，回头就看到了摊主的作品，发现自己的字写得还是要比摊主的更大一些。

一旁观战的李言明也看得清楚，自以为小声地对梁亚怡道："归晓确实挺厉害的，可是和摊主比还是有差距，我看你这赌是要输了。"

苏归晓没有抬头，只是再下笔之前，比对着摊主字迹的大小，合眼在脑海中又演练了几次，再睁眼时手上愈发坚定了几分，每一个字都会比之前的字更小一点。

长风破浪会有时，直挂云帆济沧海。写到最后，她对笔的控制也渐渐进入佳境，她将完成的壶放到摊主的旁边，围观的人可以一眼直接对比。两个人的风格迥异，摊主的字体大小均匀，颇具行书艺术的美感，而苏归晓从下半句开始，字体逐渐变小，到最后两个字的时候，已经可以与摊主的字体大小比肩，甚至可能还稍微小一点点，字却是方方正正，每一个笔画都能看清。

无论今天的结果怎么认定，从这个女生的表现来讲，她没输。围观的人群再次爆发出掌声，就连摊主在仔细观看后也点了点头表示对苏归晓的认可："第一次写就能做到这样已经是天赋异禀了，你是做什么的？手居然如此灵巧！"

还没等苏归晓说什么，一旁的梁亚怡已经迫不及待地开口："我朋友是神经外科的博士，手稳到能在显微镜下用头发丝缝合的那种医生！"

喔！四下传来一片赞叹声，摊主恍然大悟道："怪不得！是我失敬了。"

林一航终于想起了他觉得这女生眼熟的原因，对叶和安道："这就是你刚刚进饭店时盯着看的姑娘吧？长得是挺好看的，居然也是学神外的，算你同行。"

叶和安看着站在苏归晓身后的李言明，想起之前在饭店里两个人颇为亲近的样子，气说不出的不顺。见林一航也饶有兴味地盯着苏归晓看，他忍不住开口撑道："哪儿好看了？我记得林总一向喜欢清纯甜美的小女生，今天这口味怎么变了？"

从叶和安的反应里，林一航多少品出了点什么，笑了笑又道："清纯甜美有清纯甜美的好，这高贵冷艳也有高贵冷艳的妙啊。不过就是她这性格不太讨喜，第一次做的事情就敢和人家摊主打赌，还非要挑战极限不肯认输，作为女生太争强好胜了。"

言外之意就是这样的女生不是他的菜。

原本是想给今晚一直气不顺的叶大总监顺顺气，哪知叶和安却一本正经地反驳道："作为女生也可以做到最好，成为最优秀的人，女生争强好胜有什么不对吗？"

又被叶和安撑，林一航心里的白眼翻上了天："对对对，叶总监您说对就对！"又突然想起了什么，"对了，你之前不也是神外的医生吗？这壶你能画吗？"

听到林一航的话，叶和安表情骤然一变，右手下意识地握紧成拳，没有说话。

而四周，随着赌局结束，除去留下来买工艺品的人，大家也渐渐散了。

苏归晓和摊主互认是平局，她虽然有个别字写得比摊主要小，但总体的发挥稳定性以及艺术美感定然还是摊主更胜一筹，两个人交换了自己写的小鼻烟壶留作纪念。

叶和安回过神来的时候，苏归晓已经和梁亚怡以及李言明渐渐走远，也是在这时，他注意到刚刚吃饭时和苏归晓凑得很近的那个男生此时和另外一个女生牵着手。叶和安只觉得心里忽然轻松了几分。

看来只是朋友，林一航的眼光真是一点也不准。

叶和安走近摊子看了看那个还留在摊主桌面上苏归晓画的那只小壶，上面是两行算不上齐整的诗句，还有之前试笔时写废了的字，说实话，算不上好看。

他拿起这个小壶，唇角带了一丝若有似无的笑意，问摊主道："这个卖吗？"

回宿舍的路上，苏归晓还是忍不住提醒梁亚怡："你今天太冲动了，立下那种赌约，万一我输了，或者摊主不讲道理最后硬逼着你买怎么办？"

梁亚怡却不以为然地一笑："我还不知道你？你才不会认输！"

同样学医，对于苏归晓的手上能力梁亚怡心里还是有数的，她是真的觉得苏归晓有可能做到才会那样说。而且苏归晓今天的表现也完全印证了她的想法，最后几个字还在现场学习和领悟，不断突破自己的极限，绝不轻易认输。

梁亚怡顿了顿，又说："而且过几天不是有个小假期吗？我也得回趟家看望老人，要真买的话就当作给老人的礼物好了！"

所以才挑的店里最为体面的那套作为赌注，梁亚怡也有她的 Plan B。

说是要先送梁亚怡回医院再自己回家的李言明此时坐在副驾驶的位置上十分安静，梁亚怡从后面拍了拍他的肩膀："怎么一句话也不说？你在想什么？"

李言明刚回完元黎青的消息，这个损友不知道又跑到哪里去看什么音乐会了，一个劲地夸隔壁座的女生长得好看。听到梁亚怡叫自己，李言明沉吟了片刻说："我在想，刚刚苏归晓画内画时的手真的太稳了，一点颤都没有。"

"所以呢？"

"我觉得你们刚刚说一百刀还算轻伤可能真不是在吓我。"

李言明说话的时候语气颇为认真，把梁亚怡逗得开怀大笑。她没有回答，而是伸手抱着苏归晓，靠在了她的肩上："我今天好开心啊。归晓，你开不开心？"

苏归晓仔细地想了想，她好像已经很久没有像今天这样畅快地笑过了。她认真地点了点头："开心。"

可是开心的时光总是短暂的。

上次开会结束的时候，苏归晓曾说叶和安和陈一妍的判断是事后诸葛、纸上谈兵，可偏偏这样的纸上谈兵成真了。

病人在重症监护室里于生死边缘挣扎了一周多不见好转，家属在监护室外终于再也坚持不下去了，原本就十分高昂的手术费用再加上监护室每天上万的开销让他们无力为继，最终决定将患者转回老家的医院听天由命。

他们离开的那天早上，苏归晓刚从手术台回来，只来得及看到救护车渐行渐远的尾影。

虽然病人现在一息尚存，但他们都知道，病人病情这样严重，离开了全国最好的神经重症监护室，等待她的命运将会是什么。

产妇在离开医院的时候一息尚存，经手的医生也因此省掉了些要命的麻烦。不过，这个病例因其罕见和特殊，毫无悬念地被拿到了一周一次的神经内外科教学查房会上做详细讨论。

作为神经外科负责过这个病例的一线，韩晓天和苏归晓负责手术相关部分的情况汇报，大概是因为这个病例特殊，他们已经提前知道院长、神内及神外的各位主任都会到场参会，因此这次会议发言的压力无比巨大。但同时，这也是一次极佳的表现机会，如果能够在这次教学查房会上出色发挥，让各位专家主任对自己留下好印象，那么对之后的学习，还有以后争取留院工作的机会，都是绝好的铺垫。

作为患者的主管医生，周启南将手术汇报工作的核心部分直接交给了韩晓天："你们两个都是这次手术记录上的一线，汇报就由晓天主要负责，归晓只需要上台做适当的补充。"

苏归晓想不到"适当的补充"究竟指的是什么，又或许她只是负责上台去给韩晓天做个背景板。但对于周启南这次的决定，苏归晓没有提出任何异议，低声应道："好。"

这次手术是周启南顶着压力接下的，也是他跟随着三线主任穿着铅衣、顶着辐射完成的，就算有显而易见的偏心，苏归晓也尊重他这样做的权力。

韩晓天整整准备了五天，每天大部分时间都泡在二线办公室，所有的发言内容都是和周启南反复讨论后敲定的。

苏归晓拿出院病历去二线办公室找周启南签字的时候，刚靠近办公室就听到屋里传出的对话："南哥，你说这儿要不要加一张乙状窦的DSA[1]图像？虽然主要的栓塞在直窦和上矢状窦，但乙状窦导丝的走向……"

---

[1] 数字减影血管造影。

咚咚咚！

听到敲门声，韩晓天和周启南同时转过头来，见到是她，谁都没有说话，刚刚还热闹的讨论戛然而止，办公室里安静得有些尴尬。

苏归晓径自走到周启南旁边，将病历袋递给周启南："这是这两天出院患者的病历，您看下，如果没有什么问题请签一下字，病案科来催了。"

周启南接过，一一核查过后，在首页上签了字。整个过程安静到只能听到翻纸的声音和周启南签字时笔尖发出的细微声响。

后来苏归晓拿着病历出了办公室，离开稍远的时候，隐约又听到办公室里传来韩晓天的声音："导丝的走向会影响到之后的操作……"

苏归晓不知道韩晓天是不是怕她听到了他的什么想法，抢了他的风头，所以才会在明明要和她一起上台的情况下还在讨论的时候特意回避她。但她知道的是，等到发言的时候，她这个"适当的补充"应该是不需要了。

在教学查房会的会场上，苏归晓站在韩晓天旁边，心情放松得很。

韩晓天代表神经外科做手术情况相关的汇报，先前五天的准备没有白费，面对着会场中一众的主任和神经内外科的医生，他有条不紊地将手术中的情况——说明，而不出所料地，负责补充的苏归晓全程沉默着站到了最后。

他表现出色，几位主任点评时都不忘夸上几句，甚至连素来和张建忠不太对付的高德全主任都加了一句："张主任的团队里卧虎藏龙,小伙子叫……韩晓天是吧?才博士一年级,前途无量!"

在医院待稍微久一点的人会知道,高德全和张建忠几乎是同期进的华仁医院神经外科,两个人年龄相近,研究内容都集中在脑血管病,也都有着非常强的专业能力,可以称得上是天选对家,二十多年来,从职称晋升、主任竞聘、奖项评定、课题申报到学科地位,两个人你追我赶、互不相让。所幸现在华仁医院神经外科发展出了十多个亚专科,两位主任各自负责一个病房,各自都能有一定的空间,也因此维持着还算和平的状态,只不过最近因为院领导班子换届的事情,这竞争的暗流又涌动了起来。

像这样的公开场合发言,其实是一次对外展示自己团队能力的机会,好的表现也是给自己的导师赢得脸面。

韩晓天努力压制着发自内心的笑容,连声道:"还要向各位老师们继续学习。"说着,他的目光有些紧张地落在了导师张建忠的身上。

在这样的场合,自己的学生被这么多同事夸奖,张建忠自然觉得脸上有光,他微微点了点头,算是表示了对韩晓天的认可,可他的目光落在了韩晓天的背景板——苏归晓的身上。

他蹙眉,清了清嗓子,叫她:"苏归晓。"

所有人的目光在这一刻全都落在了苏归晓身上。

苏归晓没想到导师会突然叫她,不知道他想要做什么。在短暂的惊讶过后,她低低地应了一声:"在。"

张建忠问她:"你也参与了这台手术?"

会场里异常安静,先前不明白苏归晓站在那里做什么的人,还有甚至根本没有注意到她的人都看了过来。

苏归晓再应声:"是。"

张建忠脸上的表情愈发严肃："你现在对这个患者的治疗有什么新的想法吗？"

张建忠的语气算不上好，眼神中也透着对苏归晓的些许不满，她在台上莫名其妙地站了半天，一句话也说不出，这不该是他的学生的样子。

在这样的场合之下，又面对着主任的提问，一般来讲，就算没有想法也会尽可能地编些想法出来。却没想到，苏归晓坚决地回了两个字："没有。"

所有人皆是一怔。

张建忠的脸色愈发暗了几分："你经手了一个这么特殊的病例，居然一点想法也没有？"

苏归晓的表情平静："上周有人说在既往相关的论文报道里，抗磷脂抗体综合征患者出现静脉窦血栓，取栓治疗的七例中有五例病情加重。我去查了，的确如此，其中有三例患者出现了血管破裂出血，两例患者则是在治疗后不久再次出现了血栓，病情急转直下。"

张建忠看着她："所以你想说抗磷脂抗体综合征的患者不适合拉栓治疗？"

苏归晓摇了摇头："我起初这样想过，可是这些病例数量毕竟有限，就又去查了查其他自身免疫性疾病患者合并颅内血栓相关的论文报道。"

说来也是因为那天与叶和安的争论，叶和安说如果真的有足够的相关论文，而不是像她这样有勇无谋的医生，尹文静或许反而可以获救。这句话扎在了她的心里，她咽不下这口气，去查了更多的论文。

张建忠追问："结果呢？"

"这些研究的样本量更大,取栓治疗的成功率最高可以达到70%,因此我认为仅根据现有的病人治疗并不理想的情况,就推测抗磷脂抗体综合征患者因为自身免疫功能异常,而不适合拉栓手术,这个结论并不合适。但我们也必须承认,患者拉栓的治疗效果并不理想,因此两相权衡之下,我认为面对这样的患者,或许我们只能选择在现有的医疗条件下用最好的治疗手段全力一试。老师们也恰恰这么做了,虽然这个患者的结果并不是那么理想,但这是现有医疗水平的局限性导致的,并不能说治疗方案有什么问题,因此我对这个患者的治疗并没有什么新的想法。"

苏归晓话音落下,会场里再一次陷入了安静。

比起韩晓天单纯地汇报手术内容,苏归晓不仅查阅了抗磷脂抗体综合征的相关文献记录,更是多想了一步,去查阅了其他自身免疫病的情况作为参考,之后的评价更是体现出了自己对这种疑难病例治疗的思考。虽然她说没有什么新的想法,却并非没有想法,而是在充分考量之后得出的结论。

张主任的这个学生也很有意思。先前考博面试的时候,神外的大主任们大多都在场,其他学生他们早已不记得了,但对张建忠收的这个女学生多多少少还有那么点印象。虽然她操作考试手术基本技术手稳得可以,专业知识考核和英语考试也是绝对优秀,但毕竟是女生,又是双非院校毕业,按木桶理论来说,短板非常明显,谁也没有想到张建忠最后真的会留下她。

大家渐渐开始琢磨起台上的两个人。这一男一女同一届的两个学生……张主任的团队里真是卧虎藏龙。

听完苏归晓的回答,张建忠面色稍霁,停顿了片刻,才开口道:"虽然医疗水平有局限性,现有的条件和证据无法支持我们在术前对患者进行更加周全的评估，但事后反思、不断尝试新的方法、对治疗提出新的想法才能使医疗水平不断进步。因此，我们课题的合作公司智影科技的负责人基于他们最新的影像建模技术，对这个病例也提出了一点新的看法，接下来将和大家分享一下。"

张建忠说着，起身看向了会场后方的一个角落："和安，上台吧。"

随着张建忠的话音落下，苏归晓抬起头，只见叶和安自最后一排起身，在众人的注视中一步一步向前走了过来。

叶和安……他是什么时候来的？

就在她失神的这片刻，叶和安已经走上了台，苏归晓和韩晓天赶忙收拾好东西下去。在沿着墙边回自己座位的过程中，苏归晓听到台上的人说："大家好，我是智影科技公司的叶和安，上周有人说我是纸上谈兵，所以回去以后我们根据患者的情况建了一个颅内血管模型来进行模拟，虽然不能直接代表真实情况，但期望能对大家有一些启发。"

她刚刚的发言里有一句"有人说"，他此刻回了她一句"有人说"——他听到了她刚才的发言。

苏归晓回头，叶和安打开了建模软件，颅内动静脉血管一览无遗。

调整血流速度，按照手术中的实际操作移除血栓，末端血管能承受的最大压力值显示在屏幕上，而血栓移除之后根据血液的流速计算，压力已经超过了最大值，与患者术后多发的颅内出血点吻合；血管的自我保护收缩之后，血液流速减慢，产妇原本就处于高凝状态，取栓后管壁暴露，血栓逐渐形成，静脉窦再次栓塞，与患者最后复查的核磁影像相吻合。

根据模型已经可以看出，取栓的结果是可以预估的不乐观。

清晰的影像加上复杂的模型数字计算，会场里发出惊叹的声音。几年前在影视剧中看到的画面竟然在现实中上演，大家看着屏幕上的画面，颇有些想象照进现实的感觉。

叶和安倒是没有过多应用模型炫技，而是更多地关注了病例本身。"刚才大家的讨论都有道理，但是对于将其他自身免疫病作为参考的行为，我还是有一点话想要说。我赞同目前抗磷脂抗体综合征患者中出现静脉性梗死的病例数较少，结合其他自身免疫病的研究结果，我们不应该过早地剥夺患者取栓治疗的机会；但不同自身免疫病的机制还是有着很大的差别，对凝血功能的影响也不尽相同，我们也不应该仅根据这些结果而对手术过于自信和乐观。"

叶和安说最后一句话的时候，抬头看向了苏归晓。

散会的时候，苏归晓跟着周围的人一起向会场外走去。

韩晓天和周启南在她旁边小声对话，韩晓天对周启南道："没想到智影公司的影像模型做得倒挺像模像样的，他们对这些课题倒是很认真的样子。"

周启南冷笑了一声："没点模样他们怎么能忽悠来5000万投资？和华仁医院神经外科合作课题说出去都是他们的资本，他们能不认真吗？有这个合作课题，再发表点什么论文成果，说出去唬一唬圈外人，人家轻轻松松融资上亿。"

苏归晓刚走出会场，叶和安就打来了电话，她在嘈杂声中接起，对方的指令简单直接："在会场后门等我。"

苏归晓料想他大概是终于要给她安排课题接下来的工作内容，

却没想到他接下来的一句话是："我和张主任商量过了,这次抗磷脂抗体综合征的病例,就由你整理病例写成论文投稿。"

苏归晓看着叶和安,诧异地睁大了眼睛。陈一妍是和叶和安一起过来的,看到苏归晓这样惊讶的样子,再结合苏归晓双非院校的出身,只当她是觉得写论文太难了,因而道:"你不用怕,觉得太难、写不好的话我可以教你。"

病例报道是所有论文类别中相对而言最简单的,苏归晓虽然没有写过,看也看过不少,要说难她倒觉得并不至于。只是……

她的问题犀利:"如果我没记错的话,合作课题的内容和这次的病例不完全一样吧?"

虽然都是血管性疾病,但合并像抗磷脂抗体综合征这样的内科系统疾病应该是他们这次 AI 影像课题的排除标准,苏归晓并不认为叶和安提出的这个要求会对他们的合作课题有什么太大的意义。

其实叶和安今天来医院第一件事就是和张建忠确定病例报道的书写问题。因为这次的血管模型算法一定程度上是基于上次苏归晓完成影像判读的血管数据,这次论文撰写的机会按理应该优先给苏归晓。也是因为这样,见苏归晓在讲台上一言未发的时候,张建忠才会额外提问她对这个病例的想法,从一定程度上也是在确认她是否可以胜任这个工作。从最后的结果来看,张建忠是认可她了。

叶和安并没有要讨论的意思,直接道:"这次的合作课题的确与抗磷脂抗体综合征无关,但是与影像建模有关。在案例讨论的部分,你需要把我们这次的影像及建模结果加上,这个 U 盘里有具体的资料,病例报道三天之内写完发给我。"

苏归晓接下 U 盘,眉头紧蹙,从内心里抵触这样强硬而高压的要求,却也没有立即发作,只是问:"三天?为什么这么着急?"

叶和安还未说话，一旁的陈一妍已经先一步答道："论文投稿和发表需要周期，短的话几个月，长的话一年多，创业公司可熬不起那么久，季报、年报、明年上半年的融资会如果赶不上，就是在浪费他们的时间。"

所以果然是为了给他们公司的模型"镀金"，有这样发表出去的论文，就像刚刚周启南所说的，再去融资吧！

苏归晓看着眼前的叶和安，流露出不加掩饰的失望，她怎么也没想到当初那个天赋出众、理想清晰的同桌已经变得世俗而功利。

这几天有神经外科的学术年会，院长、主任们会做手术直播，都是难得一见的疑难病例或者高难度手术，是苏归晓一年中最期待的时间。如果将这样宝贵的三天时间都浪费在为叶和安的公司赶一篇"贴金"的论文上，她自然不能接受。

苏归晓的表情愈发冷淡了："不好意思，我还要上手术，我没有那么多精力完成与合作课题无关的工作。"

对于苏归晓的回应，陈一妍无法理解："其实你完全不必在意这个病例和课题的关联度有多大，就算毫无关联，多发一篇论文对你评定奖学金、以后找工作都有好处。这是个难得的机会，其他同学说不定想要都要不到。"

陈一妍话中所指的其他同学自然是刚刚和苏归晓同在讲台上的韩晓天。从刚才发言的情况来讲，不知情的人不管怎么看都会觉得是韩晓天主要负责这个患者的，而苏归晓最后能拿到写论文的机会是捡到了天大的便宜。

苏归晓被气得一时之间说不出话来。这个陈一妍，在这样的利益是非上，虽然不了解全情，但丝毫不见外，替她谋算得也当真是快啊！

眼前的两个人，一个为了公司融资，一个张嘴就是奖学金，倒也真是般配。苏归晓看着他们，冷笑了一声："你们两个一定会是非常好的合作伙伴。"

叶和安听得出她话里的讽刺，冷声道："我刚刚已经说了，和影像建模有关也是和课题有关。天天只知道手术，只知道切，你是屠夫吗？"

苏归晓几乎是脱口而出："那也总比天天为名为利高谈阔论、真遇到病人只会袖手旁观的人强！"

她停顿了片刻："对了，是我忘了，你已经不是医生了，自然不会在乎病人如何。"

在这一瞬间，空气忽然凝滞了。

原本以为以叶和安的毒舌和不留情面，他一定会立刻对她予以回击，却没想到在这一刻，叶和安突然沉默了，目光之中多了许多晦暗的、她看不清的东西。

没有预料中的针锋相对，苏归晓怔了一瞬，面对突然沉默的叶和安，无端生出几分心虚。可回想她刚刚所说的话，她并不明白他为什么会有这样异常的反应，他的确已经不是医生了，而且是他自己选择退学、主动放弃这个职业的，可他此刻的样子倒像是……

不懂，想不通。苏归晓索性不再去多想，反正十年过去，他和她已经不是一路人，她当然不能像陈一妍那样理解他。

"我还要去看病人，先走了。"说完，苏归晓最后看了他一眼，转身离开。

眼见着苏归晓的身影消失在视野中，陈一妍不由得发出一声哂笑："这个苏归晓，每次跟她说点什么事都这么费劲，课题还没开始就这样了，这要是真在课题进展期间，就她这个态度，怕是要误大事。叶学长,我觉得跟她没有办法再沟通了,尽快和神外说换一个人吧!"

叶和安没有回答,陈一妍想了想,又道:"要是你觉得碍于同门情面,不好去和张主任说的话,上次在你们公司开会的时候,林一航也说了,最后两周期限一过,他就会代表公司来和医院沟通,现在离上次开会已经过去了……"

陈一妍说话的同时用手指数了数:"已经过去了十天有余了,还剩三四天,到时候让林一航来说也一样。"

如果是第一次见面就觉得不合适,公司提出换人,那倒也不算什么大事,毕竟还没正式开始课题,不合适的理由有千百个,不一定代表她能力不行,但现在就不一样了。

双方已经沟通合作了近一个月,苏归晓再被换掉,那就是明着说她能力和态度不行。这样的事一旦发生,以后别说留在华仁医院,但凡好点的机会都与她无缘了。陈一妍认为叶和安多少是对这个同门师妹有些不忍。

只不过……

陈一妍宽慰叶和安:"说到底还是她自己的选择,既然她不想合作,让她退出这个课题组说不定她反而更开心,让她自由自在去做她的手术吧。"

叶和安没有回答。苏归晓的确是开心了,可后果是,他还要从头去和接手的人沟通,等对方看完一百多篇论文、熟悉前期的判读流程……

叶和安回想起一个月之前,在主任办公室里,张建忠第一次向他派出合作人选时的场景。毕竟是国家重点课题,在公司所有人的预期中,张建忠派出对接的应该是一名有些资历的医生,然而这位大主任带着少有的犹豫神色,递给了他一份学生简历。

"我考虑了一下,这个课题需要比较多的时间和精力,科里的在职医生手术时间多,怕是很难腾出那么多时间。这是我今年新收的博一学生,让她先去试试吧,如果不行的话你随时说,我把她换下来。"

从张建忠的话中,叶和安无法完全揣测出他对这个学生的看法。如果说只是因为其他人没有时间所以才先让这个学生来探路,可是能把这么重要又高难度的课题交给她,必定是对她的能力有所期待的;但如果是完全看好和信任她,那为什么又会说可以随时替换掉她?

这个课题是叶和安与全公司近两年的心血,是他现阶段最看重的事,他自然不会接受让随便什么人来试试。原本想要劝张建忠再考虑考虑,但当拿起简历,看到简历上面嘴角微微上扬、笑得疏离而客套的苏归晓,他忽然停住了。

再往下看,北江医科大学,那个在他高考之后才听说的不知名的双非院校,就这样承载了她八年的青春。六级690分,特意标注出来考了五次,这与其说是一种坦诚,不如说是一种别样的炫耀——她要做的事,不管千难万险,一定能做成。

时隔八年,那个以两分之差输给他的姑娘,终于来到了华仁医科大学。相比之下,他倒成了那个半途而废的人。

张建忠在这个时候补充道:"她考博的时候是笔试第一,学习能力应该不错,你们先沟通看看,不行再说。"

那时的叶和安已不似之前那般担心,毕竟苏归晓那样的人,只要是真心想做的事,又有什么不行呢?只是可惜,他未曾预料到苏归晓对科研课题的态度会是如此这般。她真心不想做的事,必定是强求不来的。

或许是因为早就预料到沟通不会顺利，叶和安这次给苏归晓的 U 盘里关于建模的资料是他精心整理过的，里面有目前课题的基础，是基于她上次做出的影像判读数据结果进行的一系列建模尝试，还有这次建模的详细成果，比刚刚会议上展示的更全面，更有之后的优化方向。就算对课题再不感兴趣，明眼人应该也能一眼看出这个项目是可行且极具前景的，就算是从获取成果的功利角度来看，这也是个绝佳的机会。他期望苏归晓在看过这些资料之后，能够慎重考虑是否继续参与这个课题，只不过……

以刚刚她离开时的态度，她是否会打开这个 U 盘都未可知。

最后三天……

叶和安轻叹了一口气，是去是留，很快揭晓。

六瓣玫瑰
意料之外的转折

回到办公室,苏归晓并没有进入预想中的学习和工作状态。

全国神经外科年会的第一天,各路神经外科的大佬陆续登场致辞,苏归晓将手机立在桌子上看直播。原本想尽快把患者病程写完,可打开病历系统,鼠标在不同患者中间转了一圈,她最终点开了借阅病历的界面,输入了尹文静的名字。

虽然和叶和安说了她并不想写病例报道,最起码三天内她没时间,但这毕竟是叶和安交代给她的工作,即使她对给他们公司"镀金"这种事不感兴趣,可也不想真的耽误了他们的什么事情。因此,她能想到的折中的办法是,她先整理好病例相关的资料发送给叶和安,假如这论文真的那么着急,他也有足够的内容可以自己去写。

适逢周启南走进一线办公室安排工作,苏归晓叫住他:"周老师,我想拷一下尹文静的 DSA 原图,这次病例讨论我看用到了这些图,是不是可以直接找您拷贝?"

周启南的眉心微凸,表情有几分戒备:"你拷原图做什么?"

苏归晓简单解释道:"今天叶和安让我把这个病例整理成论文,

说是和张主任商量的决定。"

周启南双眼微眯了一下，一副在思考的样子："这个病例和他们公司有什么关系？难道……他们是不是想把他们的建模计算结果一起写进去？"

周启南不愧是"老江湖"，很快反应了过来。苏归晓因而也不用再多言，直接问道："那您看是我把 U 盘给您，还是您邮箱发给我？"

图像大，邮箱上传需要时间，徒增麻烦。周启南答："给我你的 U 盘吧。"

苏归晓把手伸进兜里摸了摸，却忽然想起因为今早病例讨论着急，她忘记将钥匙串放进兜里，挂在钥匙串上的 U 盘自然也不在身边，只摸到了刚刚叶和安给她的那个 U 盘。想来叶和安既然能把 U 盘给她，里面应该没什么不能外传的东西；周启南是科里的医生，更是尹文静的主治大夫，患者病例的影像建模资料也不必对他避嫌。她迟疑了一下，还是将 U 盘交到了周启南手里。

"今天下班前来找我拿吧。"

苏归晓正要应声，手机的微信语音通话忽然响了。她接起，是今天出急诊的严安逸的电话："急诊同时来了两个手术病人，快过来帮个忙。"

苏归晓赶到急诊的时候，严安逸已经把病历写好，术前化验也已经开完，见她终于来了，便匆匆将病历和检查单往她手里一塞，简单交代道："李国庆，男五十七岁，外伤后头痛伴右下肢无力，CT 提示左侧硬膜下血肿，侧脑室受压，中线移位。已通知贺晓光医生,一会儿他主刀置管引流,家属也签字了,你先带病人做好术前的准备。"

苏归晓应声:"好。"

她将原本垂在胸前的外科口罩翻到脸上,指尖微动,飞快地系好了脑后的口罩绳。再看向一旁慌乱的患者家属时,她的目光坚定:"跟我走。"

这之后她通知各方,用最快的速度推着患者的平车一路赶赴手术室。护士帮忙将患者推进手术室,苏归晓回头对患者家属道:"你们就在这里等吧。"

她说完正要走进手术室,却被身后的患者家属拉住了。女家属的声音焦急得带着哭腔:"护士,医生什么时候来啊?"

苏归晓蹙眉,在女家属盼望的目光中回答道:"我就是医生。"

女家属明显一愣,就在她愣怔手松的片刻,苏归晓收回了先前被她拉着的手臂,转身进了手术室。

置管引流手术不算大,贺晓光很快赶到,局麻之后在患者左侧颞顶部钻孔,接着在硬膜下血肿置管引流。整个手术过程时间不长,结束的时候,苏归晓看了眼表,心想等把病人送回病房还能赶得上去食堂吃口午饭。

见患者平安下了手术台,家属较术前安定了些许,语气也不似之前那般慌乱。在苏归晓推着病人的病床前往病房的路上,家属问道,语气中透着些许试探的意味:"那个……医生,等去了病房还是你负责治疗我老伴吗?"

结合术前家属对她就是医生所表现出的意外,苏归晓自然听得出她的意思。她刚刚在手术台上协助救治了患者,出来就被家属嫌弃,心情自然算不上愉悦,但她依旧神色未变,平静地答了一声:"对。"

女家属的眉头皱得更紧了一点。

将病人安置好，苏归晓回到医生办公室去放病历，一进门就看到门口的黑色垃圾袋里装满了吃完的盒饭。

看来今天科里订饭了。

果然，见她回来，值班医生叫住她："欸，归晓，你回来了！今天主任为了让大家有更多时间听年会报告，给大家订了饭。还有好多，你去二线办公室拿就行！"

"好。"

能够不用再往返折腾去食堂自然最好，苏归晓因而依言前往二线办公室。因是中午休息时间，二线办公室里只剩下了周启南，周启南的座位背对着门口，此刻他正在专注地看着电脑上的文件，苏归晓敲了敲门提醒他自己要进来，而听到敲门声的周启南飞快地关掉了屏幕上的文档，随后转过头来。

见来的是苏归晓，周启南清了清嗓子，问她："有事吗？"

苏归晓自然能察觉出哪里不对劲，蹙了下眉，却还是如常答道："听说今天中午有饭，我过来拿。"

周启南这才松了一口气似的点了点头，指了一下他办公桌旁不远的桌子："自己拿吧。"

苏归晓端着盒饭准备离开时，在转身的片刻看到周启南电脑上插着叶和安给她的那个U盘。

午饭之后，周启南特意去了一趟神经重症监护室，去查看了早上已经看过的那个患者，也在意料之中遇到了陈一妍。

对于周启南一天两次出现在重症监护室，陈一妍有些意外，但当周启南看似不经意地问起与智影公司合作课题的进展时，她似乎又明白了些什么。

她向周启南答道："课题下个月正式开始，前期的准备工作已经基本就绪。"

"基本？我看尹文静的影像建模做得不错，但是说模型的算法还有点问题，需要调整吗？"

苏归晓给他的 U 盘里有一系列细致的资料，他也算是内行，自然能看得明白，这次的建模结果和之前的一套影像判读结果有着密切的关系。他好奇地看了看文件信息，发现竟然是苏归晓判读的，没想到做得还不错，这倒与他先前预期课题步步维艰的情况不太一样。

他的问题让陈一妍有些意外，陈一妍微微扬眉："尹文静的建模是叶学长完成的，我没有接触，不是很清楚，但您似乎了解得不少？"

周启南掩饰地清了清嗓子："叶和安不是在病例讨论的会上展示了嘛，看起来挺有意思的。但公司的事情你也知道，保不准是用什么特殊方法做出来唬人的东西，所以就好奇来问问，他们公司技术方面怎么样？课题实施起来会不会有什么比较大的问题？"

陈一妍是聪明人，听到周启南的问题也能大概猜出他在想什么，不过是想确认这个课题是否可行、值不值得他花精力罢了。

陈一妍牵唇笑了笑："叶学长筹备了两年，技术方面我觉得是没什么问题的，现在课题最大的问题可能就是老师你们科来合作的那个同学了。"

周启南意识到了什么："苏归晓？"

"是啊，苏同学每天都在忙着手术、查房什么的，叶学长交代给她的任务就没好好完成过，简直费劲得可以，太耽误时间了。"

周启南轻舒了一口气："这个好办，这么重要的课题不能耽误，我去帮你们和张主任说，换个人来和你们合作。"

陈一妍拦住他："那倒也不用，之前智影公司的林总说了，如果沟通持续有问题，他会亲自去和张主任说换人的事。算算时间……也就这几天的事了。"

不用亲自出面，还可以坐收渔利，这对周启南而言自然再好不过。

他看着陈一妍露出了笑意："好，我明白了。"

因为一年一度的神经外科年会，科室早已做好准备，空出了一天没有安排常规手术，是以下午的时间，大家只需要管理好各自的患者，然后听会学习即可。

考虑到李国庆刚做完置管，虽然只是个小手术，但苏归晓还是先去查看了他的状况。病人一般状况尚可，诉麻药失效后伤口处有一些疼，但头痛和右下肢活动较前好了一些。

苏归晓不放心，为了确认情况将他右腿上的被子掀开了一角，对他道："来，把右腿抬起来，向上顶我的手，和我作对抗。"

大概是因为做完手术不久，李国庆的每一个动作都做得格外吃力，他尝试了几次才缓缓地将脚抬离了床面，然而苏归晓稍一用力，老爷子的脚就又跌回了床面。

病人术前的肌力就是四级减，术后如果只是这样的表现，那么相比于术前并没有什么改善，与刚刚患者所说的主观感受不符。苏归晓考虑是患者术后第一次查体，肢体适应度不够，因而对患者道：

"再来。"

李国庆休整了一下，颤颤巍巍地抬起了腿。这次比刚刚好点，苏归晓加了加对抗力度，他的腿才支撑不住放了下去。

"欸，护士……不是，"一旁的女家属看不下去了，又看了看苏归晓的胸牌，"苏医生，我老伴他好不容易把腿抬起来，你压他干什么？"

苏归晓面无表情地解释道："阿姨，这是在检查患者的肌力，必须这样做。"

女家属的语气不是很好："那你也轻点啊，腿摔到床上摔坏了怎么办？"

苏归晓懒得同她理论病人抬腿的高度并不高，以及床上的床垫足够保护他的腿，即使落在床面上也不会如何，转而对患者道："咱们是早上七点起床的时候跌倒磕到了头，之后出现的头疼和右腿没劲是吧？"

因为要给患者写住院大病历，这些信息她需要确认。

李国庆先是"嗯"了一声，就在苏归晓觉得没什么问题了的时候，他又说了一句："其实之前两天也有一点头疼，腿上没劲。"

苏归晓一怔，有些意外："也疼？是什么样的疼？哪里疼？没劲的也是右腿吗？"

面对苏归晓这一连串问题，李国庆挤了挤眼，表情有些痛苦的样子："我也形容不出来，就是有一点头疼，别的我也说不出来。"

他说着打了个哈欠，家属给他盖好被子，看向苏归晓时眉毛都快要打成结了："正常人谁还不能有点头疼？就算你是医生也不能这么折腾刚做完手术的病人啊，休息不好耽误了恢复怎么办？我老伴要睡觉了，你别再问了。"

收到明确的逐客令，苏归晓察觉到同病房其他的患者和家属都在看着这边，面对抵触情绪如此明显的患者家属，她并不想生出不必要的争端，想了想还是先行离开，晚些时候再回来。

但还没等她再回来，就被周启南告知："二十六床李国庆家属要求之后由晓天负责，你把这个病人的相关情况整理好，跟晓天交接一下。"

彼时科室里的医生基本都坐在办公室里看着神经外科年会的直播，听到周启南的话，办公室里一下子安静了下来，大家视线虽然在屏幕上，却都抻长了耳朵在等苏归晓的回应。

科里谁不知道苏归晓的脾气呢，虽然不知道具体发生了什么，但总归应该是场值得一看的热闹。

却没想到苏归晓只回了一个字："好。"

见她这么痛快地答应了，周启南和韩晓天有些意外。周启南又看了看她确实是没什么意见的样子，随后就回二线办公室去了，倒是韩晓天怕她之后再说什么，特意当着大家的面道："刚才我跟周老师去查二十五床，临走的时候被二十六床家属拉住，说是觉得负责他们的女医生不太专业，想要我负责二十六床，这可不是我要抢你的病人啊！"

负责的女医生不太专业……嘁，韩晓天这话可真是诛心。

众人按捺不住八卦的心，不由得抬起眼皮偷偷去瞄苏归晓，她却依旧面无表情："我知道了。"

韩晓天随后也出去了。

办公室里只剩下了年会讲座的声音，众人压制着强烈的好奇心,最后还是苏归晓的师兄严安逸敢问:"怎么回事啊?那个病人家属怎么会说你不专业啊?"

苏归晓简单答道:"他家家属因为我是女性就以为我是护士,可能不管我做什么,他们都觉得我不专业吧。"

居然是这种理由!身为男性,严安逸自然不可能像苏归晓一样切身体会过这样的事,但从他们进临床实习开始,他倒也听周围的女同学抱怨过几次,明明穿着医生的工作服,却被人随手抓住就叫"护士",似乎年轻漂亮的女生就只能是护士。

严安逸说:"我还以为以你的性格会撑回去呢。"

苏归晓倒是不在意,少见地说了一长段的话:"这样的事也不是第一次了,不管是因为是女生就被叫护士,还是因为化了精致的妆就被认为是轻浮、专业能力不强的医生,我早就经历过了,都这个年纪了还会为这种事情大为光火,岂不是显得我很没见识?何况这个病人也不是什么疑难病例,没有宝贵到我非负责不可的程度,他们非要换人就换吧。"

苏归晓话虽然这么说,但谁遇到这种事心情肯定都不好,严安逸因而故意有些浮夸地举起了大拇指,对她道:"看我师妹,就是大气!"

被严安逸这么一闹,苏归晓清冷的表情中终于透出了隐隐的笑意,她心里最后那点不愉快也消失了。

第二天又是一个普通的工作日,苏归晓如常以普通的查房开始。

虽然已经不负责二十六床,但苏归晓所管的另一个患者刚好也在这间病房里,苏归晓进门的时候正跟端着水盆出门的女家属迎面碰到,视线相对,那女家属随即别开了目光,一句话也没说,从苏归晓身边绕了出去。

她进了屋,负责的患者是动脉瘤夹闭术后,已经恢复得差不多,今天就要出院了。苏归晓一进来就看到了他床上收拾到一半的行李。

患者见她进来,开心地跟她打招呼:"小苏医生,你来了!"

苏归晓点头应下,随后问:"今天怎么样?有什么不舒服吗?"

病人拍了拍自己的胸脯:"没事,好得很,一想到终于要回家了,哪儿都舒服了!"

看着病人由衷地开心,苏归晓也不由弯起了唇角,却在这时,病房里突然传出了东西落地的声音,紧接着是一段含混不清的发音:"呜——呜——我下……想……喝……"

苏归晓回头,发现是昨天做了置管手术的李国庆正挣扎着想要说些什么,许是因为着急,手也乱动着,一不小心将杯盖从床头柜上划了下来。

苏归晓心里一紧,连忙赶了过去,扶着李国庆让他重新躺好,问他:"怎么了?"

李国庆着急地比画着,一抬手不小心打到了苏归晓的左脸,许是因为着急,病人完全没有注意到,只顾着张嘴说话:"我……我要……"

"哎哟,这是怎么了?"刚刚出去倒水的女家属终于回来了,见李国庆在这边动,就三步并两步过来扶住他。

李国庆用力喘了几口气,而后似乎终于平静下来,再开口时吐字清晰了不少:"我要喝水。"

苏归晓蹙眉，患者有短暂的言语不清，持续了十几秒钟，难道是短暂性脑缺血发作？

女家属伸手要拿床头柜上的水杯，转头就看到苏归晓有些碍事地站在那里，因而疑惑道："你怎么在这里？不是说好由韩医生负责我们了吗？"

苏归晓从白大褂胸前的兜里掏出瞳孔笔，简短解释道："刚才患者突然说话有些不清楚，我刚好在这边就过来看一下。"说着，她伸手翻开患者的眼皮，用瞳孔笔照射查看患者的对光反射。

还好，没有什么问题。苏归晓收起笔，又对患者道："举举手，动动腿，有觉得肢体无力吗？"

李国庆依言动了动，动到一半反应过来，又指了指水杯："我要先喝水。"

女家属将水杯举到他面前，吸管递到他嘴里，病人喝了几口水后，女家属又问他："你现在有哪儿不得劲吗？"

病人清了清嗓子，摇了摇头："没事，我就是刚才突然舌头有点硬，说话有点不清楚，可能就是渴了，就那么一下，已经没事了。"

女家属这才松了口气，苏归晓却没有完全放心："手和脚的活动都没事？再抬起来我看看。"

女家属有些不乐意："他现在也没什么事，刚做完手术第二天，就别折腾他了吧，有什么事我们会和韩医生沟通……"

正说着，韩晓天走进了病房。女家属看到韩晓天，因为热切，声音都大了起来："韩医生，你终于来了。"

对于家属如此激动，韩晓天也有些意外："怎么了？"

病人的管床医生已到，苏归晓自然没有必要再留在这里惹人嫌，因此向韩晓天道："几分钟之前，患者突发言语不清，持续了十几秒钟，现在基本已经完全好转，我怀疑是 TIA[1]。患者自诉肢体活动没有问题，但不配合查体，你再看看吧。"

听到病人有新发情况，韩晓天表情也严肃了起来，掏出了叩诊锤，这次家属没有再阻拦。

这里已经不需要她了，苏归晓转身离开病房，却在走到门口的时候听到身后传来女家属的声音："韩医生，那个女医生是不是个新手啊？感觉她老想拿我们家老伴练手呢……"

对于这个患者，苏归晓就是隐隐觉得有哪里不对，原想回到办公室静下心来仔细再想想，却没想到冤家路窄，一进门就看到了坐在靠门口电脑前的叶和安。

叶和安手里拿着一个病历，许是听到了脚步声，也抬起头来，两人视线相接，不过是短短片刻，他随即低下头继续自己的工作。

所以……他不是来找她的，不是来催她论文的？

见苏归晓站在门口，严安逸向她解释道："是老板让叶师兄来查患者资料的，不耽误咱们工作。怎么样，刚才查房还顺利吗？"

原来是这样。

苏归晓走进屋，对严安逸道："二十六床我总觉得他的情况不太对。"

严安逸思索了一番："二十六床？不就是昨天非要转给晓天负责的那个患者吗？"

"对，他刚刚突发言语不清，十几秒就好转了，我怀疑是 TIA。

---

[1] 短暂性脑缺血发作。

这个情况有点奇怪,昨天我问他的时候,他说他其实发病之前就有头痛和肢体无力的症状,他会不会不是单纯的外伤性硬膜下出血……"

严安逸想了想:"如果不是外伤性硬膜下出血,那你觉得是什么?"

苏归晓摇了摇头,仅凭现在的线索,她并没有什么特别的想法。

适逢韩晓天脚步匆匆地赶回了医生办公室,一进屋就直奔空电脑前,开了新的检查医嘱。

严安逸问他:"正说着你那个病人呢,怎么样?有什么想法?"

韩晓天手里开着检查单,皱了皱眉:"老爷子现在状态挺好的,我和南哥商量了一下,觉得这次病情变化未必和硬膜下出血与手术有直接关系。病人年纪大了,血管要是不太好,出现 TIA 也不是什么稀奇的事,保险起见我们先给他查个核磁。"说话间,韩晓天已经打印完了检查单,拿着检查单又匆匆走了出去。

虽然韩晓天这样说,但苏归晓心里依旧有疑虑,她的心思全部写在了脸上,严安逸问她:"还是觉得不对劲?"

苏归晓迟疑了片刻,点了下头。

"我倒是觉得晓天说的有道理,病人毕竟年纪大了,平时不忌烟不忌酒,血管估计好不到哪儿去,TIA 高发于老年人群体,你也不是不知道,未必真和他硬膜下出血有关系。"严安逸道,顿了顿,又道,"你们女生啊就是想得太多,一根头发丝的事都能脑补出一段故事来,别太担心了!"

旁边的人从这话里听出了些不寻常的意味,调笑道:"哟,严师兄这是惹上了哪儿来的情丝,惹嫂子不高兴了?"

刚刚病历探讨的严肃气氛逐渐被带歪,连带着话题一起跑偏。

说起这事，严安逸就一脑门官司。"别提了，我发现女生都以为自己是福尔摩斯附体，非说我身上有女生的香水味，还发现了一根长头发，追着我问是谁的，我哪知道是谁的？搞不好……"严安逸说着，一转头看到了一旁的苏归晓，"搞不好是苏归晓的呢！"

这是说女性敏感又多疑？这又是哪里来的刻板印象？

苏归晓的思维还停留在刚刚对二十六床的讨论中，看着拿自己当挡箭牌的严安逸，也没拆穿，半开玩笑地应了句："那这事赖我，改天我得上门跟嫂子负荆请罪去。"

没想到原本的一句玩笑话，却引来严安逸极为严肃的回应："你可千万别！你嫂子上次看到师门聚餐的照片，你刚好就站在我旁边，她就指着你问了我半天这是谁，她要是看到你真人……"

"神外冰美人"的称号也不是谁都能得到的。

严安逸的话没说完，但话中之意已经明显。苏归晓挑眉："师兄这是在夸我好看吗？"

原本也是话赶话的玩笑话，没想到严安逸认真了起来，用一种长辈的口吻道："你呀，好看当然是好看的，就是这性格吧……其实跟你沟通的时候我也没觉得你有什么问题，但在其他人面前你得温柔点，别老让别人说你不好相处。"

苏归晓轻笑了一声，眉眼间却没什么笑意："和师兄你聊得来自然就话多些，但对其他不同路的人，我一向没什么耐心。"

道不同，不相为谋。

苏归晓说这话的时候，叶和安正在一旁翻看着一份纸质报告，连一个眼神都未曾给过苏归晓这边，只是他面前的这页报告已经看了很久还没有看完。

二十六床急诊核磁结果提示，脑组织未见缺血性改变，脑血管未见明显异常。之前的一过性言语不清应该是短暂性脑缺血发作没错，只是这病因却有些奇怪。

因为患者一般状况尚可，言语不清也已经完全恢复，磁共振成像和磁共振血管造影未见新的异常，周启南与上级商议过之后决定暂时继续观察。适逢午休时间，办公室的人陆陆续续都去吃饭或者午休，苏归晓和叶和安还坐在原位。

严安逸走到苏归晓身边，只见她还在盯着李国庆的头核磁看，问她："还是觉得有问题？"

苏归晓点了下头："患者MRA[1]上血管没有明显问题，而又偏巧赶在这个时候发作TIA……"

"虽然MRA上大血管没什么问题，但也说不准是穿支之类的小血管不好导致的这次TIA，只是从咱们现在的MRA上看不到。极特殊的情况我们管控不了，按照常规诊疗流程来就好。"

也不知怎的，苏归晓忽然就想起了那天在重症医学科她和叶和安争吵时曾说出的那一句："可是每一个证据的产生过程都极其漫长而曲折，作为临床医生，能做到以现有经验用最好的方法去救治每一个患者已经实属不易。"

可在这一刻，她忽然觉得，仅有现有的经验、常规的流程似乎是不够的。

她沉思了片刻，说："MRA上因为技术限制不能看到的，除了微小的血管还有一些特殊的血管畸形，有没有可能……"

严安逸听出苗头不对，赶忙拦住她："你总不会在想让病人去

---

[1] 磁共振血管造影。

做个 DSA 吧？你可趁早打住，那家家属之前就和晓天说觉得你像是拿他家在练手，他家经济状况本来也不算好，刚做完核磁没什么事，你这个时候跟他们说再做个需要上手术台的检查，他们不把你投诉到医务处说你过度诊疗才怪！"

MRA、CTA[1]、DSA，都是针对血管的影像检查，却各有利弊，病人时常会不理解为什么做了其中一个还要再做其他，费钱、费时还要挨更多辐射。可这恰恰就是当前医疗技术的局限，并非医生所能决定的。

苏归晓轻轻叹气："如果根据 MRA 就能推算出几乎等同于 DSA 的结果就好了……"

严安逸笑了："这不是叶师兄他们人工智能想做的事情之一吗？那你可是抱对了大腿，说不定以后哪天就实现了呢！"

苏归晓原本只是单纯地在感叹，被严安逸这样一说，反倒郑重了起来，抬眼望向叶和安的方向。对方依旧低头在认真地看一份检查报告，似乎根本没有在意他们这边在聊什么。

苏归晓收回目光，没有说话。

虽然说起来目标都是好的，但太遥远的目标不过是挂在天边的一块饼，于现实并没有太大的意义。对于现实的患者，她还是要想一些更实际的解决办法。

苏归晓去找了周启南。

听到苏归晓的提议，刚刚午休回来的周启南在穿白大衣的同时不由得冷笑了一声："你以为我们就没想到给病人做个 DSA 看看吗？但这项检查要上手术台，价格高、有辐射、有创伤、有风险，

1　冠状动脉造影。

现在病人又没什么事，家属拒绝做，我们也不可能强求。你要是那么想给他做，你自己去劝他啊！"

苏归晓自然听得出周启南是想让她知难而退，她抿唇，心中迟疑没有回答。

周启南见她不说话，以为她放弃了，哼了一声道："管好你自己的病人吧！"

苏归晓依旧没有回答。

当天晚上，苏归晓值班。普通而忙碌的夜班，和往常没有什么不同。

第二天清晨，苏归晓去安抚因为头痛而叫医生的新入院的患者，许是因为心里还是在意，临走的时候不由多向李国庆的方向看了几眼。

这一看不要紧，正好看到李国庆原本要扶床挡的右手抬到一半突然掉了下去。他露出有些痛苦的表情，费力地向右边侧了侧身，挣扎着想要再举起右手，可是与灵活的左手不同，右手的动作十分吃力。

苏归晓敏锐地察觉到不对，走到他面前问道："怎么了？"

李国庆见来的是她，不知是敷衍还是掩饰地答了一句："没事，胳膊有点麻，动一动。"

苏归晓没有理会他的说辞，将两根手指放进他的右手心里，命令他："握住我的手。"

李国庆动了动，手虚虚地握住了苏归晓的手指，她稍一用力就抽了出来。

这也就是三级的肌力！苏归晓蹙眉："再来，用力握住。"

李国庆却挪开了手，不耐道："不来了，我累了，没劲，我要休息。"

苏归晓还要再说什么时，刚才出去接热水的家属回来了，见苏归晓站在这里，她眉心皱成了"川"字："你怎么又来了？"

苏归晓语气严肃地对家属道："患者刚才突发右上肢无力，我正在给他检查。"

女家属被她说得一愣："右上肢，右上肢怎么了？"

"我要查完才能知道。"苏归晓回答，说着拉过患者的右手，将手指重新放进患者的手心里，"握住我的手。"

出乎意料地，患者这次抓握的力气突然变得非常大，苏归晓没有防备，剧烈的痛感袭来，手指仿佛被抓断了一般。她忍住没有叫出声，只是蹙紧了眉："放手！"

这次，李国庆是真的松了一口气："都告诉你了我没事，还老让我抓你手，我再用点力能给你抓断了信不信！"

苏归晓将手收回，插进白大褂的衣兜里，不想让别人看到她被抓红的手指。她没有理会患者挑衅一般的话语，只是对患者家属道："刚刚患者突发右上肢无力，虽然现在已经恢复，但并不代表没有问题，有可能和昨天的言语不清一样，是短暂性脑缺血发作。患者这次是因为硬膜下出血来做的手术，MRA上大血管没有什么明显异常，却如此频繁地发作缺血症状，建议做一个数字减影血管造影检查，排除一些其他特殊的血管病变。"

苏归晓前面的一大段话，女家属并没有听懂，但最后一句话，她倒是听得清楚，想也没想就拒绝道："血管造影的事昨天周医生和韩医生跟我们说过了，他们说不想做的话也不是非做不可。你又不是负责我们的医生，凭什么来建议我们做检查？"

苏归晓面无表情冷声地回应："凭我是今天的值班医生，在你们的管床医生到达之前，我有权根据患者的病情做出相应的医疗决定。因此，我建议你们完善造影检查，进一步明确病情。"

女家属的脸色变得愈发难看："值班医生怎么了？值班医生就这么牛哄哄的吗？我们不用你明确病情，你不来我们就好得很！你这么三番五次地来折腾我们，是不是就是想拿我们给你练手？"

苏归晓强压住怒火，保持着最后的冷静："你们做不做造影都与我无关，但我既然看到了患者的病情变化，就必须跟你们说清楚。"

家属并不理解苏归晓所说的话，怒意更盛了："什么病情变化，我还想问呢，怎么你一来我老伴就不舒服了？你能不能别再来这间病房了？"

持续不断的争吵引来了周边人的议论，还有过来劝架的值班护士。

周启南一进科就听说苏归晓和二十六床的家属吵起来了，他匆匆放下包，披了件白大褂就赶到了病房。值班护士已经将苏归晓拉走，他了解了一下情况，安抚住要去找主任告状的女家属："以后她不会再过来打扰您了，我会跟她强调这件事的！"

临近上班时间，科里的同事陆陆续续都已到岗，一来听说的第一件事就是这场纷争。

早交班，大主任张建忠一周一次亲临科室参与交班，无可避免地加入了对这次冲突的讨论。

周启南当着所有人的面对苏归晓道："苏归晓，二十六床已经不是你的病人了，明明还有几十分钟就上班了，他的管床医生也就到了,你为什么非要和病人家属去讨论做不做 DSA 的事,以至于家属刚刚甚至想投诉咱们科?"

面对如此明显的指责,苏归晓回答道:"患者今早七点十分左右突发右上肢肢体无力,查体右手肌力三级,持续约半分钟左右自行缓解,我考虑可能还是短暂性脑缺血发作。患者是因为外伤性出血入的院,现在连续两天出现缺血症状,MRA 大血管却没什么问题,我认为可能有更复杂的病因,基于患者的病情才建议他们完善检查,明确病因。"

周启南冷笑:"刚才患者跟我说他就是睡了一晚上,你过去的时候他手刚好被压麻了,没劲而已。"

苏归晓据理力争:"那昨天的言语不清呢?而且患者第一天入院时曾说他在这次外伤前其实就有头疼和肢体无力,我担心他有一些 MRA 上看不出的血管畸形。"

周启南不屑道:"这都是一些患者现在都不会承认的捕风捉影的症状。那你倒是说,怀疑是什么血管畸形?"

现在患者的临床症状还不够典型,甚至有些奇怪,她自然说不出。但如果等到患者的症状足够典型,病情怕是要比现在严重许多。

见苏归晓没有立刻回答,周启南索性打开了电脑里李国庆昨天核磁检查的影像,随后将位置让给了张主任:"既然张主任也在,就请张主任也看看,指导一下我们。"

张建忠打开各个序列的核磁影像,的确,除了硬膜下血肿置管引流术后改变,并不能看出什么其他特别的东西。

周启南继续对苏归晓道:"你怀疑的这些我们会想不到吗?但现在证据不充分,连一个明确的怀疑方向都没有,患者家庭条件有限,不愿意做这个检查,假如病人就是普通的外伤性硬膜下出血,你要怎么对家属解释？你就为了那么小的特殊概率，硬逼着患者冒着千分之三的生命危险上介入的手术台？你负得起这个责任吗？"

周启南话说到后面，语气愈发严厉，就连严安逸这种事不关己只在一旁听着的人心里都不由一个激灵。虽然张主任现在还没说话，但周启南说的句句在理，除非现在天降证据能表明，像苏归晓所说的那样，病人有什么血管畸形，否则苏归晓今天"死"定了。可病人连检查都不肯做，又怎么可能有证据呢？

严安逸看向苏归晓的眼神中已经透着同情，心里已经开始为她祈祷。

面对周启南这样一连串质问，苏归晓起初还有话想说，可到了后来已经没有心思争辩了。她只是不希望因为遗漏了很小的可能，而导致病人日后出现危及生命的情况。但当那句"你负得起这个责任吗"问出来，她就已无法回答，因为这个问题从来就不是让人来回答的。

办公室里一时间安静得惊人，苏归晓的心也在这片安静之中沉到了谷底。她已经别无他法。

这时，张建忠的手机突然响了起来，他看了一眼屏幕上的姓名，接起："喂，和安，怎么了？"

大概是熬夜通宵，叶和安的声音中透着些许疲惫："主任，科里面二十六床患者的病情好像有点奇怪，我昨天晚上尝试用新的算法重建了他的MRA影像，虽然方法还需要进一步优化、探索以及验证，但从结果看确实有一些异常的血管影。我用同样的方法重建了几个正常人的影像，结果都没有异常，我把图像微信发给您，您先看下。"

张建忠眉目紧蹙："好。"

叶和安总共发来了十六张图和三段视频，是李国庆和另外几个正常人各个不同角度的血管影像，与医院现有的重建方式不同，叶和安保留了更多细小血管的信息，而对应的，图像也变得更加繁杂。尽管如此，张建忠还是能看到李国庆左侧颅底有一团异常的血管影，正如叶和安所说，正常人是没有的。

张建忠用低沉的声音说道："准备DSA手术，我亲自去和这个患者谈。"

话音落下，办公室内所有人都震惊地抬起了头。

七瓣玫瑰
明明已是局中人

大主任亲自出面,即使不情愿,但还是害怕患者真的出事,家属最终同意了做血管造影。

结果出来得很快:左侧前颅底硬脑膜动静脉瘘,供血动脉主要是眼动脉的筛前动脉分支,引流静脉是额底皮层静脉,向前上方引流汇入上矢状窦,引流静脉扩张迂曲,部分呈静脉湖[1]样改变。

前颅底硬脑膜动静脉瘘是一种罕见的脑血管病变,虽然大部分硬脑膜动静脉瘘可以通过介入治疗,但前颅底硬脑膜动静脉瘘并不一样。

由于眼动脉及其分支管径较细,血管迂曲,通过动脉途径栓塞瘘口难度较大,而且面临视网膜中央动脉闭塞的风险,因此需要开颅手术。

手术难度不低,张建忠亲自主刀,周启南和韩晓天辅助,苏归晓在第一时间提出了跟台。虽然病人已经不再由她负责,但毕竟是

---

[1] 静脉湖,一种常见的血管扩张性病变,好发于老年人。

她一直坚持要给患者做 DSA 检查，最终发现了患者的异常。这是一个难得的病例，于苏归晓而言是宝贵的学习机会。张建忠只停顿了一瞬，就应了她的请求："一起跟吧。"

张建忠说完，目光扫过周启南，周启南脸色虽然不是太好，别开了视线，却也什么都没说。

全麻，左侧翼点入路，行前颅底 dAVF[1] 瘘口阻断术。

手术室里，安静得只能听到仪器的提示音，还有张建忠时不时发出的指令："抽吸。"

随着血水被抽吸干净，术野随之变得清晰，监视器上，可以看见左侧前颅底筛板处硬膜呈红色，有粗大的动脉化的静脉与该处硬膜吻合。

苏归晓专注地注视着屏幕上复杂的病变，没想到张建忠忽然唤她："苏归晓。"

她意外一怔，随即应声："在。"

张建忠问她："这是什么？"

张建忠指的地方是靠近吻合口迂曲扩张的静脉，苏归晓不需要过多思考，直接回答道："静脉球。"

张建忠点了点头，又问她："以前见过吗？"

前颅底硬脑膜动静脉瘘原本就罕见，苏归晓从医资历又浅，哪里见过静脉球实物。她摇了摇头："只在书里见过。"

张建忠的语气颇有深意："你没有见过，却比我们这些见过的人更有警惕心啊。"

这么危险的情况，却是靠一个学生以一己之力的坚持才被发现

---

[1] 硬脑膜动静脉瘘。

的。面对这样的情况，身为科主任的张建忠自然算不上满意。

一旁的周启南悉数接收到主任的不满，有些尴尬地干咳了一声，想要将大家的关注点带回到手术本身。"静脉与额叶下方的皮层粘连，考虑为出血部位，与术前影像判断基本一致，主任，要开始处理静脉吗？"

张建忠应了一声："准备开始，双极电凝。"

张建忠与周启南都更换好手里的器械，在周启南的辅助下，张建忠开始烧灼前颅底筛板处硬膜，靠近硬膜电凝与之相吻合的粗大静脉，并将其离断，动作干净利落。苏归晓看得心里不由连声赞叹，即使在错杂纷乱的病变中依旧能够稳稳地把握住每一步，不愧是全国顶尖的神外专家。

作为一助，周启南协助张建忠处理病变血管，手术至此进展得十分顺利，再加上有术前影像的加持，周启南原本提着的心放下了一半，想着加快手术速度，以出色的手术表现为自己扳回一城。他手上的动作渐渐快了起来，略微抬起静脉球，可见下方还有一根吻合的静脉，周启南没有多想，便将镊子和电凝伸了过去。

刚刚处理完一根病变血管的张建忠注意到他的动作，仔细分辨了一下那根静脉，眉心蹙紧，叫住了他："等一下……"

却已经晚了，在镊子触及血管的那一刻，血管突然破裂，术野一下子被血充斥。毫无准备的周启南僵了一瞬，随后立即想要更换手中的器械，抽吸术野中的血以便寻找出血点。

苏归晓心里一紧，韩晓天赶忙为周启南更换器械。

还是张建忠更快一步，在术野不清的情况下根据出血前最后一刻的记忆，手上微动就精准地处理好了责任血管。周启南抽吸过后，术野中没有新的出血迹象。

有惊无险，平稳过关。

张建忠这才轻舒了一口气，看着自己的手下，声音不怒自威："小周啊，那么着急做什么？这根静脉在术前的影像上因为遮挡显露不清，血管张力大，可以看出内部压力高，应当小心！"

周启南也意识到自己刚刚的预判不够，导致了这样的波折，低声道："是我大意了。"

张建忠的声音渐渐严厉了起来："今天你一而再地出现类似的问题，对于细节没有充分留心，尚且不如苏归晓一个研究生做得好，应当引以为戒，不要再出现类似的情况了！"

听到张建忠的话，周启南抬眼看了一眼苏归晓，接收到他的视线，苏归晓心里一紧。

这台手术期间，当着众人的面，张建忠已经两次或暗或明地通过夸她向周启南施压。她与周启南的关系本就微妙，身份上她不过是一个学生，而周启南是科里的二线，这于她而言其实算不得什么好事。

可是其他人说什么并非她能够决定的，其他人如何想也不是她能管控的，事已至此，她也懒得将心思花在揣测主任话后的深意又或是担心周启南的反应上。片刻的迟疑后，她只当作什么都没听到，又专注地去看监视器了。

张建忠随后反复检查了前颅底，未见其他瘘口，同时，可见引流静脉张力下降，颜色逐步变暗，提示这部分的血流逐渐恢复正常。

手术成功。

张建忠起身，周启南带着韩晓天和苏归晓进行收尾工作，冲洗术野，依次关颅，手术结束。

手术结束后，张建忠先一步离开手术室，苏归晓快步追了出去：

"张主任!"

张建忠停下脚步,回过身,有些意外地看着她:"还有事?"

张建忠虽然是她的导师,但作为大主任,苏归晓平日里能见到他的机会并不多,因而才会选择在这个时候追出来只为说这样一句感激的话:"老师,我想谢谢您认真考虑了我的想法,亲自劝说患者去做了DSA。虽然我当时怀疑可能有血管畸形,但完全不知道会是什么畸形,我很庆幸今天有您这样经验丰富的专家在场,能在一切都不明朗的情况下,凭借自己的专业判断寻找出可能的方向,我一定会努力成为像您这样临床经验出众的医生。"

这一番话苏归晓字字真心,在早会上面对周启南的质疑,面对所有人的目光,她原本已经是山穷水尽,如果不是张建忠决定给患者做DSA,真相还不一定什么时候才能浮出水面。或许在很长时间内,她都要活在自我怀疑中,而患者也会在不知情的情况下继续背负着这样一个定时炸弹。能有后来的峰回路转,她真心觉得感激,该是有多少临床经验的积累,才能有那样果决的判断……

她正想着,却听张建忠开口道:"虽然可能会让你失望,但让我认真考虑并做出决定的,不是你的话,也不是我的临床经验,而是和安发来的建模结果。在那个结果里,和安已经用MRA初步显示了可能存在畸形血管,我才据此做出了让患者做DSA的决定。"

苏归晓怔住,这是她完全没有预想到的:"建模结果?"

张建忠看着她,表情严肃:"对,和安说他觉得这个患者有些奇怪,就尝试了用新的影像重建方法生成MRA,保留更多小血管的信息,效果虽然不是很理想,但仍看到了有畸形的血管存在。因为有这样具体的证据,我才能够果断地决定劝说患者进行DSA手术。"

苏归晓自然明白现有MRA常规重建方法的最大问题,就在于对小血管有效信息的保留度。叶和安必定是做了极大的努力，才能在这么短的时间内达到这样的效果。"

张建忠说着，顿了顿，再开口时语气重了几分："临床经验固然重要，可一两个专家的经验是无法推广并救治所有患者的，但不断发展的医学科技可以，一旦技术研发出来，就可以在全世界范围内推广使用。更何况人的能力是有限的，再多的临床经验也不能保证识别出所有特殊的情况，今天如果不是和安的技术，仅凭医生的经验，这个病人的病情就会被漏掉。这也是我想要做 AI 影像判读课题的原因，每一项技术的进步都可能给临床带来超出你想象的助益。"

苏归晓没有想到张建忠作为国内顶尖的专家，会像这样直接地承认自己能力的局限性，也没有想到他会在这个时候向她这么认真地解释他为什么要做 AI 影像判读课题。而更重要的是，在张建忠意味深长的目光中，她分明品出了些别的情绪……

他是不是已经知道了她和叶和安课题沟通并不顺畅的事情？

苏归晓只觉得心里一紧，还未来得及回应什么，张建忠便转身匆匆离开了。

老师到底是什么意思……他是在暗示她什么吗？

张建忠的身影已经消失在拐角处，苏归晓站在原地，蹙眉思索，却听到身后不远处的手术间里有人喊她："苏归晓，过来帮忙！"

苏归晓回过神，匆匆赶回手术间，只见李国庆已经渐渐有醒转的迹象。随后，她跟周启南、韩晓天和手术室里的其他护士老师一起将患者从手术床挪到轮床上，推出了手术室。

大门打开的那一刻，早已在外面等候多时的李国庆家属迫不及待地迎了上来。

周启南向她简单介绍手术的情况："患者是前颅底硬脑膜动静脉瘘，引流静脉扩张迂曲形成静脉湖，位于前颅底，靠近瘘口起始处。术中已经进行处理，手术顺利，术后进 ICU 观察 24 小时，没有什么问题的话可以转回普通病房。"

听说手术顺利，李国庆家属长舒了一口气，脸上是掩盖不住的喜色，她握住周启南的手激动道："太谢谢您了，周医生。这次要不是您，可发现不了这么复杂的病情！"

家属说话的时候，看都没有看旁边的苏归晓一眼，是真心实意地将这功劳归在了周启南身上。

若是在平时也就算了，刚刚在手术台上，周启南经历了张建忠两番敲打，难堪得很。此刻苏归晓也在旁边，大家都心知肚明这次事件的前因后果，家属这所谓的感激，落在他耳中却更像是一种讽刺。

周启南将手收了回来，蹙紧眉，冷声道："先发现你家患者情况异常的不是我，要谢就谢你面前的这位女医生吧。"

家属一怔，没想到他会这么说，转过头来打量了苏归晓两眼，却又很快掉转目光，继续对周启南道："您太谦虚了，这么复杂的病情哪是随便谁都能发现的，还是您先建议我们做血管造影，才发现的血管畸形，这功劳还是得算在您头上！"

家属自以为得体的说辞，却字字戳在了周启南难堪的痛脚上。即使是血管造影，也是苏归晓坚持要完成的，家属越是夸他，就越是像在苏归晓面前打他的脸。

周启南的脸色愈发难看起来，言语中也带了几分火气："医生看病不是为了算什么功劳,不管是我还是苏医生,都是为了帮助患者罢了。可你们作为患者和家属,却因为偏见隐瞒症状、误导医生,差点耽误了病情!"

"患者这次入院很可能并不是因为外伤所导致的硬膜下血肿,而是静脉湖破裂导致的慢性硬膜下血肿,血肿又导致患者出现头晕跌倒造成外伤,入院之后伴有反复的短暂性脑缺血发作样症状,这可能与静脉充血及逆流导致局部脑灌注压力不足有关。如果之前你们没有矢口否认曾经说过的外伤前头晕无力,没有掩饰每一次短暂性脑缺血发作的症状,我们大概早就会怀疑患者有更复杂的病因,又怎么会走那么多弯路?"

作为医生,周启南自然知道这种时候指责患者和家属并没有什么实际意义,也不是明智的选择,可是面对家属依旧自以为是的模样,他最后的一点耐心已经用尽。谁又能想到,家属对苏归晓的偏见却害了他,差点让他酿下大祸。

周启南的语速越来越快,语气也越来越严厉,说到最后,话音落下,四下一时寂静,家属看着他有些不知所措,直接呆在了当场。

家属毕竟五十多岁了,也经受过生活的洗礼,此时眼神中带着迷茫和委屈,不似刚才那般强势,倒显得有几分可怜了。她看了看周启南,又看了看苏归晓,张了张嘴,想说点什么,却又什么都没说出来。

不远处的其他家属,不明所以地探头看向他们的方向。苏归晓觉得这场面多少有些难看,她也没有时间与这家属消磨,索性不等这家属再说什么,直接道:"谢和功劳就不必谈了,只期望您下次再见到女医生的时候,不要再那么着急地把她换掉。"

苏归晓说完,便与周启南和韩晓天一起将患者推到了神经ICU。

此时已经临近下班时间,ICU 的晚交班已经结束,与 ICU 值班的一线和二线交代好病人情况之后,苏归晓和韩晓天就先行离开了。

周启南倒是没有着急走,见重症办公室走廊尽头的房间门半关着,望进去,果然见到戴着暗红色蝴蝶结头花的陈一妍,她正收拾着桌子上的文件。

周启南象征性地敲了敲门,陈一妍抬头见到来的是他,意外之后却又觉得并不意外。

果然,周启南走进办公室,先是客气了一句:"现在忙吗?"

陈一妍虽然正在忙着整理明天开会前需要交给导师刘季雯主任阅览的资料,但也知周启南找她自然是有重要的话要问,因此摇了摇头。

周启南将门关上,才试探地问道:"明天早上的会……都来吗?"

先前陈一妍同周启南说过时间一到,林一航会亲自来提出替换苏归晓的事情,而明天就是截止的时间。周启南既然知道明天的会议时间,也就意味着他已经与张建忠主任沟通过,即将加入这个项目了。

陈一妍牵唇,轻点了下头:"都来。"

不管是叶和安、林一航,还是她的导师刘季雯主任,所有的决策者明天都将在场,变化一旦发生就将是最终决定,难以挽回。

周启南这才松了口气,随后正色道:"这么重要的课题,就应该尽快推进,不能总是在没有意义的地方耽误时间。"

陈一妍会意,应声道:"明天之后应该就不会了。"

这是周启南想要的答案。虽然今天他在李国庆这个病人身上翻了车，但假如能有高质量的科研产出，尤其是在事关主任升职的重要课题里成为主力，其余的也就算不上什么大事了。

明天会后，苏归晓会被换掉，而他会加入这个课题组，这就是他所期待的。

虽然他和苏归晓合不太来，但两个人的身份和年龄还是有着不小的差距，周启南倒也不是针对她，只不过看到U盘里他们之前整理的数据和模型后，他意识到她现在所拿到的科研课题是个极好的饼。既然苏归晓不想做，也没能力完成，那么就他来好了。

苏归晓回到宿舍的时候，正遇到推门而出要去食堂的室友梁亚怡。两个人差点撞上，梁亚怡也吓了一跳，见到是苏归晓更感惊奇："你今天怎么回来这么早？"

苏归晓在外科，下班时间因为手术情况不同，本就不是很规律，而后这个"拼命三娘"还要在科里复盘手术，就算不值班，也总是临近睡觉时间才回宿舍。

苏归晓进门放下书包，简单解释道："有个急活，要赶篇论文。"

梁亚怡有些意外，谁不知道苏归晓只关心看病和手术，从没见她对论文上过心，今天这事倒是有些稀奇。

"什么论文？"梁亚怡问道，想了想，又问，"你吃饭了吗？"

苏归晓打开电脑，说话的同时干活的手也没停："一篇病例报道，时间紧，我也不饿，晚点吃口饼干对付一下就行了。"

梁亚怡是神内的，日常除了看病就是写论文，因而对文章撰写比较熟悉，自信满满地开口安慰苏归晓道："你也别太担心，病例报道相比于其他论文形式要短，就算是英文的，一般来讲写个两三天,再改个两三天就差不多了。"

她说的没错,只不过……

苏归晓轻叹气:"可我只有今晚的时间了。"

梁亚怡一怔,显然没想到时间如此紧迫,沉默了半晌,最终憋出了一句:"那……你保重。"

保不了重了。通宵未眠,苏归晓竭尽所能,才堪堪在早上七点多的时候写完了初稿。

梁亚怡起床的时候,苏归晓还专注地埋首于电脑屏幕前,头发蓬蓬乱乱的。梁亚怡叫了她一声:"归晓,你不会一夜没睡吧?"

苏归晓听到她的声音,本能地转过头来,梁亚怡见她脸色发沉,眼睛里已然出了血丝,刚刚那个问题的答案已经昭然若揭。

梁亚怡有些心疼地叹气:"归晓,虽然我们都知道你有你的理想,但你也要考虑你身体能不能受得了啊。工作是工作,人活着首先还是要好好生活,饿了要吃饭,困了要睡觉,这才是真正的医学真理!"

与苏归晓不同,梁亚怡出身于一个还算富裕的小康之家,虽然学医但并没有什么大志向,找个不错的医院工作、领份不错的工资、平日里能吃吃喝喝才是她最大的快乐。

她家长辈倒是期望她能有一番大成就,时常提点她年轻人要肯刻苦、能吃苦,梁亚怡却从来不吃这一套。她的人生信条是人生苦短,苦一苦说不定这辈子就过去了,她可不!

工作的时候好好工作,能休息的时候畅快休息,保持工作和生活的平衡是她的头等大事。谈谈恋爱、看看风景,除了工作,生活还有许多维度。

梁亚怡这番话说得情真意切,可是一看苏归晓只是专注地盯着屏幕,不知道在想些什么,她就知道:得,自己又白说了!

只见苏归晓默默念着什么,手中的鼠标不断向下滑着,大概是在对自己的论文做最后的检查。

终于,苏归晓停了下来,轻轻地舒了一口气。

梁亚怡问:"写完了?"

苏归晓点头:"还有很多细节需要再推敲,但现在没时间了,好在之后还有机会。"

适逢梁亚怡换完了衣服,听苏归晓这样说,倒也有些好奇她第一次写出来的病例报道会是什么水平,因而凑到电脑屏幕前看了看。不看不要紧,一看只觉得压力如排山倒海般向她袭来。

虽然算不上完美,并且由于个人的写作习惯不同,有一些写法还有待商榷,但念在苏归晓是第一次写,还是一个通宵赶出来的,初稿能达到这样的水平已经很不错了。像苏归晓这样的同学,绝对会给人许多竞争压力。但就在血压即将上升的那一刻,梁亚怡心大的天赋还是占了上风。

虽然苏归晓天赋不错,但在论文写作上还是没她有经验、写得好。就算之后苏归晓有可能会超过她,那超过就超过吧,以后的事儿就以后再担心去吧,眼下她还是更想知道今天食堂的包子是什么馅儿的。正想着,她一抬头,只见时间已经七点过半。她大叫一声:"糟糕!要迟到了!"

苏归晓看了一眼表,对她道:"你不是说你现在轮转的病房主任抓迟到超级变态吗?你今天怕是来不及去食堂了!"

梁亚怡哭丧着脸,但内心也只是稍稍挣扎了一下,就有了决定:"挨骂就挨骂吧,还是包子比较重要,苦啥也不能苦了我的肚子,早上不吃饭容易得胃炎和胆结石!"

苏归晓轻笑一声："这理由找的，医没白学。"

梁亚怡说得头头是道："学医的人更要懂得照顾好自己的身体！"

随着梁亚怡前脚冲出了宿舍，奔向食堂，苏归晓终于用邮件将自己写好的论文发到了叶和安的邮箱。

她看向镜子中的自己，因为通宵，脸上的憔悴显而易见，黑眼圈也已经初见雏形。眼见离上班时间还有不到二十分钟，苏归晓快速打开化妆包，拿起粉扑在脸上按了几层，又补上了口红，确定旁人看不出她的疲惫之后，才关上台灯，加速前往病房。

约定的会议时间在早上八点，清早的四环路堵车有些厉害，叶和安到医院的时候已经七点五十有余。

进会议室的时候里面只有零星的几个人，简短的寒暄过后，叶和安找到座位坐下，将衬衫袖子略向上挽了挽，拿出手机回复了几条消息，随后点开邮箱，正要如常查看一下邮箱里的信件。

会议室里的网算不上好，页面上象征着等候的圆点转了几圈，才终于有要打开的迹象，正在这时，会议室的门突然被人推开了。

"主任，您先进！"

叶和安抬头，只见周启南跟着张建忠走了进来。对于周启南的出现，叶和安已经敏锐地察觉到了什么，他放下手机，不动声色地向张建忠打了一声招呼："主任。"

团队集体会议，今日的场合也算正式，叶和安一身黑色衬衫搭着黑色西裤，他原本就身形挺拔，此时更显得清冷疏离，与他们这些穿着白大褂的人相比显得尤为与众不同。

他已经不是医生，没资格再穿白大褂，自然是不同的。

张建忠的眼中划过一瞬的憾意，他点头回应了叶和安，开口时却主动提及了之前的事："小叶，这次的硬脑膜动静脉瘘病例多亏了你帮忙，影像做得不错，让我对咱们的课题更有信心了。"

叶和安迟疑了一瞬，说："老师，其实这次病例主要还是因为苏归晓……"

话还没有说完，会议室的门再一次被推开。这次明显要热闹许多，内科的刘季雯主任、林一航以及陈一妍等人一起走了进来。眼见着人已经基本到齐，原定开会的时间也到了，简单打过招呼之后，张建忠就牵头开始了今天的会议。

"刘主任、小林、小叶，还有各位课题组的成员，这次脑血管病 AI 影像判读的项目不只是国家级重点课题，更是医院多学科合作、医工结合的示范，相信大家都已经接到了有关指示，保证课题的有效进展是重中之重，因此，团队成员的选择和分工非常关键。"张建忠说着，环视了一下会议室内的众人。

周启南坐在沙发上，后背愈发挺直了几分，握起成拳的手透露出他内心的期待。

已经过了八点，神经外科病房的早交班如常开始，只是这一次，办公室的人似乎少了一些。不仅每周五都会出席早交班的大主任张建忠意外缺席，就连周启南都不知道为什么没有出现。

苏归晓莫名地觉得有些不安，悄悄查看了一次邮箱，还没有收到叶和安的回信。

交班结束之后，严安逸向组内一线代为传达周启南的安排："大家先各自处理一下自己患者的情况,周老师和张主任去开会了,等他们回来就查房,大家做好准备。"

周启南和张主任一起去开会了?

苏归晓向严安逸低声询问道:"师兄,你知道主任他们去开什么会了吗?"

"就是 AI 那个课题的合作会,领导们都在。"严安逸说着,突然意识到哪里不对,"欸?你不是 AI 那个课题组的吗?你怎么没去?"

领导们都在的课题合作会议没有通知她,而是叫上了周启南……

她昨天打开 U 盘的时候就注意到,叶和安将她之前判读的影像文件和据此建模的 3D 图都放在了里面,非常引人注目。如果周启南看到了她和叶和安之前做的工作,那他对这个课题的态度由不看好转变为感兴趣也不足为奇。

最不好的预感应验,苏归晓的心沉到谷底。她沉默了一瞬,转而问:"他们在哪里开会?"

"行政楼二层那个大会议室……欸?归晓,你等等!"

没等严安逸说完话,苏归晓已然要转身冲出办公室,却被严安逸一把拉住,他将她带到楼道的角落,仔细看了眼周围确保没有其他人。苏归晓因他难得如此谨慎的样子而困惑不解,严安逸回过头来小声问道:"你是要去找他们开会吗?"

苏归晓点头,反问:"你觉得我不该去?"

她的目光锐利,那么聪明的人,一下子就意识到了其中有隐情。严安逸清了清嗓子,在心里组织了下措辞,以最简短又不伤苏归晓自尊心的方式道:"你听说咱们医院领导班子要换了吗?"

苏归晓顿了一下:"你是说主任……"

"竞争很激烈，现在像 AI 这样的国家级重点课题对于主任是非常重要的，容不得闪失和拖延。如果你不是真的想要参与这个课题，就不要去，否则以后一旦有什么过失，你付出的代价可能比现在被踢出课题组大得多！"

除了他们的导师张建忠以外，神内神外还有好几位大佬都在这次的竞争名单当中，甚至包括张主任的老对家高德全主任。

虽然职场上一向推崇少说少错，但苏归晓这个师妹实在是过于直来直往，严安逸终究还是忍不住多提点了两句。他们就算还是学生的身份，可在医院里面对的同样是盘根错节的真实职场，牵一发而动全身。AI 的课题是关系她的毕业课题，可又不只是她的毕业课题，严安逸言尽于此，剩下的就看她自己的选择了。

苏归晓的消息一向不太灵通，也不愿在人际关系上费过多的精力，但她并不是完全不懂。想坐上华仁医院院领导的位置，实力、名气、人脉缺一不可，在竞争名单上的主任们哪个不是全国重量级的专家？想要破局，最需要的就是绝对的实力和成果，而作为国家级重点课题且即将召开启动仪式的 AI 项目，恰恰就是这样的机会。

严安逸想要提醒她，不要因为一时冲动或者置气而跑过去，这个课题的现实意义可能远超课题本身，仅以她之前玩票般的心态，她未必承担得起。

这的确是她先前未曾预料到的情况。可昨天与导师对过话后，她顶着疲惫通宵写病例报道时，就已经下定决心要做这个课题了。

一两个专家的经验，是无法推广并救治所有患者的，但不断发展的医学科技可以，这是她第一次找到要做课题的理由。

她想要试一试，即使机会已经不在她这边，即使没有人会在原地等她，她也想拼尽全力再争取一次。

苏归晓在路人诧异的目光中一路狂奔，只怕晚一刻就会彻底来不及。来到会议室门口后，她深吸一口气压下急促的呼吸，没来得及深思，手已经敲响了大门。

咚咚咚！方才还有激烈对话声传来的屋里突然安静了下来。

在这片刻间，苏归晓的思绪渐渐清晰，她后知后觉地意识到，打开这扇门，她要面对的就是多位领导的注视，而她只是一个并未受邀参会的学生，她甚至连一句开场白都没有想好。

"老师们，抱歉我迟到了。"没有通知她而是叫了周启南，其中的意思，她自然能品得出来。她一向不是装傻的好手，这样说也未免太厚脸皮了吧？

"我也是这个项目的成员，为什么没有人通知我开会？"疯了吧，即使她觉得再不公、再不满，可她不过是一个学生，这又是在质问谁？

管不了了。

苏归晓伸手按下把手，大门打开，如她预想般，屋里所有人的目光一齐向她投来。她向屋里走了两步，在众人的注视下，转身将房门轻轻地关上，这才回过头来，顶着所有人的目光，开口说道："抱歉打扰各位老师了，我是张建忠主任的博士研究生苏归晓，也是这个 AI 项目的对接人。叶总监之前给我布置过一个紧急任务，撰写一篇与课题相关的病例报道，我已于今早完成，发送至叶总监的邮箱，不知道您是否收到？如果有任何意见，我随时都可以修改。"

这么长一段话，不过是想告诉所有人，她是张主任派来参与课题的人，她也在努力完成相关工作。

在这个时候，一直觉得眼前的女生眼熟的林一航终于想起了什么——这不是那天在商场遇到的那个画内画的女生吗？当时就说这女生是神经外科的，没想到是华仁医院神经外科的啊，还是张建忠主任的博士，那论辈分是叶和安的师妹啊！

林一航想起那天叶和安专门去买下了这个女生的内画壶，此时他却像是不认识她一般，任由她眼巴巴地望着自己也不置一词，不知道在想些什么。

可真沉得住气。林一航在心里啧啧轻叹，不愧是铁面无私的叶大总监。

叶和安看到了苏归晓的邮件，就在刚刚。坦白说，他有些意外，苏归晓竟然能够在他定下的三天之期内交上这篇病例报道，而且他大致看过，初稿质量不错。但他还是存有几分迟疑，她先前的抵触情绪太过明显，就算她这次卡点交上了病例报道，可下次、下下次呢？

张主任这次将周启南叫来，很明显是要做人员变动，为的就是要尽可能快地推进课题。在这个节点上，每一个决定都要慎之又慎，在没有把握之前，不管苏归晓是留是走，他都不想多说什么。

可就在此刻，他听着苏归晓一反常态、绕着圈子说出的这一长串话，看着她竭尽全力也做不完整的低眉顺目，突然觉得这件事变得有趣起来。

他知道，以苏归晓的性格，能够放下自己的骄傲，不惜一切走到这里，只为争取留在这个课题组里，至少说明她是真的开始在意课题了。

对于苏归晓竟然会按时完成病例报道这件事，陈一妍和周启南都露出了惊讶的表情。周启南的眉毛已经快要拧成了麻花，他怎么也没有想到，苏归晓竟然会在这个时候突然冲出来搅局。

他试图支走苏归晓:"今天各位领导在这里主要是讨论之后的研究方向,和这篇病例报道的关系不大,叶总监现在忙,没时间看,等他回去看完自然会回复你。你快回去照看你负责的患者吧,明天九床不就要手术了吗?"

其实一开始听说周启南来开会了,苏归晓心里还有几分不确定,不知道主任是不是因为对她不满意,所以才要求周启南来开会,接替她。但刚刚他话里的意图太过明显,周启南绝非被迫卷入这件事里,他想要踢她出局。

意识到这一点,苏归晓来不及生气,强行让自己冷静下来,不失体面地答道:"早上交班之前我已经看过负责的患者,出来之前也将患者托付给了同组医生,周老师不必担心,九床的术前计划我已经写好,差您审核签字,您回去的时候我自然会跟您一起回去,不耽误事。"

叶和安没忍住,低笑了一声。

这个苏归晓,也不知道是成长了还是没成长。比起她一贯直来直往、横冲直撞的风格,这次,她最起码留住了表面的体面,可若说处理得有多成熟,那倒也真没有。在场的人都不傻,自然听懂了她在骂周启南只许州官放火,不许百姓点灯。反正该得罪周启南的,她也一分没少得罪。

周启南被她这一番话说得脸色难堪,但碍于有这么多领导还有院外的人在场,也不好多说什么,怕再给人看了笑话,只是转过头看向张建忠,欲言又止:"主任……"

苏归晓虽然不精通人情世故,但也明白,今天周启南出现在这里,以及没有人通知她开会的事情,归根结底都是主任的决定。她自然不敢奢求主任会替她解围。

她没有理会周启南那边的动静，而是转过头来，执着地注视着叶和安，只见他靠坐在黑色的皮质沙发上，长腿交叠，手指在沙发扶手上轻扣，似是在思索着什么。她迎着他探究的目光，硬着头皮问他："叶总监，你还没有告诉我你的意见。"

因为紧张，白大褂袖口之下，她的手攥紧成拳。

四目相对，叶和安看到她眼中的坚定，也看穿了她掩藏在深处的忐忑。她是在意的。叶和安再次确认了这一点。

偌大的会议室在这一刻异常安静，其他人看着他们，或惊讶，或不解，或担忧，或愤怒。

仿佛时空静止了十几秒钟之后，叶和安突然笑了出来。他起身走到会议室前方的讲台处，拿起放在上面的遥控器，开启了会议室中的大屏幕。他将手机和传输线接口连接，屏幕上随之显示出了苏归晓发送给他的病例报道。

苏归晓问他的意见，他却似是满不在意的样子："专家们都在，不如一起看看。"

一篇初稿，直接在这样的场合，被神内神外两位大主任当众评判，简直堪称社会性死亡现场。尽管陈一妍此刻只是个旁观者，但同为博士生，光想想也不由得倒吸了一口凉气。

苏归晓怔了一下。叶和安抬眼看向她："没意见吧？"

这是苏归晓仅用了一个通宵赶出来的成果，也是她第一次写病例报道，虽然她尽力了，但肯定还有许多可以完善之处，要说不担心是不可能的。

可转念再想，这原本就是需要实力的事情，假如她今天真的是因为实力不足而被淘汰的，那这样最好。想到这里，苏归晓释然了，她摇了摇头，郑重道："请各位老师审阅。"

病例不长，前后不过十多分钟，大家就已经读完全文，叶和安还顺手改了几个小的语法问题。

在倒数第二段上，叶和安反复阅读了几次，略带迟疑地与张建忠和刘季雯探讨道："虽然其他这些免疫类疾病与抗磷脂抗体综合征是同类疾病，有一定的借鉴意义，但从机理上又不尽相同，这毕竟只是篇病例报道，写这么多多少显得有些跑题，主任们觉得呢？"

张建忠赞同道："不如删了吧。"

叶和安没有丝毫迟疑，直接整段删了个干净。

刘季雯思索了片刻说："可以把上一段扩充一下，另外针对MRI模型的部分没有展开。"

整个过程几乎是叶和安和两位主任之间的沟通，不过十分钟左右，就确定了修改意见。叶和安将文档保存后面无表情地问："听懂了吧？"

反应过来他是在和自己说话，苏归晓应声："听懂了。"

叶和安头也没抬："什么时候改完？"

苏归晓一咬牙："今天。"

这回轮到叶和安愣住了，连带着在场其他人都吃了一惊。

虽然目前的修改意见不至于让她完全重写，但主任们提出来的每一个修改点都是需要费时琢磨、查阅大量文献才能落笔的。苏归晓是太聪明了还是太傻了，居然觉得自己今天就能完成？

最初的惊讶过后，叶和安抬起头，看着明明担忧懊恼却要强作镇定的苏归晓，从心底发出了笑意。

看来她是真的想要这次机会，才不惜报出这么离谱的条件。

原本想要提醒她不必这么着急，可以多花两天时间，从容一点，更高质量地完成修改，可话到嘴边，他突然改了主意，干脆地说了声:"好。"

他倒是想看看,仅用今天下班后的休息时间,她究竟能改成什么样。

叶和安回到座位上,见苏归晓还站着,就对她道:"既然是来开会的,还站在那里做什么?"

主任们能对这篇病例报道提出深入的修改意见,就说明他们基本认可了这篇初稿,苏归晓扛住了这次考核。

叶和安转头又对张建忠道:"病例报道能够进展这么快,也给我们这次合作开了个好头,想必接下来的课题任务也都能很好地推进。"

张建忠此时心情不错,点了点头:"接下来的课题任务我们神外这边就由周医生和苏博士推进。小苏,你就坐启南旁边吧。"

苏归晓走到老板给她指定的位置坐下,心里不知是应该庆幸自己留在了这个课题组里,还是担忧周启南也加入了课题组。而这个问题很快就有了答案。

课题的第一阶段,智影公司需要神外提供一百例符合标准的影像进行人工勾画和详细判读结果。这绝对是一项大工程,并且是整个课题的地基,烦琐而又容不得差池。

叶和安分配任务一向强调时效,必有一问:"需要多久完成?"

苏归晓心里估算这么大的工作量起码也得需要半个月,却听一旁的周启南抢先一步答道:"一周。"

苏归晓猛然望向周启南,错愕得不加掩饰。

周启南没有理会她的目光,继续说道:"我们两个人,工作量平分之后,一周足够了。"

他在开什么玩笑?他们还要上班,她怎么算也是起码两周的工作量！苏归晓试图争辩："可是……"

周启南却再度坚决道："就一周。"

她敢说今天，他也敢说一周。

虽然张主任说让周启南和苏归晓共同推进课题，但周启南的身份和资历并非苏归晓一个博士研究生可以比的，两人之间本就有高低之分，在周启南如此强硬的情况之下，苏归晓想要当众反驳他本就困难。

还没等苏归晓再说什么，一旁的刘季雯听着周启南夸下的海口，笑道："张主任科里果然人才济济，工作效率就是高，相信有张主任团队的快速推进，我们的课题一定会开门红，我已经迫不及待想快点到下周看到结果了。"

张建忠先前讲了那么多大道理来做动员，此刻真的需要自己团队干活了，他自然没有推却的道理。

周启南的话给他赢得了充分的面子，既然周启南立下了军令状，他相信就是。就算具体实践起来真遇到了什么问题，周启南自己想办法解决就是了。因而，张建忠亦是笑着应道："年轻人就是有干劲，小周的能力很强，临床工作做得好，论文也发了不少，我们这次合作一定会顺利进行的！"

周启南爽快应道："一定不辜负主任们的期望！"

大家一起会心地笑了，屋里的气氛极好，只有苏归晓眉头紧蹙，试图再说些什么："老师们……"

叶和安直接打断了她，对其他人道："那我们下次会议就定在下周同一时间吧。另外启动仪式的具体细节，我们一航确认后会将最终流程发给大家。"

下次开会的时间定下，这件事也就没的改了。苏归晓紧盯着叶和安，恨不得在他身上盯出个窟窿来，她反复几次深呼吸，才终于将自己濒临爆炸的心情压了下去。

这个工作安排，真是胡闹！

可这次会议就是这样顺利地结束了。

苏归晓第一时间找了周启南私聊，她竭力克制自己的语气，尽可能客观平静地说："周老师，您可能不太了解这个课题，我之前看了一些文献，里面对人工判读和勾画影像数据的要求非常烦琐而细致，即使我们两个人一起做，恐怕一周也完成不了。"

"我做课题的时间比你学医的时间还长，不需要你来告诉我这些。你觉得完不成，但我觉得完得成，那我们一人一半去做就是了。怎么，需要我把你那半也做了？"

如果连这些工作都需要让周启南帮助她完成，那么苏归晓在这个课题组中存在的价值也就微乎其微了。

周启南这句话不是在问苏归晓需不需要他帮忙，而是在问她还想不想参加这个课题。

苏归晓沉声道："该我完成的工作我自然会完成，可是……"

周启南不屑地冷哼了一声："哪那么多可是，能做就做，不能做就别浪费大家的时间。"说完，没有再等她回应，便扬长而去。

八瓣玫瑰
质问的意义

已经有一个通宵未睡的苏归晓再度开启了通宵生活。

发觉了这一点,梁亚怡感觉整个世界都变魔幻了:"苏归晓,我这自从学了以后还没用到过的心肺复苏不会先用在你身上吧?"

好不容易改完了病例报道,还要赶去上班,苏归晓连多说一句话的力气都没有,挥了挥手就出了宿舍。

苏归晓负责的患者这两天赶在一起出院,手里一没有病人,她在组里就显得格外扎眼。严安逸本来想叫她去跟台急诊手术,一抬眼看她脸上难以遮挡的憔悴,怕她在手术台上精力不集中出意外,便转头叫了韩晓天。

主任张建忠上台,这次手术也是个表现的好机会,韩晓天答应得爽快。但他手里有三四个患者短期内出不了院,严安逸一合计,寻思着正好:"等患者下了手术台,就交给归晓管理。"

韩晓天看了苏归晓一眼,不无嘲讽道:"我倒是没意见,不过人家别又说我抢她手术就行了!"

但凡苏归晓的状态能比现在好一点,她都不可能让出手术,这件事韩晓天也心知肚明，此时这样说，多少有些杀人诛心。严安逸赶忙摆了摆手，对韩晓天道："行了，老板主刀的杂交手术，多一次机会自己偷着乐就行了！"

严安逸说着，将韩晓天推出了办公室，边走边转移了话题。

手术结束的时候已经临近下午下班时间，患者被直接推去了ICU。韩晓天回到医生办公室，将一个病历袋扔给了苏归晓，还打了一个大大的哈欠："手术记录在里面，你填进电子病历吧，我太累了，先下班了。"

考虑到患者转到了她手里，她理应熟悉一下手术情况，苏归晓没有推却。

韩晓天走得很快，苏归晓不过是从病历袋里找个手术记录的工夫，他就已经没影了。苏归晓拿出手术记录一看，发现上面的字迹潦草，只有只言片语和几个关键的数字，她一时头大，只能根据经验将这些内容连在一起，填进手术记录，然后拍了张照片发给韩晓天，让他核对。

韩晓天没有回信。

还有十分钟下班，苏归晓打开患者的DSA影像，原本只是为了再熟悉一下病情，却没想到片子一打开，赫然入目的是一个弹簧圈——一个没有出现在手术记录里的弹簧圈。她心里一紧：能发现一个没有记录的弹簧圈，就说明可能还有更多的细节被遗漏了。

韩晓天还没有回信。苏归晓想着自己那繁重的课题读片任务，看着眼前的DSA影像，在心里挣扎了一番之后，还是决定去要了今天的手术记录。两倍速过了一遍后，果然发现了许多没有记录的重要细节,她将手术记录补齐。

看完的时候天已经黑了,韩晓天还是没有回她的消息,不过已经不重要了。好在这之后,这一周里没有再发生更离谱的事。

意料之中的是,她虽然竭尽全力超负荷运转,还是没能勾画、判读完所有的影像片子。

而第二次会议如期而至。

苏归晓带着自己完成了将近70%的成果赶到会议室,只能安慰自己周启南和她一样每天都要上手术、管理患者,就算再厉害,也不可能全部完成,只要两边都没完成,就不算是她的错,毕竟是周启南定下的恐怖时限。

然而,当周启南拿出移动硬盘,现场将数据拷给叶和安的时候,苏归晓愣在了原地。

屏幕上文件夹的左下角显示着文件数量,50,正正好好,不多不少。像是猜到她正在想什么一样,周启南转过头来看向苏归晓,故意问道:"小苏,你那部分数据完成了吧?"

所有人的目光都落在了苏归晓身上,苏归晓将自己的移动硬盘交给叶和安拷贝数据,同时硬着头皮解释道:"完成了70%,还剩下十几个,我今天晚上一定完成。"

张建忠的眉头皱了起来,他有些不满道:"怎么那么慢?"

还没有等苏归晓说话,周启南就已经先行替她解释:"小苏既往没参与过这样的大课题,研究经验还有所欠缺,可能还需要时间学习。"这看似体贴的解释,其实是在所有主任面前给她盖棺论定:能力不行。

虽然苏归晓参与的课题研究确实不多,但这部分工作并不涉及多么深厚的科研基础,更需要的是临床上阅读影像片子的经验和能力。苏归晓一向在临床上下足了功夫，完成这些工作自认没有什么问题，会出现今天这样的情况单纯是因为时间不够。

她因而为自己辩解道："读片和勾画这部分我完成起来并没有太大困难，只是因为工作量比较大，再加上临床工作时间不足才没能及时完成，我今天一定会尽快补上，请老师们放心。"

张建忠的脸色并没有因此缓和，他诘问道："周医生也有临床工作，比你更忙，同样的时间，为什么他完成了，而你没有？你要保持谦虚的态度，多向别人学习。"

苏归晓一默，低下了头。是啊，为什么呢？周启南到底是怎么在这么短的时间内完成的呢？

周启南看着苏归晓，嘴角微微上扬出一个弧度，神色中透着些许得意。这暗流涌动被叶和安尽收眼底，他眸光微凝，没有说话。

这之后主任们又讨论了课题下一步的计划，整个过程中张建忠只问了周启南的意见。那么庞大的一个课题，但按照周启南的建议和规划，说不定用不了三年就可以完成。

林一航更是及时跟进："我只是个商人，这些技术问题在座的各位主任还有和安都是专家，我不多嘴，之后的专利申请、转化落地，我保证将各方面都安排好，以最快的速度跟进落实。"

不久前还是众人口中堪称"祭天"的课题，在这一刻仿佛变成了一条"花路"，是直通光明未来的捷径与坦途。在所有人的欢声笑语中，苏归晓全程像一个透明人，被扔进了海里，没有存在感，漂浮着找不到方向。

严安逸走进办公室的时候，就看到苏归晓坐在角落里，异常沉默，虽然她平时话也不多，但今天整个人的状态却透着一种说不出的无力感。他问："怎么了？"

生理上的疲惫和心理上的打击也说不清哪个更严重，苏归晓只觉得没有力气，本能地摇了摇头。严安逸看着她的状态明显不对，凑过去伸手想碰苏归晓的额头，她没防备，下意识地后仰一下躲开了。

严安逸担忧问道："病了？"

一旁的医生正要打趣严安逸这个师兄对师妹可真是关心，就听严安逸顿了一下，幽幽叹道："下午的手术排班满满当当，不会还没开始就折损一名战将吧……"

围观群众：……不愧是院总"严扒皮"。

事关工作，苏归晓轻叹气，向严安逸简单解释道："我没病，师兄，不会耽误手术，我只是有点事想不明白。"

什么事能把"铁娘子"逼成这样？严安逸来了兴致，追问道："什么事？"

苏归晓迟疑了一下，简短答道："人工智能那个课题，我和周老师的课题读片任务量是一样的，周老师完成得轻轻松松，我竭尽全力却还差不少，我不明白为什么……"

真的是她的问题吗？周启南轻轻松松一周完成的内容，她熬到快要油尽灯枯还是没能按时完成。

即使是习惯以坚强面目示人的苏归晓，也没有能掩盖住语气中的沮丧。一旁正在写病程的韩晓天顿了顿打字的手，余光瞥向苏归晓。

严安逸不是很清楚苏归晓课题的具体内容，闻言也只能半真心半敷衍地安慰苏归晓道："周老师毕竟比咱们多工作了那么多年，比咱们道行高也是正常的，你尽力了就好。"

苏归晓沉默着，没有回应。

即使理智上明白"尽力了就好",可如果能那么轻易接受这件事,那就不是一路独木桥走到今天的"神外冰美人"苏归晓了。

下班回到宿舍,苏归晓又是一宿通宵。她赶着进度,心里还在认真地分析着是不是真的因为自己还是不够熟练、效率太低,所以才与周启南差距那么大,应该怎么找到技巧才能够提升自己。可是直到晨曦破晓,这一夜来画到头晕眼花、视物重影,她唯一能确定的是不管周启南有什么高招,她做到这个程度已经到极限了。

清偿旧债,虽然疲惫至极,但苏归晓还是松了一口气,终于可以开启新一天的工作了。

然而新的一天,却是以患者抢救无效死亡开始。

韩晓天跟完手术移交给她负责的动脉瘤患者,动脉瘤二次破裂,在ICU抢救无效死亡。苏归晓一上班,正赶上抢救的尾巴,赶去ICU送了患者最后一程。

患者死亡后有许多的病历和文件要完成,苏归晓和ICU的医生拿着账单和通知单去找家属签字的时候,家属在泪光中看着那一长串数字,以及最后加和出的六位数,咬着牙,脸色越变越暗,越变越差,终于在沉默中爆发:"人都被你们治没了,还要这么多钱?"

苏归晓心里咯噔一下,心知不好。

而后事情的发展果然在她的预料之中,家属强烈质疑治疗过程和费用,直接告到了医务处要求封存病历,还请了专业的律师——清查核对。

张建忠临时召开所有相关人员的科室会。韩晓天刚忙完自己患者的事情,稀里糊涂就被叫到了会议室,听着张建忠说:"复盘患者整个治疗过程和各项记录，如果发现任何因为我们人员的疏失造成的问题，严惩不贷。"

韩晓天哈欠打到一半，人忽然一个激灵，清醒了。他之前给苏归晓的手术记录草稿里都写了点啥来着？

他的后背一凉。模糊的记忆里，苏归晓那天晚上好像发了微信让他核对手术记录，他当时累得要命，还要帮周启南整理课题数据，想着第二天上班再说，可是第二天苏归晓没再问，他也就给忘了。

他赶忙找出聊天记录，点开苏归晓发来的那张图，一字一字地阅读着上面的手术记录，不读还好，一读只觉得自己要直接当场升天。

完蛋！弹簧圈没写、球囊扩张没写，这些记录不仅关系着医疗行为的正确与否，更关系着医疗费用，这都是这次家属重点质疑的地方，追起责来他绝对难辞其咎，而且细细追忆起来，好像他给苏归晓的手术记录里就没写清楚。

不会吧……不会这么巧、这么惨吧？主任正说着严惩不贷，他这边就发现了问题！

他的表情变化太大，坐在他一旁的周启南也有所察觉，蹙眉低声问："怎么了？"

韩晓天心里有些慌乱，抿了抿唇，话到了嘴边，却有些犹豫。

就在这将说未说的当口，周启南警告道："这可是涉及主任的手术，你可别给大家惹出事来，吃不了兜着走！"

韩晓天自然明白周启南的意思，他们这些学生处在食物链的底端，如果真的是他的问题而被牵扯进医患纠纷，不仅会官司缠身，保不准在华仁的前途也没了，那他……那他……

韩晓天把到嘴边的话咽了回去，冲着周启南摇了摇头："没有，没事。"

只要他不说,这事就还有百分之一的转圜余地,如果他现在说了,那他犯错这件事就会立刻成为百分之百的定局。

他强行让自己冷静下来,在心里安慰自己,不要怕,还不一定,说不定他之前在纸质记录里写了,只是苏归晓在电子病历里没有写清楚;再说无论如何,最终的电子病历是苏归晓写的,她后来也没有再追问核对,病历上签的是她的名字,如果一定要追责,那责任也是她的。

不要慌,韩晓天,不要慌……他想着,抬头去看坐在他对面的苏归晓,她面无表情,似乎对这一切无知无觉,不知道在想些什么。不知道为什么,她这样的平静落在韩晓天的眼里让他生出了几分莫名的恼火,他在心里嗤了一声:

这个苏归晓,真是"死"到临头都不知道!

散会之后,韩晓天第一个冲回医生办公室,翻了半天病历夹也没有找到那个患者的资料,后来忽然意识到纸质材料已经被封存,不在他们这里了,只能先打开电脑查看电子病历。

苏归晓跟在韩晓天后面也进了屋,看他的样子就已经猜测到他在找什么了,问他:"要找手术记录?"

韩晓天动作一顿,意外地抬起头看向她。

苏归晓拿过他手里的鼠标,轻车熟路地找到这个患者的病历,点开后直起身,对他道:"在这里,你看吧。"

韩晓天看着她的状态,似乎毫不担心,他不明白她是怎么做到这么淡定的,待到转头看向屏幕上的手术记录时,不由吃了一惊——微信照片上缺失的弹簧圈和球囊扩张都写上了，而且整个手术记录更加翔实，那些细节就好像……就好像她跟了台一样！

韩晓天先是长舒了一口气向后坐到了椅子上，无论如何，最起码现在的记录里没有错误和遗漏，不用担心责任了。只不过……他定下神，再次看向苏归晓，神色中带着明显的讶然："你是怎么知道……"

"手术细节？"苏归晓在他旁边的座位坐下，工作的同时回应道，"我去看了手术视频。"

毫不意外却又令人意外的回答。

多亏她去看了手术视频！可是……韩晓天蹙眉："你上周不是又要值班还得赶课题进度，还有时间看手术视频？"

就连他都是因为要替周启南整理课题数据，那天烦躁得厉害，不想回复她问手术记录的微信。而她作为课题主要的参与人之一，压力那么大，居然还能沉得下心去看几个小时的手术视频？

韩晓天这话问得多少有些没有自知之明，归根结底，那手术视频她非看不可，还不是拜他不回微信所赐？但这话说出来就没意思了，苏归晓倒是不以为意，只是轻描淡写道："临床的事情存疑，我不安心。"

若是在往常，韩晓天一定会在心里翻一个大大的白眼，送她一个"装"字，但这次是他理亏在前，多亏了苏归晓的这个习惯，他们才能逃过一劫。虽然他不愿意这么想，但和苏归晓对比起来，他倒当真显得是个不负责任的医生。

韩晓天撇了撇嘴，心里不知是庆幸还是烦闷，他盯了苏归晓半响，"谢谢"二字在嘴边转了一圈，还是没说出来，成了哽在他心口的一个结。

苏归晓也没多在乎他这一句感谢，自顾自地忙着处理病历。

这一忙又是一天，到了下班时间，同事们陆陆续续离开，苏归晓却还是没有半点要走的迹象。韩晓天手里的工作已经完成得差不多，按他一贯的习惯，剩下的推到明天早上做就可以，他却鬼使神差地跟苏归晓一起在办公室又坐了大半个小时。他想要和苏归晓说些什么，可张嘴又不知是该道谢还是该道歉。

办公室里只剩下了他们两个，苏归晓不知道他内心的天人交战，眼见着今天的临床工作终于妥善完成，等会儿回去以后再去看看课题相关的文献……

想到这里，苏归晓起身去后面的办公桌上拿打印纸，路过韩晓天时，突然问了一句："对了，韩晓天，你知道影像的判读和勾画有什么技巧吗？"

韩晓天抬起头看她。

其实问出这个问题之前，苏归晓内心经过了一番切实的矛盾和挣扎，以她的自尊和她与韩晓天微妙的关系，问出这个问题并不容易，但是不服输的性格让她始终过不去进度输给周启南那么多这道坎，她明明已经竭尽全力了……

那天会议室里导师张建忠主任的那句"保持谦虚的态度，多向别人学习"音犹在耳，她上次和周启南争执了半天关于时间究竟是否足够的问题，周启南也并没有告诉她什么，直接去问周启南，未必会有什么结果，想到韩晓天和周启南的关系比较近，要是真的有什么技巧，说不定韩晓天也有所知晓，她这才硬着头皮问出了这个问题。

问虽然问了，但能否得到回应，她并没抱多大希望，毕竟韩晓天和她的课题并不一样，而且他们原本的关系也算不得多和睦。没想到,韩晓天注视了她半晌,就在她觉得有些不自在的时候,他忽然别过头,避开目光不再看她,闷声说:"你去问问佑震最近在忙什么吧。"

他说完站起身,飞快地收拾好自己的东西,不等苏归晓再说什么,就匆匆离开了办公室。

苏归晓怔在了原地。她明明问的是读片技巧,为什么……为什么韩晓天让她去问师弟梁佑震最近在忙什么?苏归晓眉头紧蹙,各种猜测涌入脑海,隐隐之中意识到了什么。

她找了个借口,说要从梁佑震那里拿硬盘,将他叫到了宿舍楼电梯间,看似寒暄地问他最近在忙些什么。

提到这个,梁佑震一副劫后余生的样子,感叹道:"周启南周老师上周有个读片的任务,要得可急了,不分日夜地催,周末刚刚赶完,熬了好几个大夜,再熬下去班都上不了了!怎么,师姐有什么事吗?"

苏归晓的眉蹙得愈发紧了,追问:"读片任务?就给了你一个人吗?他有和你说为什么要做这个吗?"

梁佑震挠了挠头:"不止我一个人,群里还有晓天师兄,还有另外两个师弟,大家分的,具体为什么要做……周老师没说,反正他说让做就做吧,我们也不敢说不做。"

梁佑震说着不敢,脸上的表情却没藏住,烦得厉害。

梁佑震之后轮转还要回到他们病房,很可能就是周启南的手下,他当然不想因为得罪周启南而过上几个月地狱般辛苦又什么都学不到的生活;而另外两个师弟,一个家在农村,家庭条件不好,承担不起任何风险,每天都过得如履薄冰,另一个是三战才上岸,好不容易才得来的读研机会,上级让做的工作,谁又敢多问什么。

苏归晓僵住，最坏的猜想得到了证实。不是一个人，甚至不是两个人，周启南把这个任务分给了四个人。在会议室里答应一周完成的时候，他就已经想好了是不是？怪不得他那样胸有成竹，怪不得他能在临床和科研工作之间游刃有余……

她并不是完全想不到，只是没有敢往这样突破她认知底线的方式上思考。她和周启南是这个课题的参与人，不管是要论文还是要毕业，终归是能有所受益。可这些师弟和这个课题有什么关系，要熬着大夜替他去完成本该由他做的工作？甚至，如果她没猜错，周启南并没有和上级提起这些师弟的贡献。

苏归晓哑然，先前责怪了自己那么久，觉得自己能力不够努力也不够，却没有想到这场竞争从来就不是靠努力能赢的。

"师姐，怎么了？"看着苏归晓突然陷入沉默，梁佑震在她眼前晃了晃手。

苏归晓回过神，本能地摇头说："没事。"

可其实，事很大。第二天一上班，她就去找了周启南。

刚刚早交班结束，周启南回到办公室，拿起水杯喝水的同时，还不忘和同事开玩笑，看起来心情很好的样子。

苏归晓走到他的面前，对他道："周老师，我可以单独和您说两句话吗？"

她的话虽然还保持着礼节，表情却冷冷的。周启南瞥了她一眼，刚刚的笑容也消失不见："有什么事就在这里说吧。"

他都这么说了，苏归晓倒是也无妨："我是想问下周老师，为什么人工智能的课题要叫其他的师弟给你……"

这次，她话还没说完就被周启南打断了。周启南有些慌张地将她推出了办公室："出去说出去说，别在这里影响其他老师上班！"

周启南带苏归晓走到了楼梯间，确定办公室里的人听不到，才恢复了一贯不耐的语气："怎么，什么鸡毛蒜皮的小事都想来跟我兴师问罪？"

周启南这么说，就说明他听明白了刚刚的问题。苏归晓也懒得重复，只是反唇相讥："看来周老师也觉得这是罪啊！"

"你别在这里跟我抖这种机灵。"周启南面色一凛，顿了一下，又问，"谁告诉你的？"

"这不重要，重要的是你为什么要把你的工作分给其他学生？报出七天时限的时候，你是不是就在打这个主意？你有没有想过这对我不公平，对和这个课题无关却被牵扯进课题的其他学生也不公平？"

苏归晓虽然还在努力控制着自己的语调，但是接连的质问已经泄露了她的怒意。七天，她当真以为他有什么高超的专业技巧，她觉得自己技不如人，还有些受挫和难过，如今想来真是可笑。

她深吸一口气："但凡你是凭自己真本事完成的，我最起码还能有机会学到点东西，可……"说着，她不屑地哂笑一声。

苏归晓的态度将周启南彻底惹恼了，他的目光如刀子一般落在苏归晓身上："学点东西？好啊，那我今天就给你上一课！苏归晓，你跟我要公平，你可不可笑？人可以努力，但也要明白，这世上并不是所有的事情都是靠着努力就可以解决的。我是你的上级，是你的老师，比你多干了十年，让学生干活本来就是我的权力。既然接下了任务，那就八仙过海各显神通，我用我的办法按时完成了工作，有什么问题吗？"

"你！"苏归晓没有想到他会这么理直气壮，气结。

见苏归晓说不出话，周启南忽然笑了，像是突然想开一般，大度道:"算了,我和你生什么气啊,谁告诉你的也不重要,反正你们不过是科室的过客而已,过不了两年就要走了。"

周启南字字句句都在提醒她注意自己的身份,她再努力也不过是一个学生而已,还是个留院可能性近乎为零的女学生。

苏归晓的手紧攥成拳,她只觉得怒意上涌,就要冲出胸腔:"就因为我们只是学生,所以就可以被随便当成免费劳动力?"

面对她义正词严的质问,周启南却是一笑置之,看着苏归晓说:"不然呢?你或者随便谁,你们去找主任说说?就说上级让你们参与科研工作,你们不愿意干,还跑来兴师问罪,你猜猜主任是会气我让你们干活,还是会觉得你们太不懂事,为了这么点小事就大张旗鼓地找他抱怨?"

苏归晓的怒意没有丝毫消减,人却陷入了沉默。他说的可能对,也可能不对,但她并不想试。她在心里同样明白的是,虽然委屈,但这算不上什么大事,于旁人而言并不值得拿到台面上去讨论。

她的反应也让周启南明白了她并没有去告状的打算,周启南更有底气了,于是"苦口婆心"起来:"年轻人目光不要太短浅,要有格局有眼界,什么叫免费劳动力?我让你们干活难道不是在给你们学习的机会吗?其他的学生又没有机会参与到 AI 影像的课题里,如果不是我,他们怎么能知道这些影像怎么勾画,怎么能参与到这么重要的课题里?其他人如果有意见,为什么不自己和我说?"

他顿了顿,又说:"还有你,苏归晓,你这动不动就跟上级兴师问罪的毛病得改改了,也就是我,懒得和你一个女生计较,放别的老师那里,你早不知道'死'多少回了。"

只有她苏归晓有脾气吗?只有她苏归晓会生气?他虽然不过是一个普通医生,但横竖算她的上级,想为难她一个学生,有的是办法。

周启南的话先是点明了苏归晓即使闹也闹不出什么名堂，向前无路，而向后，周启南更是将自己所做的一切解释得体体面面，对学生用心良苦，连对她这样不识抬举的学生都如此包容。而偏偏顺着他的思路来想，他的话似乎并没有错，他本可以坑她更狠一些，就因为这样，所以他就不算坏？

苏归晓只觉得满腔的怒意无处安放，只能化作一声嘲讽的低笑，不知道是对他还是对自己。

目光短浅，没有格局，她真的……

她不禁连声冷笑："受教了。"

毫无诚意的话，周启南也并不在乎，说道："能够调动其他的研究生也是我的能力，这就是你和我之间的差距。如果你想明白了，发现这个课题不适合你，越早退出你的损失越小。"说完，他转身离开了楼梯间，随后门嘭的一声关上，声音在楼梯间里回荡。

苏归晓无言仰头，还没来得及多想什么，突然看到有一双脚从上一层楼的楼梯迈了下来，脚步声有一些重，那双脚顺着一阶阶台阶逐渐向下，直到她看到了那是……

叶和安！

他穿着一件黑色的衬衫，袖口高高挽起，手臂上的青筋若隐若现，冷峻的面容半隐在上层楼梯投下的阴影里，锐利的眸光让苏归晓心头一凛。

在此之前，她和周启南什么声音都没听到。他是什么时候进到楼梯间的？刚刚的对话……他听没听到？听到了多少？

苏归晓站在原地没有动，两个人的视线相接，她看着叶和安走下来，离她越来越近，一米八五以上的高大身影渐渐地笼罩住了她，苏归晓仰起头戒备地看着他。

下一刻,叶和安却越过她,径自走向了楼梯间的门,就好像不认识她一般,却又在握住把手的时候,突然停了下来,开口道:"你总不会觉得质问就能解决不公吧?"

他的声音不大,只是在这空旷的楼梯间里,如同一根刺扎向她。

苏归晓的心一沉:"你都听到了?"

叶和安没有说话,是一种默认。

苏归晓冷笑一声,索性反客为主:"那你就没有什么想法吗?"

他是这个课题合作公司那边的技术负责人,课题中发生的一切都与他息息相关。虽然她原本并无告状的打算,但是他既然听到了周启南的所作所为,就没有什么想说的吗?

他答得干脆:"没有。"

面对他这么干脆的回答,苏归晓终于忍不住反击道:"我从没有妄想通过质问解决不公,可就是因为你们都选择了视而不见,上位者的失职纵容了不公的发生,他们才会这样肆意妄为。就算质问解决不了问题,我也要问出来,至少我要让周启南知道,那是错的!"

枪打出头鸟,没错,可是如果所有人都保持沉默,没有人表示异议,那么错的也会被默认为正确的,一次违规被默许,那么之后可能就会迎来数不清的变本加厉。

"然后呢?"他打断了她义正词严的控诉,转过身看向她,"把周启南惹急了,从此以后针对你,直到你受不了主动退出这个课题?给你这个消息的人我真不知道他是想帮你还是想害你!"

给她消息的人是韩晓天。这么想来,如果从阴谋论的角度讲,这里面或许有很多种可能,说不定是为了激她进一步得罪上级,在

八瓣玫瑰 质问的意义

科里混不下去；也说不定是韩晓天不想再帮周启南干活，所以利用她去攻击周启南。可这些都改变不了周启南的所作所为。

"给我消息的人怎么想的不重要，重要的是事实是什么。我仅仅是想要公平，为什么没有犯错的人反而要在这里听你的指责？"

叶和安深吸了一口气："我并不想指责你，我只是在提醒你，在自己还没有话语权的时候先接受现有的规则！"

最后这一句话苏归晓倒是印象深刻，上一次听到这句话还是在高中。有一次语文的阅读理解题，她遇到了熟悉的文章段落节选，那篇文章她看到过作者的访谈，因而结合作者的表述答了题，原是志得意满，还有些得意自己的答案，却没想到被老师直接判了零分，理由是没有清晰地点明标准答案的得分点。

苏归晓当时好像也是像这样，拿着作者的访谈就去找老师了。一番争论下来，老师气得够呛，她也委屈得不行，但丢掉的分数还是没要回来，以至于后面的课她都听不进去。

彼时还是她同桌的叶和安问她："你想要这个分吗？"

当然！她知道他有后话，一双眼紧紧地盯着他。

他一字一句认真道："那就记住标准答案，在自己还没有话语权的时候先接受现有的规则，等你有能力再去改变它。"

无可否认，叶和安这句话是有道理的，但并不像他当时那个年纪能说出来的话，多少透着些被世俗磨砺过的沧桑感。这句话也在很长时间里激励着苏归晓，当她竭尽全力却也无法改变结果的时候，她就以此告诉自己不要放弃，再努力变得更强，只是现在……

苏归晓望向叶和安："你是不是忘了这后面还有半句话？叶和安，在这个课题里，我没有话语权，但你有，可你现在又改变了什么？"

有了话语权还不是一样毫无作为、为虎作伥？这世上多的是屠龙少年终成恶龙，上位之后便对旁人的苦难视而不见。人心永远善变，就好像当初眼含星光的少年也有可能因为说不清的现实和利益因素，放弃自己当年的理想。她知道她的所作所为在别人眼中是幼稚，是清澈的愚蠢，但她捍卫的是自己心中的公平和原则。

她的话不多，但也足以让他听懂，她话中的讽刺叶和安尽数收到。可是职场不是江湖，不是靠侠义就能生存的地方，而科研虽然研究的是科学，可也处处逃不脱人情世故，假如他在这件事上插手，只会引得周启南更加猜忌和排斥苏归晓。她初涉其中，根本不明白其中深浅，她自己也不过是尊"泥菩萨"，只凭意气，抓不到问题核心，不仅解决不了问题，反而会使得自己麻烦缠身，葬送掉未来的发展机会！

这些话到嘴边，叶和安却又什么都不想说了，她若听不进去，他说再多都是白费口舌。

他将这份讽刺原封不动地送还给她，语气不善，明显是生气了："你太高抬我了，我是技术总监，不是法官，你们神经外科团队的内部纷争与我无关，我只关心课题研究本身会不会受到影响！"

"只关心课题研究本身会不会受到影响？"伴随着些许的赌气意味，苏归晓又是一声冷笑，几乎是脱口而出，"如果每个人都只想着投机取巧，这课题早晚得出事！"

没想到，叶和安闻言没有再说话，只是注视着她，片刻后，发出一声含义不明的轻笑。不知为什么，恍然间，苏归晓竟从这笑中看出了几分……欣慰？是自己眼花了吗？

叶和安随后拉开楼梯间的门，转身离开。

九瓣玫瑰

选择的理由

苏归晓第一次觉得自己的嘴可能开过光。

这之后又过了几天,就是 AI 课题的第三次全体会议。依旧是所有领导百忙之中抽出时间到场,因为这次会议是为了讨论目前初步的预实验结果,所有人最关心的莫不过是结果。

张建忠这一次到得早了一些,与刘季雯聊起了课题设想,刘季雯连连点头,只是她谨慎一些,不无担忧道:"这些想法如果能实现最好,只不过不知道技术上会不会有什么问题。"

张建忠还没说话,倒是周启南很是乐观地回应道:"技术的问题就交给公司解决,我们只管提要求,小叶是我们张主任的学生,一直那么优秀,肯定会想出办法解决的。"

周启南的话算是说到了张建忠的心坎上,提到叶和安是他的学生,一贯以严肃面孔示人的张建忠脸上也不免浮上了几分骄傲,他点了点头:"对,我也相信和安的能力,我们要做就做最好。"

话音刚落,被所有人信任和期待的叶和安就走了进来,简直说曹操曹操到。

"哟，小叶这不就来了吗？"先前叶和安在神经外科读博的时候，周启南与他有过两年的接触，此刻叫叶和安的声音亲切又熟稔，显得自己在课题的合作和沟通方面游刃有余。

没想到，刚刚众人口中近乎无所不能的叶和安此时神色沉重严肃，一点也不像刚刚周启南形容的那般轻松。

进了屋，他一反常态没有和众人打招呼，而是径自走到了讲台前开始操作电脑。他原本气场就强，此时眉头微凝，一双明锐的眼冷冷地注视着眼前的屏幕，薄唇微抿，侧脸的轮廓更显冷峻。

会议室里原本热闹的讨论声消失了。

随着人陆陆续续到齐，叶和安没有再多浪费时间，开门见山道："考虑到各位主任的时间有限，我在这里就直接说结果吧。前期预实验总共用到了一百个数据，一半来自周启南医生，另一半来自苏归晓同学，先说结论，建模效果并不理想。"

预期中的开门红没有到来，叶和安的话一出，屋里再没有了刚才轻松的气氛，以主任为首，所有人的眉头都蹙了起来，苏归晓的心情也随之变得沉重。

所以问题到底出在哪里？

叶和安切换幻灯片页面，每一张幻灯片都被分为左右两列，苏归晓仔细看了看上面的标题，发现左边是基于她的数据，而右边是基于周启南的数据。

联想到刚刚叶和安特意指出这次数据分别来自她和周启南，这对比的举动再明显不过，苏归晓的心随之提了起来，不知道叶和安的葫芦里卖的是什么药。

叶和安先是介绍了两边数据的基本情况，当初苏归晓和周启南是随机平分了这一百个数据，因此两边的情况基本相同，这意味着之后结果上面的差异并不是由于患者情况差异大导致的。

紧接着，叶和安翻到了下一页，左右两边各显示着一串数字，主要是模型拟合的信度和效度的参数。苏归晓目光紧紧盯着屏幕，逐行将各项指标过了一遍，生怕是自己的数据的问题导致了结果不理想，毕竟当着所有人的面被公开处刑，这压力绝不是开玩笑的。

然而一整页看下来，苏归晓发现她的数据结果要明显好于周启南的，而且差距竟然不小。

在座的都是专家，虽然临床的主任们不是那么了解模型具体的建立过程，但这些基本的评估参数都还看得懂。叶和安的页面一出，所有人就明白了是什么意思，周启南的面色一暗。

张建忠显然也有些意外，考虑到周启南有那么多年的科研经验，而苏归晓是新手，而且在之前的会议上周启南那么自信，原以为就算出问题也是苏归晓的问题，没想到……

张建忠沉吟了一声，问叶和安："这倒是有些奇怪，和安，你觉得是什么原因？"

叶和安示意大家少安毋躁："主任别急，我也是要和大家一起讨论这个问题。"

他将幻灯片翻到下一页，上面是从苏归晓和周启南的数据中截取出来的影像勾画结果。"我一开始觉得可能是我的模型选择不合适，因此尝试修改了几次模型，但结果均与这一次相似，因而我仔细查看了二位给我的原始数据，发现苏归晓同学在不同患者中勾画的边界标准基本是相似的。"他的鼠标移到了画面的右侧，"而从周启南医生给我的图像中随机抽取出几个患者，我发现他们的边界勾画标准有比较明显的不一致，这很有可能就是用周启南医生的数据集中建模效果差的原因。"

所有人的目光一起聚集到了周启南身上，原打算在这次会议中领功劳的周启南，面对叶和安的结果，此刻脸色难看得很。

毕竟是自己的人造成的问题，若是僵在这里自己的脸上也无光，张建忠因而为周启南开解道："小周，是不是时间太紧，你完成的时候有些着急？"

张主任给了台阶，周启南自然赶紧顺着接了下来："对对对，我之前就想着尽快完成工作，把数据给到和安，好推进课题的进度。没能把控住细节是我的问题，我回去立刻改！"

张主任说话的时候忘记了一周期限是周启南自己提出的，而周启南此刻却来抱怨时间紧，多少有些打自己的脸。

叶和安没接周启南的话，说道："我倒觉得不是单单因为着急，我仔细看过周医生的数据，差不多每十来个患者影像的勾画标准是相对一致且稳定的。周医生，冒昧问一句，这批数据全是您一个人完成的吗？"

听到叶和安的问题，周启南的脸色铁青。

苏归晓也吃了一惊，她知道叶和安听到了那天的对话，很清楚这些片子是周启南找其他学生帮他勾画的，此刻问这个问题目的很明显。但是她没有想到他竟然真的会问出来，尤其是在这样的时机、这样的场合。

从大家的反应来看，这个问题堪称炸裂。张主任显然没有预想过这里面会存在这么多弯弯绕绕，而且影响了最后的结果，此刻他的眉毛也拧成了一团。

可苏归晓转念一想，不在这样的时机、这样的场合问，还能在什么时候问呢？私下问？她试过了，周启南毫不在意。

众目睽睽之下，周启南几乎是从牙缝里挤出来两个字："是……

是……"

叶和安的语气愈发严肃:"其实就算这部分工作不是周医生一个人完成的,我也没有太大意见。只是我要提醒周医生的是,不同的人本身就会使得勾画结果存在一定的异质性,如果开始之前没有严格统一的培训,最后也没有人把控质量,那么勾画出来的结果就会存在问题,会对模型的建立产生很大影响,所以还请周医生日后注意。"

叶和安的话并没有赶尽杀绝,还给周启南留了一丝余地。但这话正着听是提醒,反着听则是在说周启南在开始之前没有给其他人培训过,最后也没有把控片子质量,才导致了今天的问题,是他没有尽到责任,对课题不够上心。在座的都是人中精英,听话听音,这层意思还是能听得出来的。

周启南脸色极差,却只能硬着头皮装作顺从地答道:"我日后一定注意。"却没留意,这已是默认了他找其他人帮他一起勾画的事实。

许是因为觉得屋里的气氛太沉重了,叶和安微牵唇角,故作无谓地笑了一下:"只是些小建议,周医生不要介意我今天多话。这部分工作怎么分配原本是神外团队内部的事,我也不是很在乎,我只关心课题研究本身会不会受到影响!"

只关心课题研究本身会不会受到影响……这是上次在楼梯间叶和安训斥她的话,只是此时再听到,感受多少有些不同。苏归晓抬头看向叶和安,第一次清晰地感受到了他的处事逻辑。

在他的心里,纠缠于人际关系是最没有意义的事情,有很多是非对错在其他人眼里并没有那么重要。周启南既然选择了让其他人完成他的那部分工作,内心就早已认定自己的行为是合理的,所以单薄的质问如纸片般苍白无力，不过是浪费口舌，但是如果影响到了课题本身的进展，那么就是触碰到了大家的利益，这个时候所有的问题都会变成最锋利的尖刃。

事已至此，周启南只能讷讷道："怎么会呢，我得感谢你提醒我，还好咱们问题发现得早，我这就回去改，一定尽快完成。"

叶和安追问道："尽快是多久？"

这次周启南无论如何都要自己过一遍再修改，因而底气弱了不少："十……十天？"

上次什么都没有，他敢报一周，这次只是修改，他却报了十天，足可以见他上次报出的时间有多不合理。

这话一出，连张建忠的脸上也有些挂不住了："怎么这次要这么久？"

周启南的头愈发低了下去，但他还是尝试着解释道："虽然是修改，但每一个片子、每一层都可能需要重新勾画，有些情况之下甚至比第一次画还要麻烦，所以时间会久一些。"

像张建忠这样的大主任，自然不会了解这些细枝末节的分析步骤，听到周启南这样说，才第一次认真地审视分析流程。虽然大主任不可能像苏归晓和周启南一样了解得那么细致，但总算在脑海中留下了一个印象，原来听起来简单的工作，并没有想象中那么容易。

可是周启南上次调子起得太高了，大家都期待着能够很快得到预实验的结果，而且启动仪式的日期在几次更改之后已经正式确定，现在说来不及，未免有些晚了。

叶和安沉默了片刻，似是不甚满意周启南的回答："看来周医生最近事多繁忙，但我们课题的压力也很大，如果周医生最近没有时间，不如请苏归晓同学完成这部分工作吧。"

叶和安的提议一出，林一航也赞同地点头："这样更好，既然苏同学之前勾画的内容没有问题，这次也由苏同学来完成，这一百例数据的一致性肯定会更好。"

其实又岂止是这一百例数据，假如这次结果没有问题，之后的数据全由苏归晓做最后的统合负责就可以，周启南做什么倒显得不太重要了。

因为自己科室内部的工作分工和流程问题，让大家在这里一起讨论了这么久，张建忠只想以最简单的解决办法结束这个话题。他沉吟了一声，应道："可以，小苏，就由你去做吧，需要多长时间？"

片刻的思索后，苏归晓坚定地给出自己的答案："一周。"

比周启南给出的时间要短。

张建忠松了松气，但想到毕竟是由于自己科室的问题耽误了进度，不由再问："还能更快一点吗？"

面对主任的提问，这多少算是个表现自己的机会，寻常人必定会顺着导师的意愿，积极地回答如何努力缩短时间云云，苏归晓却在众目睽睽之下，没有半分犹豫地拒绝道："不能。"

话音落下，屋里一片寂静。在这尴尬之中，叶和安自心底低笑了一声。

她倒当真是一点没变，棱角分明，连半句软话都没有。又或许是因为她今天终于打了场翻身仗，证明了自己并不是速度慢、能力不行。

许是终于意识到自己的回答有些强硬，苏归晓这才补了一句解释："为了保证数据质量，一周已经是下限了。"

刚才周启南已经说过其中的烦琐过程，张建忠没有为难苏归晓，点了点头示意就这么定了。

周启南起初脸色着实算不上好,但他胜在脑筋灵活,即使在这样难堪的局面下,也很快便想通了,还能化被动为主动,说道:"我平日里手术多,工作繁重,这样的基础工作由小苏完成确实比我合适得多。既然这部分工作已经有了安排,接下来我会更多地查阅文献,与小叶探讨完善咱们人工智能模型建立和数据集划分的思路。"

短短几句话重新在课题中为自己找到了位置。不仅如此,他还拔高了自己,苏归晓这样没有科研经验的学生做的不过是一些基础的重复性劳动,管她苏归晓、王归晓,谁都可以替代,而他则是要参与到对课题大方向的把控工作之中。身份不同、定位不同,苏归晓原本就与他没有可比性。

苏归晓是不善于应对,却不是迟钝到听不出他的心思,眉头因而皱得更紧了一些。

叶和安却唇角上扬,应得十分痛快:"好啊,我也很期待周医生的见解。"

这下,周启南反倒有几分讪讪的样子了。

讨论完预实验结果之后,叶和安与大家打了声招呼就先行离开了,来去匆匆。

林一航替他解释道:"启动仪式在即,和安既要完成咱们这边的数据分析,还要与有意向的投资公司见面,各方面离了他都不行,这段时间和安确实比较繁忙,请大家见谅。"

叶和安的能力和重要性,与会者有目共睹,自然知道那句"各方面离了他都不行"不是敷衍,因而主任们没有丝毫不满,点头示意林一航。

见大家没有异议,林一航继续道:"启动仪式的现场主要由我负责安排,接下来有几个细节我想和各位主任仔细探讨一下。"

林一航主要负责运营方面，讨论的问题主要是关于启动仪式的环节和嘉宾安排等。这个项目从医院方面来看是国家级的重大课题，全院高度重视，本院和国内其他顶尖医院的院领导会出席这次启动仪式；而从公司的角度来看，这更是他们筹备多年的核心项目，将会邀请国内顶级风投公司高管参会，往来皆富贵。

这些问题已经与苏归晓这样的研究生没有多大的关系，与对面保持着好奇和惊叹面孔、时时关注着讨论进展的陈一妍不同，苏归晓已经没有兴致再听下去了。

适逢严安逸的电话打了进来，是她的患者家属着急找她，她向主任说明，就先行离开了。

这之后一忙就是一上午，苏归晓去重症监护室送病历的时候，在走廊转角意外听到了熟悉的声音："叶和安和苏归晓的关系怎么样？他们之间有什么渊源吗？"

是周启南。

"他们两个几乎一开会就吵架，不过……我总觉得叶学长对苏归晓有一种特殊的了解和信任。"陈一妍想了想说道，顿了顿，又问，"为什么这么问？"

一开会就吵架，那应该并不是多好的关系，可是特殊的了解和信任……这话听得苏归晓也一怔，不明白陈一妍这话是从何说起。

周启南沉声道："我总觉得他们两个不对劲。之前我们科有个患者，入院的时候考虑是普通的外伤，没有任何实质证据，只是因为苏归晓觉得这个患者不对劲，叶和安通宵做了模拟的血管建模，发现了那个患者血管有异常，结果DSA确认是左侧前颅底硬脑膜动静脉瘘。虽然结果证明苏归晓是对的,但当时几乎没有人相信苏归晓,叶和安却把她的话听进去了。"

陈一妍听说了神外前段时间收了一个左侧前颅底硬脑膜动静脉瘘的患者,是个罕见病例,她还找出患者的DSA学习了一下,却不知道其中还有这样的波折故事。她愣了一愣:"会不会是叶学长自己也觉得那个患者有问题?"

"可能吧,但他并没有和患者直接接触,所得到的信息全部都是苏归晓的一面之词,就将原本与他毫不相关的事放在了心上……"

周启南越想越觉得不对,这的确对得上刚才陈一妍所说的"特殊的了解和信任"。他继续道:"你说叶和安今天这么针对我,还提出让苏归晓做我那部分工作,有没有可能……是想帮苏归晓出头?"

关于叶和安为什么会去做那个患者的血管建模,苏归晓从来没有细究过。以他们重逢之后这话不投机半句多的状态,她甚至觉得他只是需要一个患者的数据进行建模试验,随手抽中了那个患者而已。在他的选择当中,她能有多大的影响,她没敢想过,因而当听到周启南前面的分析时,也不由得随着他的思路,觉得是有些奇怪。

然而当听到后面的话时,她就明白了,周启南只是想要找些借口强行为自己"挽尊"罢了。明明是他自己的问题,却要找些牵强的理由,好像全世界都故意针对他一般。

陈一妍也听出了他的意思,轻笑了一声,说话的声音轻柔了几分,是想要安抚周启南的意思:"我觉得这个可能是周老师您想多了,叶学长今天大概只是单纯着急咱们预实验的结果,所以说话直了一些。启动仪式在即,他们还需要跟各个投资方汇报,他们是科技创业公司,项目成果不好不是相当于断人财路、要人家公司命吗?"

是啊，陈一妍的话不仅提醒了周启南，也让苏归晓心里更加清明了几分。

叶和安那天在楼梯间就说了，周启南和她的问题于他不过是些不重要的内部纷争，他今天这样严肃的反应，归根结底，不是因为周启南有没有认真完成自己工作的是非对错，更不是因为她，只是因为周启南的失误挡了他的财路罢了。

她差点忘了，叶和安可是为了创业放弃了当医生的人。这么想想，她也得好好努力干活了，否则交不上东西，下周倒霉的就是她。

智影公司之前的检测试剂盒项目即将开启转化流程，虽然中间有一点小插曲，但好在叶和安与投资方安达公司的老板安大铭共进晚餐将事情说清了。原本他们以为剩下的流程不会有什么大问题，然而安大铭因为生病突然入院，公司换了新的负责人，是来继承家产的富二代，这富二代金融专业出身，对医学一窍不通，却初出茅庐又要大展拳脚，对原本已经成熟的方案又提出了许多意见。

手下的人沟通了几次未果，项目一时停滞，叶和安只得抽出时间，亲自去一趟投资公司。去之前，助理问叶和安需不需要将方案再重新改一版，叶和安反问："你们有新的思路了？"

助理摇了摇头："但改一改措辞和组织排序还是可以的，林总说这样也算是咱们又尽力改了，起码有个态度。"

自从新负责人上任，前前后后磨了两个月，项目却毫无进展，所有人还都忙得不行，原来忙的尽是这些无用的东西。

叶和安摇了摇头："不用了，交给我吧。"

叶和安按照约定的时间来到安达公司，却没想到，初次见面，安家的接班人就让他等了足足二十分钟。

AI 项目的启动仪式在即,叶和安本来就诸事缠身,只给这次对话预留了二十分钟,时间一过,他毫不犹豫地就要起身离开。

没想到,他一推开门,正巧看到几个西装革履的人在门口,为首的是一名二十五六岁的年轻男人,一身黑色阿玛尼西装剪裁合体,黑色的皮鞋锃亮,像他光洁的额头一样,微微反着光,整个人透着一种精致感。

他向叶和安伸出手:"叶总,我是安达的投资总监安宇成,叶总这是专程出来迎接我们的吗?"

明明是自己迟到了,却还这样一副理所应当的样子,叶和安皱起眉头,对这个透着浮夸感的二代多少有些反感。他看了一眼安宇成的手,没有理睬,只是冷声道:"我已经在您的会议室等了二十分钟,既然安总失约,我还有会,先走了。"

"等等。"安宇成拦住他,微偏头,他身后的人将 iPad 举到了叶和安面前,屏幕上赫然是林一航的面孔,安宇成好整以暇地看着叶和安,"与我预约的是智影公司,而没有定死是某个特定的人,在刚刚过去的二十分钟里,我们与林总进行了线上会议,怎么能算是失约呢?"

叶和安眉头拧作一团,只听屏幕里林一航尴尬地笑了笑,点头应道:"是,刚才安总确实在和我开会,安总突然说想要和我谈谈,没来得及通知你,抱歉啊和安。"

得知安宇成突然任性地提出要开会时,林一航心里是震惊且不悦的。但安达公司是他们创业之初最早的投资方之一,而且现在项目正处于关键阶段,经不起风波,给钱的是上帝,创业这些年,林一航最不缺的就是眼力见,因而当即答应了下来。他原以为叶和安都到了安达公司,自然会一起开会,没来得及和叶和安先做沟通,谁知道一连线却发现对面只有安达公司的人。

安达这位新来的小投资总监,颇有自己的脾气和风格,上来就对林一航一通发问。

"你对每个项目的风险评估和控制是怎么做的?"

"你对公司未来五年的发展规划是什么?"

"你做这家公司是为了什么?"

这个时候,林一航才意识到,这是这位小安总对他的"面试"。

听到林一航这样说,叶和安不便再纠缠什么。虽然安宇成的行事让他不满,但也的确如安宇成所说,这算不上失约。

叶和安沉声道:"那既然你们已经谈完,我就先走了。"

"叶总监如果走了,以后智影的所有项目我们安达都不再参与。"安宇成神色悠然,说出的话确实决绝。

屏幕里的林一航也是一惊:"这是为什么?"

"先前贵公司送来的几版项目转化方案,我们看了都不满意,因此,我要对你们公司重新进行评估。我刚刚和林总谈过了,林总背景出色,能言善辩,"安宇成顿了顿,语气重了起来,"可惜,林总对项目的把控还是不够强,对公司的规划也不够明确,作为一个公司的负责人实在有些平庸。我父亲跟我说,他当初投资你们公司,看中的是叶总监的专业能力,我也想看看是怎样的专业能力征服了我父亲,让他做出了这么冒险的决定。"

安宇成说着,先行走进了会议室,却在走到房间中央的时候回过身来:"当然,如果叶总监还是没有时间,就当是我们没有缘分,就此别过。"

快速诊断试剂盒项目虽然算不上多么宏大,但因为临床推广性好、成本相对没有那么高、研究难度不算大、风险可控等优点，被选中作为公司的第一个项目，对之后公司的融资和发展具有非常重要的意义。项目进行过程中也经历了波折，好在关键时刻得到了滨江高新区对生命健康产业的全力支持和资助，公司和滨江政府对这个项目都抱有很高的期待。现在各方面的支持都已到位，如果在转化落地阶段最大的投资方安达撤资，他们短期内很难找到解决办法，假如再被其他竞品抢先，对整个公司的影响将是巨大的。

　　林一航是管钱的，虽然对安宇成刚刚轻视他的话很是不爽，但这笔账他算得比谁都快。能屈能伸也是他的优点，没等叶和安回答，林一航就赶忙替他答应道："他有时间！"

　　叶和安瞥了一眼林一航，林一航收到目光，讪讪地笑了笑，心意却是没改："快去快去。"

　　叶和安最终还是跟着安宇成进了会议室。

　　这次会议是安宇成和叶和安单聊，iPad也随之被关掉。叶和安坐下来的时候，注意到有一名与他大致同龄的男子坐在了安宇成的身后，他戴金属黑框眼镜，领结系得一丝不苟，看上去斯斯文文的样子，大概率在欧美留过学。

　　会议一开始，安宇成就让叶和安再介绍一下他们的项目方案。因为这方案提前发给过安达公司，他们也已经做了了解，叶和安没说几分钟就被安宇成身后的人打断，质疑道："叶总有没有想过这种测试方法是前两年流行的，最近出的蛋白扩增的新方法，准确度更高？"

　　叶和安坚定地回绝道："但是每次检测的耗时更长，成本更高。"

　　对方却是自信满满，还带着攻击性："这种不完美但更好的方法，才是具有市场前景、更值得我们科研攻关的项目，叶总现在的项目内容我并没有看出什么突破点、什么价值，未免有些太糊弄人了。"

一句话否定了他们两年的努力，面对这样尖锐的评价，叶和安毫不犹豫地回击："检测时间缩短30%，诊断效能提高20%，成本降低40%，极大地提高了临床实用性和推广性，没看出突破点，有没有可能是你们不懂专业？"

场面一时难看，安宇成却还是笑盈盈的，颇有些看乐子的意思。

听到叶和安的质疑，安宇成开口道："抱歉，刚才忘了介绍，这位是我的顾问徐天洋，剑桥生物医学博士。"话外之音，是同行，懂专业。

安宇成又道："对了，我听说叶总也是剑桥的学生，那岂不是校友？"

叶和安还没说话，徐天洋却先澄清道："据我所知，叶总在剑桥那两年属于联合培养身份，不算是剑桥的毕业生，严格来讲可算不上是我们的校友。"

"哦，这剑桥的门果然不是那么好进的。"安宇成似是恍然，顿了顿又对叶和安说，"我们这位顾问还发过特别厉害的期刊论文来着，叫……叫……"

徐天洋提醒道："*Nature*。"

即使是剑桥，每年能发 *Nature* 的也没有多少，剑桥生物医学领域的文章叶和安一直有所留意，没听说过徐天洋这号人。

叶和安冷笑了一声："*Nature* 主刊？"

徐天洋沉了沉脸："子刊。"

叶和安再问："第几作者？"

徐天洋沉默了一瞬："三……"

叶和安面无表情地说:"你们了解了我在哪里上过学,就没去仔细查查我的学术成果?"

他在两年前就以第一作者的身份在 Science 主刊发表了一篇文章,早已放下了一味追求最新甚至猎奇的心,更不会像徐天洋这样在对项目细节都没有了解到位的情况下,随意地盖棺论定说没有价值。因为发表在一些名不见经传的期刊上的诺贝尔奖成果多的是。

徐天洋就是因为科研天赋不够,迟迟无法取得突破,所以放弃了科研之路,新来公司的,原本想要好好表现一下,却没想到碰上个硬钉子,自讨了没趣。

安宇成也看出来了,徐天洋平日里将自己夸得无所不能,遇事却也不过尔尔。你看,这就是他不想遇到的情况,这世上空有其表的太多,心怀不轨的更是比比皆是。他和他爸可不一样,他喜欢刨根问底,最不喜欢被人骗。

安宇成摆了摆手没让他再说话,目光正对向了叶和安。

偌大的会议室里忽然陷入了安静,只听到空调低低的嗡鸣声,冷气正足,气氛也降到了冰点。

专业上安宇成自然说不过叶和安,似乎一时挑不到叶和安太大问题,不过……

"我投资项目从来不只看项目,更要看合作的人,太在意钱的或者太不在意钱的,我都不喜欢。"安宇成饶有兴味地抬眼看他,"叶总监,我去了解过你,发现你父母都是医生,父亲还是全国赫赫有名的心外科教授,你原本在全国顶尖院校的神经外科专业读博,作为医学生可以算得上是前途无量,却在还有一年多就可以博士毕业的时候退学了,我对其中的缘由十分好奇。"

能够促使他做出这样重大决定的,必定是十分重要的原因,否则一个随随便便就能在即将博士毕业时退学的人,谁知道他会不会在项目最关键的时期突然心血来潮退出团队去做别的?安宇成挑选合作伙伴的时候当然要保证自己项目的利益,他要知道叶和安究竟想要什么,了解这个人的心性,能不能合作得来便可窥得一二。

叶和安的脸色微变,安宇成的问题于他而言着实越界太多,他不管安宇成的投资原则如何,他的合作原则一向是公私分明。

叶和安冷声回应道:"安总还是留着宝贵的时间多了解了解项目吧。"

他这样说,便是在明确拒绝,不愿多说,可安宇成却依旧步步紧逼:"若说你是为了什么科研理想,当医生也可以做科研,还更便于开展临床试验,没必要半途而废,改弦易辙。"

"难不成是为了钱?"安宇成自顾地推测着,却也觉得不对,"要只是为了钱,大有变现更快更简单的项目,你又何必专挑些费力的课题?"

见安宇成今天一而再再而三地出言冒犯,叶和安冷笑了一声,不答反问:"安总投资项目又是为的什么?"

他原是想要提醒安宇成,这世间的事原本就没有绝对的因果,大多是复杂因素混在一起推动的结果。不管叶和安是为了什么,但于安宇成而言,合作能够达到他的目的才是最重要的。

却听老板椅上的安宇成说:"好问题。"

他似是认真地思考了一番,片刻后正色答道:"还没想好。"

这一回,叶和安怔住了。

十瓣玫瑰

她的登天路

晚上十点,智影公司的办公室里人已经稀稀落落,总监办公室却灯火通明。落地窗外是城市星星点点的万家灯火,叶和安放下笔,向后靠在椅背上,有些头痛地揉着额角。他不知道安宇成到底想要什么,但从他今天的话来看,安达公司应该要进行大变革了。偏偏在这样的时间点……叶和安重重地一叹气。

"咚咚咚!"

"请进。"听到敲门声,叶和安转过座椅,只见苏归晓走了进来。初春时节,她穿着一件白色的衬衫,领口的扣子工工整整地扣好,黑色的西裤衬得一双腿笔直修长,微卷的长发高高扎起,整个人透着外科医生的利落和洒脱感。

"主任让我来请你签个文件。"她一边简单地解释,一边将手里的牛皮纸袋递到了叶和安面前。

叶和安拆开,袋子里面是项目合作协议。启动仪式在即,协议的事情格外着急,之前因为一些条款细节反复修改了几次,终于在最后一刻敲定,因此张主任才会着急让苏归晓拿着合同直接来找叶和安签字，明天早上就交到科技处。"

他的手腕微动，钢笔尖下的字迹遒劲有力，苏归晓记得从前他的字就很好看，而岁月积淀使得他的字体愈发大气。

一式四份的文件很快签完，他将文件收好，递还给她："你看下还有没有什么问题。"

"可以了。"苏归晓仔细确认了一遍，任务圆满完成。她转身正要走，叶和安叫住了她："影像的病灶勾画怎么样了？"

"完成了一半，如果我没记错，还有四天时间？"她以为他是要催进度，因而特意强调了约定的时间。

叶和安却将电脑屏幕转向她，屏幕上是她之前完成勾画的影像，说："你在勾画的过程中要注意增强边界的连贯性。你看这里，这样的出入虽然不是大事，但总归不算完美。"

苏归晓这才意识到原来叶总监是要批评她。她回过神，盯着屏幕上鼠标的地方看了看，的确，在核团光滑的外侧边界上，她勾画的线条显得多少有些崎岖不平，可是……

"鼠标毕竟不是手，画到这种程度已经是反复修改了很长时间的结果，再给我半个月我也不知道能不能改到完美的状态。"

苏归晓没有遮掩，叶和安闻言却蹙起了眉："鼠标？你都是拿鼠标画的？"

"是啊。"苏归晓对于叶和安突然的惊讶有些摸不着头脑，反问道，"不然呢？"

叶和安的表情已经说不清是嘲讽还是佩服："这么多的病人，你全都是用鼠标一层一层画的？"

鼠标岂止不是手，在手绘这件事上，鼠标简直就是噩梦，又慢又笨拙，而苏归晓硬是用鼠标画完了那么多病人，那完成工作所需的时间实际上应该比他预期的还要多出二到三倍，可以想见她这几个礼拜必定在通宵达旦地赶进度。

叶和安抬眼再去看她，突然明白了为什么她强势外表下总是透着浓浓的疲惫感。他顿了顿，问："你不知道可以用手绘板做核团勾画的吗？"

"手绘板？"这回轮到苏归晓愣住了，这个名词她在本科的时候听爱画画的室友提到过，却从没有想过可以用到这里。最早教她做核团勾画的师兄就是用鼠标匆匆给她做了一个示例，她还以为这就是最常规快捷的方法，可此时听到叶和安提到手绘板，最初的惊讶过后，她又觉得似乎十分合理。

叶和安看着她，似是有些无可奈何地轻叹了一声，他从办公桌转角的后方拿过他的手绘板，连接在电脑上给她看："就是这样，定位好后，描着画出来就可以了，你习惯之后勾画起来会比鼠标方便许多。"叶和安给她做了一个示例，说完将手里的手绘板和笔递给了苏归晓，她接过试了试，果然比鼠标流畅，也快了许多。

想起自己之前头昏脑涨和鼠标奋斗的那些深夜，苏归晓多少觉得自己有些像冤大头。但千金难买早知道，她不是喜欢沉溺于抱怨过去的人，当即掏出手机，打开了某橙色软件想要选购。

叶和安拦住了她："你现在下单还得过几天才能到，耽误进度，要是买到不好用的更是误事，拿我的吧。"

叶和安将连接线从电脑上拔了下来，把手绘板递给她，苏归晓迟疑了一下，但看到上面印着"智影科技"四个字，想到他们公司是项目合作方，并且一直强调要尽快尽好地完成工作，提供硬件支持不只合情合理，甚至可以说是职责所在，因而收了下来。这手绘板的左下角还有一个"叶"字，大概是给叶总监专配的，怪不得这么好用。她又看着他的电脑想了想："其实我觉得影响勾画速度和效果的，还有电脑的性能……"

她刚刚试手绘板的时候就注意到，他的电脑反应非常灵敏，运行顺畅，屏幕也不刺眼，使用感好极了。

有着"神外冰美人"之称的苏归晓此时盯着他新买的一体机，竟然露出了"慈祥"的微笑，这倒有点出乎叶和安意料，苏归晓突然开窍，学会薅羊毛了！

这算盘打得不错，不过资本家的羊毛可不是那么好薅的。叶和安低笑了一声："你来我们公司画，电脑随你用。"

苏归晓一秒收敛了笑意："那算了。"

离得又不近，路上的时间都够她画好几个图像了。

她将手绘板收进包里，道了声谢，正要走，却又被叶和安叫住。他拿起一旁的车钥匙，起身道："太晚了，我送你。"

苏归晓怔了一下说："不用，我坐地铁就行。"她想了想，薅资本主义羊毛的惯性还在，"不然我打车你给我报销也行。"

叶和安笑了笑："你一个女生坐车不安全，我送你，你付我车费就行。"

他说着，走到门口抬手关掉了屋里的灯，回头只见苏归晓还站在原地，黑暗中，她清澈明亮的眸子和她身后窗外星点的灯火一起映在了他的眼里，那一瞬，仿佛又回到了高三的青葱时光。他们曾因为一道题争论到晚自习之后，全班的人都走光了，他们要离开的时候，也是叶和安关灯，他一回首就看到刚刚赢了争论的苏归晓眼睛亮晶晶的，正神采奕奕、耀武扬威地看着他。

彼时，此时，他已经不是当初那个只有理想的少年，可她却依旧像是当初那个热血的笨蛋，只是在残酷的现实中平添了几分悲壮感。

说让她付车费的话不过是一句玩笑，苏归晓却真的掏出了手机，正要打开微信转账的时候，突然想起没有叶和安的微信，她手顿了一下，好在她脑子快，转而对叶和安道："给我扫一下你的收款二维码吧。"

叶和安没说话，打开二维码递给了她，苏归晓扫完才发现跳转出来的是申请好友的页面，人一怔："码错了……"

"没错，"他收起手机，"扫收款码，你当我是网约车司机？你给钱的时候就算出于礼貌，不应该好好感谢我吗？"

"我……"她突然哽住，想了想觉得他说的似乎有些道理，可是再想却又觉得十分无语。所以，她当面道谢不行，回去还得给他写一篇致谢？

叶和安的车停在地下车库，看到车的那一刻，苏归晓突然有一丝后悔。沃尔沃的 SUV，在网约车里也该算是豪华车了，她转的路费不够。

她一面心疼着自己这个月的生活费，一面忍痛又补了车费。虽然知道叶和安并不缺她这点钱，但既然他提到了车费，付车费对她而言其实是最简单的表达感谢的方式。

一别八年，虽然他们之前几次见面，但都是工作场合，这似乎是他们两个第一次在车上这样狭小的空间中共处。

车子启动，两个人不约而同地安静了下来，苏归晓想说些什么缓解尴尬，却不知怎的想到了周启南的那个问题："叶和安，李国庆那个患者多谢你做了影像建模，我们才能及早发现患者的硬脑膜动静脉瘘，所以……你是怎么判断出这个患者脑内血管存在问题的？"

她这个问题倒是十分有趣，叶和安从后视镜里看了她一眼，不答反问道："当初不是你说这个患者有问题的吗？你又是怎么判断出来的？"

具体的那些理由，她在科里说的时候叶和安都已经听到了，时至如今概括起来也不过两个字"感觉"。

患者对发病时情况的描述、病情的变化……种种细节给了她这样的一种感觉，可叶和安又是因为什么呢？

叶和安像是早知如此，牵唇："我也是因为感觉。"

他似是答了，又似是什么都没有答，苏归晓看向叶和安的目光中尚留有几分探究，可转念一想又忍不住自嘲地一笑，不过是听了周启南几句胡言乱语，她到底在多想些什么。去做血管重建之前，叶和安必定详细研究了患者的病情资料，他原本也是一个实力出众的青年医生，他做的所有事情，自然是出于医生对患者病情的感觉。

车子拐上环路，已是深夜，大路畅通。叶和安见苏归晓突然安静了下来，问她："你呢？最近科研任务重，你临床工作还应付得来吗？"

话音刚落，苏归晓的手机就响了起来，她拿出一看，是严安逸，接通，电话那边混着心电监护的报警声，还有许多人说话的背景音，情况紧急，严安逸的话也十分简短："在医院吗？"

苏归晓意识到了什么："还有二十分钟到。"

"来了直接到手术室，章和医院转过来的急诊，血泡样动脉瘤破裂，蛛网膜下腔出血加额颞叶血肿，开颅夹闭术。"

苏归晓应得干脆："好。"

救急如救火，更何况，在全部颅内动脉瘤中，血泡样动脉瘤发生率仅占 1% 左右，具有瘤体小、宽基地、壁菲薄、易出血等特征，还有高度不稳定性，短期内形态可能发生变化，一旦破裂，致残率和致死率极高。手术也具有不小的难度，是个值得学习的病例。

严安逸随后立刻挂断了电话，车里原本就安静，电话那边的声音叶和安其实听得清清楚楚。

这样紧急手术的情况，他再熟悉不过，之前在临床做研究生的时候时常会被这样叫回去，健康所系，性命攸关，自然是再重要不过。可是这会儿不是非要叫苏归晓不可，科室里那么多一线，从她疲惫的状态来看，不知道熬了多少夜，等会儿这一去只怕又是一个通宵，实在是太过逞强。

苏归晓收起手机，还没有说话，只感觉整个人向后一倒，是车骤然加速了，显然叶和安听到了她刚刚的对话。

"谢谢。"

面对苏归晓的道谢，叶和安的声音却沉了下去："我不是为了你，我是为了病人。"他停顿了一瞬，嗓音愈发冷了，"苏归晓，你到底是为什么觉得医院手术室没你不行？你不过是手术室里一个可以被替代的小人物，在这种时候逞英雄，自以为是、不自量力、胡乱承担，是对患者、对课题更是对你自己不负责任！"

说到后面，他的语气越来越重，内行人最知道什么话最伤人，字字句句如同一把尖锐的刀扎向苏归晓。这已经不是他们第一次因为这件事发生争执，他只希望能够让她清醒一点、理智一点，分清轻重缓急。

苏归晓的脸色白了白，她自以为这一路走来内心早已坚如磐石，可听到这么尖锐的话，尤其是从……叶和安口中说出的，即使她努力想要忽略自己的情绪,但心口处还是有种钝痛感。

她从没有想过逞英雄,她只是不愿意放下任何一个出现在她眼前的患者。即使现在的她就像叶和安所说的一样无足轻重,可哪怕有绵薄之力能帮到危重的患者,这对她就足够了。她又何必向叶和安解释呢?他说她自以为是,可他呢?他是谁,凭什么这样武断地评价她?

她冷声道:"每一个人都有自己在意的事情,会为此做出取舍,就好像你当初会毫不留恋地放弃医生这个职业,旁人理不理解支不支持又何曾撼动你心里的取舍?我不是你,没有你那么聪慧理智,不会衡量利弊得失,自然不能对患者、对手术刀说放就放下了。"

她这样好胜的性格,牙尖嘴利于她而言不是难事,又或许这不只是一时的斗嘴,而是她内心对他最深的芥蒂。

科研有多重要、如何能改变世界这样的漂亮话她已经听了太多,事到如今她不会否认这些话有道理。可对他放弃他曾经视为人生理想的医生职业这样重大的选择,这些理由根本不足以说服她相信。

叶和安抿唇,在对话中第一次陷入了沉默。

她以为他是因为利弊得失才毫无留恋地放弃了医生这个职业。

这些年来,叶和安听到过许多人在背后议论他,内容大同小异,功利、自私、精致的利己主义,他们用这些词形容他,他不过假装不知、付之一笑。可今天苏归晓的话似乎格外刺耳,或许是因为她曾知道他对医生这个职业抱有多高的理想和期待吧,而如今就连她也认为他已不再是当初那个自己。叶和安握着方向盘的手一紧,骨节微微有些泛白,却是一言未发。

为了节省她走路的时间,叶和安直接将车停到了急诊室门口,她说了句"谢谢",便推开门头也不回地下了车,刚要冲进急诊室,一抬头,正撞上了从里面出来的周启南。

他怀里抱着一个五六岁的孩子,大概是因为孩子不舒服,所以来急诊看病。周启南的眼神探究似的看向她的身后,苏归晓迟钝了一下,却也反应了过来,他是在看车里的人。

叶和安。虽然隔着玻璃窗,虽然叶和安在苏归晓关上门以后就立刻将车开走了,但这短短的片刻时间还是足以让周启南认出他。这个时间、这两个人,叶和安亲自开车送苏归晓回医院……周启南的眸光渐沉。

苏归晓就算再迟钝,也猜得出周启南此刻在想些什么,可要说解释,她也不知从何解释起。手术室里还有病人在等她,她对周启南略一点头致意,随后什么也没有说,就冲进了急诊室。

患者是因为病情恶化从章和医院临时转过来的,得知休假中的三线主任宋乔生特意赶回来主刀手术,苏归晓心里已经隐隐有了数,估计是个大 VIP 患者。

严安逸还想卖人情给她:"跟宋主任手术的机会我可是第一个想到的你,这也就是自家师兄当院总才能这么照顾你!既然你今天跟了手术,这患者后续就你管床了。"

刚才在手术室门口的时候,她曾与患者家属有过短暂的交谈,年轻男人与她年纪相仿,身高将近一米九,即使是一身休闲服也自带压迫感,说话的时候更是威严毕现:"我不允许我爸的手术出现任何意外。"

后来一旁的护士和她低声吐槽了一句:"他怎么不说他不允许他爸生老病死呢?那么大的口气,他是阎王还是上帝?"

反正一看就不是好相与的主。

各路电视剧里往往会描述医生对 VIP 患者有多么关照，但其实这事不能一概而论。对于他们这样最不起眼的一线医生而言，VIP 只意味着更多的要求，动不动就有直通最高领导的投诉，以及事事想要最高级别的主任经手、从不相信年轻医生建议的自大。病看得好，功劳当然是上面主任们的，但假如有哪里不如意，锅一定是小一线们的。

在电话里严安逸只字不提患者是 VIP，估计也是因为知道其他人都不好骗，不愿意来，所以先把她诓来。这么想来，严安逸卖给她的哪里是人情，分明就是强买强卖的烫手山芋。

就在她沉默的片刻，严安逸知道已经被她看穿，嘴角原本向上的弧度一点点消失，心虚地看着她。

当院总以后，为处理这种棘手的情况，严安逸"坑人"的经验已经一箩筐，也不知道为什么，在苏归晓面前他还是格外心虚，说不清是因为这个师妹气场实在太强，还是因为他坑她的次数实在太多。这也不能怨他，毕竟旁人被坑过之后都会吃一堑长一智，只有苏归晓每次都答应得十分痛快，他不找她找谁？

果然，短暂的沉默后，苏归晓还是应了下来："好吧。"

事已至此，若她说不管，严安逸也很难再找到人接手，手术马上就要开始，他们也没有时间再在这种事情上浪费。

患者名叫安大铭，中年男性，半个月前体检发现的动脉瘤，因为情况复杂，在章和医院住院全面检查后讨论处理对策，没想到其间突发动脉瘤破裂，意识不清。患者家属联系了华仁医院的高层，决定转院，而后患者病情加重，陷入昏迷，Hunt-Hess 分级四级，CT 显示广泛蛛网膜下腔出血，右侧额颞叶血肿，出血量大，中线左移，侧脑室受压，情况十分危重。

全麻，右侧扩大翼点入路，宋乔生动作很快，干净利落地显露出大脑中动脉，清除部分血肿以后，在颈部临时阻断大脑中动脉、颅内阻断 M1 段和 A1 段起始部和后交通动脉，对血肿进一步清除之后，发现已破裂的血泡样动脉瘤，同时可以看到局部载瘤血管异常扩张。

怎么处理？血泡样动脉瘤的病理特征是内膜和中膜弹力层缺失，仅有很薄的外膜，单纯介入治疗效果不确切且容易术后出血。若是直接夹闭也很困难，动脉瘤孤立后再行高通量搭桥手术复杂，且术后容易发生缺血……

苏归晓正想着，就听主刀的主任宋乔生问她："什么想法？"

听宋乔生从容的语气，苏归晓明了他已有了决定，这一问其实是在教学，苏归晓因此没有负担地说出自己的看法："相较于直接夹闭和高通量搭桥，动脉瘤包裹夹闭具有更高的可行性，而根据咱们医院近几年的血泡样动脉瘤的病历记录，使用包裹夹闭的患者短期预后都还不错，我猜宋老师也是想使用这种方法吧。"

苏归晓答得有理有据，还有些宋乔生都没有想到的细节，他从手术显微镜前微微抬头："你还看了咱们医院近几年的病历记录？"

苏归晓应声："嗯，像血泡样动脉瘤这种发病率比较低的病，不知道有没有机会碰得到，所以先靠病历和手术记录学习。"

适逢前一步的操作告一段落，宋乔生将止血钳递给器械护士，又问苏归晓："除了血泡样动脉瘤，你还看了什么病的手术记录？"

苏归晓回忆了一下："I 型神经纤维瘤，von Hippel-Lindau 病[1]，

---

[1] 一种罕见的常染色体显性遗传性疾病，表现为血管母细胞瘤累及小脑、脊髓、肾脏以及视网膜。

还有硬脊膜动静脉瘘等。"

"还看了不少。"宋乔生闻言一笑，能够在忙乱的工作中注意到罕见疾病手术的学习机会，是个有心的学生，他又问，"剩下那些病见到真实的病例了吗？"

苏归晓摇头："还没有。"

"下次遇到病人我叫你。"

听到宋乔生主动承诺，苏归晓明白这是对她的一种认可，更欣喜于获得这宝贵的学习机会，当即道谢，顿了顿，突然意识到了什么，又问："您知道我是谁？"

华仁医院神经外科是亚洲第一大神经外科，其下设置了十余个亚专科，宋乔生并不是张建忠科室里的，苏归晓只是久闻宋乔生的大名，在轮转中也没有去过他的组里，他们两个都是今天被临时叫过来的，因而苏归晓完全没指望宋乔生能对自己有任何印象。

却没想到宋乔生一面取过血管补片，一面不以为意道："严安逸不是说你是他师妹嘛，张主任那个不吃不喝站了二十个小时手术台的女学生，咱们科谁没听说过？"

没想到自己的"光荣事迹"已经传播得这么远，苏归晓低笑了一声："让您见笑了。"

宋乔生是真心夸奖："哪里见笑，这是长见识了，我都未必能做到。下次谁再说女生体能不好，不适合做外科，我就让他先去站二十个小时给我看看。"

那一台手术站完，苏归晓其实缓了好久才真正缓回了元气。舍友梁亚怡每次看到她拼命后的惨状，都会问她一句"值得吗？"，于别人不过是茶余饭后的谈资，甚至转头即忘，她却每每将自己逼入绝境。可听到宋乔生的这一句话，苏归晓就觉得一切值得。

宋乔生顿了顿继续道："但医生是一辈子的职业，你要学会找到自己的舒适状态，靠透支自己是很难走得长久的。"

苏归晓微微低下头："我还没有资格去想能不能走得长久，我现在只想争取一个留在这条路上的机会。"

"你想留院？"想想也是，大努力必有大图谋，宋乔生轻叹气，"不容易啊……"

华仁医院神经外科至今还没有一个入职的女医生。宋乔生与他们这届其他的一些学生也有过接触，努力的不止她一个，有学生硕士就发了一区论文，还有的刚刚发了子刊，就说她那个同门韩晓天，也是周启南时常在科室里提携夸奖的对象。她的野心很大，只是实现起来难度不小，若是成真，那她也是值得载入华仁医院神经外科科史上的人物。

苏归晓尽力不去在意心中的涩意，声音却还是有点闷："宋主任您也觉得我应该放弃？"

即使是刚刚对她有所认可的主任依旧觉得她很难成功，有的时候，她甚至怀疑自己走的或许不是从医之路而是登天之路。

宋乔生沉吟了一声："嗯……也不一定，毕竟旁人怎么想没那么重要。留院虽然难，但总比隔壁八病区那对要治愈亨廷顿舞蹈症的现实一点。做医生救病人，有的时候就是要坚信奇迹会出现，医生对病人如此相信，对自己也应该如是。"

"好。"苏归晓苦笑着应了一声，她知道宋乔生是想要鼓励她，不过用相信奇迹作为理由，并将她留院的难度与顾教授夫妻攻克亨廷顿舞蹈症的难度相提并论，她很难说得清自己到底有没有被安慰到。

宋乔生果然选用了动脉瘤包裹夹闭的方法，他将修剪好的血管补片穿过颈内动脉的下壁，包裹动脉瘤及载瘤血管，确保后交通动脉及脉络膜前动脉血流畅通，随后用动脉瘤夹夹闭固定补片，同时确保载瘤动脉血管畅通。

这场手术忙完天已经蒙蒙亮了，苏归晓将患者送进 ICU，见离上班的时间已经不远，索性就放弃回宿舍休息，去办公室把患者的病历和手术记录写了。

之后，苏归晓实在撑不住，趴在桌子上小憩了片刻，就已经到了上班时间。交班的时候三线张大冬主任提了一句这 VIP 是什么公司的老板，认识什么领导，让她仔细照看着。她头昏昏沉沉的，也没记住，总归不管是什么患者她都会认真照看，就含混地应了。

结果第一个上午就被患者家属给告到了三线主任那里，说她对患者不负责，一个上午在 ICU 看他家病人的时间不够多。

ICU 里有重症的医生，她手里也有其他要负责的患者，她是管床医生，又不是他家雇的看护，当然不可能只守在他家病人床前。

宋乔生手术之后就回去接着休假了，接手的三线主任张大冬自己的手术都排着长队，自然不想在这样无聊的事情上浪费时间，只希望将患者家属安抚好，不要再闹出什么事来。因此，他大手一挥，发配苏归晓日常待在 ICU 照看这个 VIP，把手里其他的患者暂且转交给组里其他医生负责，只要熬过这两天危险期，患者转回神外病房，她的工作也就能一切照常。

苏归晓虽然并不愿意，但领导既然已经说了，拒绝是不可能的，想到不久前宋乔生所说的相信奇迹，她还是更相信自己，因而主动给自己争取更多的权益："患者虽然在重症，但病情相对平稳，我在一旁也没什么工作，既然要去重症，我也想多为重症分担一些工作，不浪费学习的机会。"

张大冬听懂了她的话:"你想做什么?"

苏归晓早有打算:"颅内碎吸术。"

颅内碎吸术针对的是脑出血引起的颅内血肿,由于出血量达到一定限度,需要对血肿进行处理,为了减少对患者的损害,不进行开颅,而是通过立体定向微钻孔对血肿进行引流减压。患者不需要去手术室,在重症监护室内即可完成手术。

对于神经内科而言,这是一个高难度的操作,需要具有一定年资的医生才可以完成,但是对于他们这些日常上手术台的外科医生而言,难度并不是非常高。苏归晓之前给上级当过几次助手,她这次的要求是,在上级的指导下,自己作为主要操作人完成碎吸术。

真是一个有野心的姑娘!在重症完成颅内碎吸术、证明自己实力之后,下一步她大概就会开始向第一台她主刀的手术进发。带了那么多年学生,张大冬一眼就能看出她的心思,而她也从没想过掩藏,直白而坦然。她是这一届唯一的女生,或许不久之后,她的头上会再多一个一,成为他们这届第一个自己主刀的学生。真是令人无法忽视的存在!

张大冬笑了笑,答应了:"好,我帮你和重症的吕主任说一声,请他安排。但事先说好,既然各方面都已经为你创造了条件,那么那个患者和家属的情况你也一定能处理好,对吧?"

既然是交换,苏归晓自然要完成好自己的工作,不给其他人添麻烦,这点道理她还是懂的。

她立下军令状:"您放心,我一定处理好。"

但当再见到患者家属的时候,她忍不住有些后悔,总觉得和主任的条件谈低了。

这个家属名叫安宇成,似乎投资过什么医疗相关的项目,身边还有一个剑桥的生物学博士跟着,每时每刻都在十万个为什么,凭着他一知半解的医学知识,对所有的细节刨根究底。平心而论,她已经很久没有遇到这么磨人的患者家属了。

她心里默念了几遍血肿碎吸术,提醒自己"忍"字当头,学着临来重症监护室之前,师兄严安逸教给她的话说:"您说得对,您的意见我们一定会认真记下,我这就回去和主任们讨论。"

剑桥生物医学工程系的博士又说了一会儿,为了避免无端的争执、拉长这无谓的对话,苏归晓咬紧了后槽牙,绝不还嘴。

年轻的男家属看了眼表,大概还有其他事情要忙,打量着她掏出了手机,言简意赅:"加个微信,有什么情况随时向我汇报。"

苏归晓一怔,只见他一副不容置喙的样子,她蹙眉,使出一贯的借口:"医院规定不许我们私加患者家属的联系方式,您有什么事情在我们工作时间正常联系就可以了。"

对方冷笑了一声:"我有你们主任的联系方式。"

换句话说就是,连主任都给他留了联系方式,她那什么医院规定的借口真是立不住脚。

话说到这里,苏归晓自然听懂了他的弦外之音。其他的借口也都不必找了,因为不管她找什么借口,他的下一句话都会是"可以,既然你不方便,那我有什么问题就直接去问你们主任好了"。

苏归晓深吸了一口气,拿出手机,恭恭敬敬地扫了他的二维码。

现实正如苏归晓所料,加上这个微信之后,她就成了对方24小时自动答疑机,患者的状态、检查结果、治疗方案,对方随时想到,随时提问。

午休吃饭的时候,她也得"沉迷"于给对方回答问题,对面严安逸快吃完了,她还一口没动。严安逸调侃她:"师妹,你跟谁聊微信这么热闹?是不是有男朋友了?"

苏归晓冷笑了两声,将手机摊到他面前:"托师兄的福,这可比男朋友黏人多了。"

严安逸看着手机屏幕上望不到头的咨询对话,连着情况介绍,带着医学科普,再想想苏归晓的性子,能忍到现在,大概已经是她的极限了。没有跟她说明情况,就将她拖进了这个VIP的大坑里,严安逸自觉心虚,多少觉得有几分对不住苏归晓,但还是给自己挽尊道:"最起码……最起码你借此争取到了主刀完成血肿碎吸术的机会,对不对?"

他们吃饭的时候,在科里轮转的同门们一般都会坐在一起,因此桌角另一边的韩晓天听到了他们的对话,夹菜的手一顿。

与苏归晓是同样的身份,韩晓天自然最能知道这个血肿碎吸术的意义,是对第一台主刀手术最好的铺垫。他心一沉,眉头蹙紧。

对于严安逸的说辞,苏归晓并不买账:"这血肿碎吸术是师兄你给我争取的吗?"

接手这个VIP患者是严安逸坑的她,而这台血肿碎吸术是她自己硬着头皮在主任面前争取的,自然不能相抵。

没糊弄过去,严安逸讪讪地笑了笑,转移话题:"听说你下午就要做血肿碎吸了,紧张吗?"提到手术,苏归晓眼里终于又有了光,她的神情自信而从容:"不紧张,兴奋。"

看到她开心,严安逸也不自觉地跟着微笑了起来。

真是个手术疯子!

十一瓣玫瑰
24 小时在线客服

但这台碎吸术她终究是没做成。

因为碎吸术需要占用不短的时间,在开始之前,苏归晓特意先去查看了 VIP 患者的情况。

监护仪显示没有什么异常,患者还没有完全清醒,然而当苏归晓掀开被子检查肌力的时候,却隐约觉得有哪里不对。

这患者的左手为什么看起来这么软?……

她随即进行了更进一步的查体,任她如何刺激,患者的左上肢都一动不动,与其他肢体完全不同,比术前还要严重。苏归晓在第一时间联系了上级,安排加急核磁复查。

核磁结果证实了她的猜想,术中右侧额颞叶的血肿已被清除,但此时这片区域又出现脑梗死的征象。吕主任看过片子,考虑是迟发性脑缺血的可能性大,因为患者刚出现症状不久且较为严重,遂与家属商议后,决定行介入球囊扩张。

因为要处理安大铭的情况,颅内碎吸术那边苏归晓无法兼顾。虽然有遗憾,但对自己患者的责任大过一切,她放手得也很果决。

原以为这件事就到这里了，没想到来查看安大铭情况的周启南听到苏归晓和吕主任的对话，主动提议道："我们还有一个博士韩晓天，很适合来做这次的血肿碎吸。"

吕主任原本还有几分迟疑，但周启南懂得怎样打消他的疑虑："韩晓天和苏归晓都是张主任的学生，是同一级的，手术能力很出色，苏归晓能做的操作韩晓天都可以。吕主任可以放心，也给年轻人一个成长的机会嘛！"

话说到这里，既然吕主任能同意让苏归晓主刀，似乎没有理由拒绝让韩晓天来，更何况周启南这么努力为韩晓天争取，吕主任终于松了口，同意韩晓天接手。

千辛万苦争取来的机会最终却失之交臂，她所有的机会都要自己努力争取，而韩晓天在楼上办公室坐着就能被机会砸中，苏归晓也只来得及在心里感叹一句"命里无时莫强求"，便匆匆赶去手术室了。

做术前准备的时候，严安逸不无担忧地对苏归晓说："不是我乌鸦嘴啊，只是患者现在出现了并发症，虽然咱们术前该交代的都已经交代了，但他家属的风格你也知道，有些VIP吧，老板当惯了，遇到一些不如意的事情就喜欢抓人问责背锅。你可一定要小心说话，于他们而言不过是心情不好拿你撒气，但是于咱们这些还在规培中的学生而言，说不定就会演变成影响职业生涯的事故，你可千万不要逞一时意气惹恼了他们！"

想到安宇成，苏归晓也不由头疼起来，只是眼下手术更重要，她简单应道："我知道。"

张大冬主任主刀，对狭窄的动脉行球囊扩张术，所幸手术一切顺利，术后患者安大铭被推回重症监护室。张大冬与安宇成沟通完手术的基本情况后,就匆匆去忙下一台手术了,留下苏归晓解答安宇成其余的疑问。

而严安逸的乌鸦嘴应验了。

安宇成脸色很沉,目光犀利地锁住她,厉声质问道:"我爸的病情出现变化,你是否及时发现了?都说神经系统的损害不可逆,是否是因为你的过失导致我爸病情延误?现在的情况是不是本可以避免的?"

安宇成这一连串问题不留丝毫情面,字字句句如利剑,直指苏归晓,他紧抓不放的是这里面是否有她的责任。

苏归晓想起之前严安逸的话:"于他们而言不过是心情不好拿你撒气,但是于咱们这些还在规培中的学生而言,说不定就会演变成影响职业生涯的事故……"

苏归晓尽可能平心静气地向他解释:"因为患者术前症状就已经很重,意识不清,术后也是昏迷状态,这种情况下微小的病情变化具有极高的隐匿性,无法通过心电监护显示。在你与我的聊天记录中也可以清晰地看到,在患者这次病情发生变化之前的二十分钟左右,我刚进行了检查,那个时候患者情况尚且一切正常……"

安宇成打断了她:"我不想再听这些借口,我只问你一句话,整个过程中你有没有失职?"

安宇成语气不善,连听她解释的耐心都没有,就像是想要当场判她死刑一般。苏归晓的眉蹙得愈发紧了,她双手插回白大褂的兜里,冷声坚决地回答道:"没有!"

就算是解释,也是要和能听懂的人说的,你永远无法说服一个不想听懂的人。

既然安宇成已经想要审判她,多说无益,他是厉害的VIP,她不知道接下来他会去找谁告状，主任、医务处、院长？随他去吧，她没有做错什么，不管他去找谁，她都是这个答案！

坚定的两个字说完，苏归晓直接而坦荡地看着安宇成。

然而预想当中的质疑和责难没有到来，刚刚还凶神恶煞的安宇成忽然恢复了平和，应了一声："我知道了。"

苏归晓一怔。她等了一会儿，没等到他的"但是"，不由问道："就这样？"

看着刚刚还"泰山崩于前也面不改色"的苏归晓，此时迷茫得不加掩饰，安宇成低笑了一声："就这样。"

眼见着苏归晓脸上的迷茫更甚，安宇成牵唇："你们是不是觉得我是那种事特别多、特别麻烦、不讲情理的家属，觉得我肯定会闹事？"

这个问题……是可以回答的吗？谨慎起见，苏归晓没有说话，只是戒备地看着他。

安宇成充分理解了她的沉默，无奈地笑着摇了摇头："事发之前反复沟通询问是为了尽自己所能防患于未然、降低风险，但世间万事皆有风险，我是做风险投资的，自然再清楚不过。所以我的处事原则一向是在事前竭尽全力，但如果不好的结果真的发生了，只要不是人为过错，那么坦然接受结果、做好善后处理就是了。"

安宇成说着耸了下肩，倒是苏归晓从未设想过的通透和……认命。

不过……苏归晓蹙眉："可是你现在又是怎么确认不是人为过错的？总不会只是刚刚我说了你就信？"

再次出人意料地，安宇成点了下头："我说了，我的处事原则一向是在事前竭尽全力，所以你觉得我会对照管我父亲的管床医生没有选择?"

苏归晓怔住:"什么意思?你选择的我?你为什么选择我?难道……你查过我?"

安宇成坦诚道:"我父亲被送入监护室后,我就去找人了解了一下负责他的医生,原本是觉得你与我们交代病情的时候过于简短,怕你对我父亲不上心,又是神外为数不多的女医生,怕你业务能力不行,想将你换掉,但是在和你的上级沟通的时候,他的话让我改变了主意。"

"上级?什么话?"

"嗯……是个姓周的医生吧,他说你确实不太适合照顾我父亲,因为你不太善于沟通,做事也没有分寸感,容易与家属起冲突,之前就有患者家属因为你沟通不当,觉得你多管闲事差点把你投诉到医务处,让我对你之前的冒犯多担待一些,说可以帮我换掉你。"

虽然周启南没说她什么好话,但部分也算是实情。若不是安宇成实际并非不讲道理的人,以她的性格,怕是已经和他吵起来了,而且她之前也并不是很想被搅进来,把她换掉也是三全其美。

苏归晓因而道:"我觉得他说的不无道理,可是我为什么还在这里?"

"你是不想给我父亲当管床医生吧?"安宇成一眼看穿了她,好在他未曾多在意,"从外表看,我本来以为你会是那种异常冷漠、什么都不管的人,听说你还会多管闲事,就好奇多打听了一下,也因此听闻了你的光荣事迹。没想到你不仅心思细腻,而且对不归自己管的患者都如此认真,救了那什么什么瘘的病人一命,我确定你就是我要找的人,我既然选你,自然要相信你的为人,因此刚刚你说没有,我就认为是真的没有。当然,我也找了与你不相关的专业人士了解了情况，知道即使你24小时守着我爸也未必能预防得了意外的发生。"

这是安宇成处世的原则——事前努力，用人不疑，不管是对投资的项目，还是对父亲的治疗都是如此。

苏归晓再次打量着眼前的人，因为是在会议中途赶到医院的，他身上还穿着一身高定的西装，剪裁得体的服饰下整个人的精英气质愈发明显。实话实说，这还是苏归晓第一次觉得他像是一个名校海归、公司继承人，不会一通操作直接把公司搞破产。

她实在是太不擅长掩藏自己的心思，一思一想全都写在了脸上，安宇成挑眉："怎么？突然看着我顺眼了？"

苏归晓否认得没有丝毫迟疑："那倒不至于。"

她没有斯德哥尔摩综合征，不会因为对方没有折磨她就突然看对方顺眼。

安宇成低咳了一声："苏医生，我现在还是你的患者家属，VIP那种，可以随时变得蛮不讲理，我建议你注意点措辞。"

苏归晓的语气却严肃了起来："既然你叫我医生，那我也必须再和你说清楚，这次手术虽然顺利，我们之前一直、之后也会继续用药去预防并发症，但这之后会不会再出现新的变化、现有的神经功能损害能恢复到什么程度，还并不可知。"

虽然安宇成现在情绪比较稳定，但这是建立在患者目前脱离危险的情况下，该交代的她还是要交代清楚。

安宇成的神色也沉重起来："我知道，刚刚张主任也提醒过了，接下来我肯定还是会多与你沟通，随时了解我爸的情况的。"

苏归晓懂了，她这24小时在线客服还得继续营业。

安宇成顿了顿，又说："其实我有一个问题，既然已经用药预防并发症了,为什么还是没防住呢?"

这个问题可以算得上是非常有深度了,苏归晓尽可能简单明了地向他解释:"因为目前的治疗方案还有预防用药都是通过临床试验,根据群体平均水平决定的,但具体到每个患者,由于体质、病情不同,每个人最适合的药物方案和服药剂量都不同,甚至有的患者可能就是在现有的条件下无法预防。"

安宇成明白了些什么:"这是不是就是近些年来常提的'个体化医疗'?"

他懂的还挺多,他们公司的医疗项目也算是没白做。的苏归晓点头:"对,能够更加精准地给出每个患者的治疗方案会是对临床意义非常大的事情。"

"那现在问题出在哪里?我听说这些年也有一些研究用人工智能去做疾病的治疗和预后模型,这些研究成果为什么还没有应用起来?"

安达是做风险投资的,这些年接触过的医疗项目没有几千也有几百了,人工智能刚兴起的时候就有团队找到他们,提出用人工智能模型进行医疗相关的建模,那个时候各个团队都对这些项目的前景不吝赞美。可没想到这么多年了,却还是没有解决问题的成熟方案。

因为参与的 AI 课题,也因为叶和安当初给她的那一百多篇文献,对于这个问题,苏归晓有足够的资格讨论。

"治疗和预测模型的建立涉及不同指标的选择,有的指标虽然可以提供比较好的预测效果,但是由于难以获得,测量方法复杂、花费高、耗时长,加入模型以后会使得整个模型的推广价值不大;有的指标虽然方便易得,但是预测的效能不高,模型的准确度不够。

而且不同指标和预后的关系是很复杂的，目前大部分模型都应用的是简单化的拟合，好的人工智能模型的建立需要大量高质量的数据，对建模者的能力也具有极高的要求。对于复杂的分析，他们得能够以最高阶的方式处理好，而对于简单的部分，又不会使得问题复杂化，这样才能使得模型既经得起验证，又能够在各地广泛推广。所以这么多年来，打着旗号做相关课题的人不少，但是能够真的产生价值的成果非常有限。"

苏归晓这一段话简直堪称学术报告，安宇成没想到自己随口一问，竟然问到了一个行家，句句道出其中的关键。

安宇成啧啧叹道："华仁医院的神经外科果然处处是人才，你要是做相关的建模项目的话，告诉我，我一定投。"

苏归晓难得笑了："安总，话不能乱说，我还真的在参与一个建模课题。"

"哦？这么巧？"安宇成停了停，"苏医生，我可不是随便说说，把你的课题介绍发给我，我会让手下认真评估。"

苏归晓想了想："这课题是张建忠主任和一家科创公司的联合课题，我跟主任请示一下，看看能不能合作吧。"

安宇成点头："好，你有我微信，联系好之后告诉我。"

因为有这一番波折，安宇成对他父亲的病情比之前更加关注了些，每隔半个小时就会问一次他父亲的情况，也因为患者不久前刚刚经历过危险的情况，苏归晓也有些不太放心，下了班索性留在了科里，抱着电脑和手绘板在办公室勾画影像数据。

值班的二线周启南来找今天的值班一线去晚查房，一进办公室就注意到坐在那里的苏归晓，看到了她屏幕上正在进行的工作，也发现了她手里的手绘板，看来她成长很快，上一次看到的时候她还在用鼠标做勾画。

他走近了两步，原是因为想起上次叶和安说他这边的数据勾画不够规范，想看看苏归晓画成什么样，然而低头却注意到手绘板上有一个熟悉的标识"智影科技"，左下角还有一个标记。周启南仔细看了看，终于认出了那个字：叶。

这个字如同一颗石子投入湖中，惊起波澜，联想起前几天晚上他在急诊室门口看到叶和安开车送苏归晓到医院，还有他之前对这二人之间的关系产生的疑问，周启南的眸光转暗，心中已然有了结论。

没想到这个苏归晓平时看起来清高，手腕却是这么厉害。周启南自心底冷笑了一声。

安宇成父亲的病情算是有惊无险，此后逐渐趋于平稳，意识状态也渐渐转好。韩晓天的血肿碎吸术做得也很顺利，周启南交班的时候不忘向张建忠主任多夸了两句："我觉得可以给晓天安排第一台主刀手术，他也会成为这一届神外学生里第一个主刀手术的，咱们张主任的学生就是厉害。"

一句话，夸了学生也夸了领导。

这不是一件大事，张建忠因而没有多想，顺水推舟道："你安排吧。"

错过了血肿碎吸术，失去了先机，虽然遗憾，苏归晓也清楚现在争这个第一已经没有什么意义，但无论如何她还是想要早日得到主刀的机会，因而为自己争取道："老师，我也已经做好了准备，也想请老师们指导完成第一台主刀手术。"

张建忠点了点头："就由小周看情况一并安排吧。"

周启南……

苏归晓看向周启南，只见他嘴角噙着一抹意味不明的笑，对张建忠答应得倒是痛快："您放心，我会根据学生们各自的能力安排好的。"

苏归晓心里隐隐有些不安。

另一边，课题的项目投资是大事，张建忠、刘季雯和院领导商量之后，决定将几方一起叫到医院见面认识和讨论一下。

刚好苏归晓把剩下的影像数据勾画完成，发给了叶和安进行数据分析，也刚好安宇成父亲的病情趋于平稳要转入普通病房，所以这只是在大家本就都要来医院的情况下，抽出半个小时见面初步碰一碰，并不是什么正式事宜。张建忠让苏归晓编辑好消息写清时间地点之后发送给安宇成还有叶和安，并没有对情况进行更多的介绍。

因此，在见面当天，当苏归晓带着安宇成走进会议室的时候，面对会议桌旁的叶和安，安宇成惊讶得不加掩饰："怎么是你？"

叶和安也没想到张主任说的可能有意愿投资的公司会是安达，想到不久之前安宇成的问题，叶和安对今天的会议已经有了不好的预感。为了避免浪费大家时间，他索性直接道："这个课题是华仁医院与我们公司的合作课题，做的是脑血管病的诊断、治疗和预后的人工智能影像模型，我们公司的团队负责技术部分，安总如果真的对这个项目感兴趣，还请多关注项目本身。"

除了他们之外，在场的人都愣住了，没想到他们竟然认识，而且从这气氛看似乎……不怎么友好。

叶和安让安宇成关注项目本身,苏归晓蹙眉,不然还能关注什么?他的话外之音是什么?

叶和安已经猜到了他要问什么。

迎着苏归晓不解的目光,安宇成四两拨千斤地低笑了一声:"苏医生,你还记得我跟你说过,我选你就要相信你的为人吗?"

苏归晓点头。

"我选合作伙伴也是如此,我那日说你做的相关项目我一定投,是因为我相信你的为人,但是……"安宇成头微偏,目光落在了叶和安身上,"我对他有很大的不解,我不能相信他。"

叶和安的履历和能力在项目中从来都是加分项,苏归晓没想到问题竟然会出在他身上,当即问安宇成道:"为什么?"

叶和安出声制止:"如果安总还是像之前一样,我们就不必谈下去了。"

"这个项目不只是你一个人的,我来这里也不是为了你。"安宇成早就听闻叶和安当年的导师就是张建忠,他不信张建忠会对叶和安退学的原因毫无了解,因而挑开了问道,"两三年前叶总还是华仁医院神外的博士,却突然选择退学创业,我想请问究竟是因为什么?"

原来是这个问题……苏归晓略一思索,前后联系在一起,也就明白了。

的确,叶和安的这个选择确实令人不解,她也是百思不得其解。虽然总归还是不愿相信,但能算得上理由的可能就是严安逸的那句"为钱",这虽然不是什么见不得人的事,但总归不是什么太好的形象。叶和安不愿当众说起,又或许是觉得有些难堪?

眼见着屋里的气氛降至冰点,在凝固般的沉默中,苏归晓突然出声:"我可以说句话吗?"

安宇成回头看向她,没有阻拦。

苏归晓认真道:"其实我倒觉得这反而更说明安总应该更全面更具体地去看项目本身,这个项目是由张主任牵头的国家重点项目,不管叶总监如何,这个项目的核心都是不可能离开的,对你而言最重要的是这个项目本身是否有价值,值不值得你去投资。叶总监虽然在这个项目里有重要的分工,但他不过是一个博士退学只有本科学历的技术人员,并非不可替代,我想以安总的能力,身边有的是比他更厉害的人,比如上次安总身边的那个剑桥的博士,看起来就很有想法,安总又何必和叶总监较劲呢?"

她是在很认真地分析,替整个团队解围,也是在替叶和安解围。但冲她说的这些话,叶和安的心情一时复杂,也不是很复杂,就是有点气得慌。

他不过是一个博士退学只有本科学历的技术人员?苏归晓果然是"会讲话"的,她人还怪好的嘞,他可真是谢谢她了!

在场的大概没有人料到苏归晓的"神逻辑",一时间没人知道该怎么接话,说"是"也不对,说"不是"也不行。

周启南仔细观察着叶和安的反应,暗自揣测着苏归晓和叶和安究竟是什么关系,才敢在这种场合说出这种话。在张建忠清了清嗓子,正犹豫着说些什么救场时,叶和安却硬邦邦地接了一句:"苏博士说得对,谁都能替代我,在这个项目里安总就不要过多考虑我了。"

叶和安说话的时候看了苏归晓一眼,她觉得他前半句话说得有些不爽,所谓吾日三省吾身,苏归晓仔细反思了一下自己的话,并没有觉得哪句是假话。

对于苏归晓这种"先捅队友一刀"的行为,安宇成显然也没有料到。这一招效果非凡,安宇成的确无话可说,但他也很清楚,叶和安在这里面绝非谁都可以替代的角色,就苏归晓提到的他公司的剑桥博士,在不久前其实已经是叶和安的手下败将。

就在他思索的时候,叶和安却直起了身,严肃道:"不过有一件事我与安总的想法倒是不尽相同,我并不认为单凭几张简历和短暂的对话就可以让你对一个人得出结论。每一个人都是多面而复杂的,就像上次你对一航的评价,你说他把控力不够强、资质平庸,可你有没有想过,他作为一个非专业的管理人员,明白自己的能力边界,能够八面玲珑地处理好各项繁杂事宜,在需要他的时候他会挺身而出,而在不需要他的时候他懂得退避,这又何尝不是一种宝贵的能力?你热衷于评价人而非项目本身,不过是因为你不具有评估项目所需的专业能力,所以才喜欢居高临下、仅凭自己的想象去评价别人来显示自己的存在感。"

说到底,安宇成了解林一航什么,就武断地否定了林一航?就算叶和安将当年他退学的事和盘托出,安宇成又能了解叶和安多少,凭什么对他这个人下结论?

投资项目是要看人没错,可那从来不是像电视剧里演的那样,因为这个人的某段经历而产生共情或者同情就可以贸然得出结论。安宇成新接手安达公司,他的身上多少带了些初生牛犊的理想主义,他想要做出改变,可究竟要做出什么样的改变、他想要什么、安达公司想要什么,他真的想好了吗?

他想要钱又不想只看钱,还想要些极为高精尖的光环,所以他叫停了诊断试剂盒的转化;他想要具有社会意义的项目,又不想风险太大血本无归，所以面对顶尖专家张建忠的项目也会犹豫。比起叶和安经历过什么，或许搞清楚自己想要什么，才是安宇成现在最重要的课题。

安静到窒息。

叶和安当着所有人的面这样直白地反驳安宇成，还说他没有能力，当惯了甲方的安宇成大概没受过这种委屈，大家都在悄悄打量着他的脸色，果然不是很好。

安宇成被叶和安戳中软肋，多少有些难堪，不想与他再纠缠下去，因而说道："既然叶总监强烈要求，我会回去再去仔细评估一下项目的，只是也请叶总监清楚，我们之所以要从人到项目多维度整体评估，说到底还是项目本身的完成度不够，存在很大的风险。我既然是公司的负责人，就要对大家的钱负责，让董事们知道他们在和什么样的人合作也是我的工作之一。如果叶总监实在不愿意说，那我们以后也就不问了，只是这个项目送到董事们手里评估的时候，他们会怎样理解叶总监就不由我控制了。"

叶和安神色未变，平静道："我说与不说、说的每一个字，我都控制不了其他人如何理解我，但科学不一样，我最喜欢科学研究的地方就是它是一项追求真理的工作，不会任人摆布。我知道安达公司的投资横跨地产、娱乐项目等，也是近些年才开始进行医疗相关的科技项目投资，希望安总和各位董事也可以在这段旅程中和我一样感受到科学的魅力。"

叶和安与安宇成四目相对，隐约间有火光四溅，空气都有些凝滞。

就在苏归晓担心要如何收场的时候，先前一直沉默的林一航突然开口，像是反射弧极长，迟了几拍才反应过来一般，对着叶和安玩笑道:"等等等等,你刚刚说什么?我都不知道原来我在叶总监心里形象这么高大,有点感动,今天得谢谢安总让我们有了这样对话的机会。"

林一航一句话,通过调侃自己,给了双方下台的机会,还将今日发生的所有不愉快赋予了坦诚对话之名,消除掉负面的情绪。

林一航停顿了一下,又继续向安宇成道:"不过我也从未敢认为自己有多强的能力,所以一直以来都努力地寻求着与他人合作的机会。和安的技术和理念、张主任和刘主任的经验与眼界,还有在座各位医生的努力和实践,将所有这些优势汇总在一起,才是团队的意义所在。我们也很希望能够与安总这样有理想、有能力又有钱的投资方合作,期待安达公司对我们的评估结果。"

林一航说话的时候是笑着的,和煦如春风。他向安宇成伸出手,这是递到眼前的台阶,安宇成看了一眼,回握了一下,有些僵硬地回了一句:"我知道了。"说完便离开了。

苏归晓再看向林一航的时候,只觉得刚刚叶和安所言果然非虚,情绪稳定、能屈能伸、八面玲珑,他不是日常孔雀开屏、光芒夺目的那种人,平时安静到让人时常想不起他的存在,可需要他出面的时候,他又能轻松化解掉僵局。

项目的启动仪式在即,大家的压力都是巨大的,这种合作如果能谈得成自然最好,但谈不成,这也绝对不是现在的优先事项,因而大家并没过多纠结,很快便投入之后讨论中。

之后半个多小时的会议大家主要讨论了一下启动仪式的分工。因为林一航请了专门的会务,因此他们的压力不算特别大,每个科室负责好自己的部分,神外这边是由周启南安排,只听他详细汇报了一系列工作,却一样都没有用到苏归晓,整场会议她全程隐形。

而这个状态甚至一直持续到了启动仪式当天。

叶和安和张建忠在办公室做最后沟通之后，出病房门要下楼取车的时候，正遇上了给患者交出院材料回来的苏归晓。她还穿着白大褂，手里拿着不知道什么材料，完好的妆面和明艳的红唇掩盖住了她的疲惫，只是额上沁出的细密汗珠泄露了她这一早的辛劳。

叶和安有些意外地问她："你怎么还在这里？"

苏归晓闻言蹙眉："开会时间不是下午一点吗？现在是十一点，从医院到会场大概一个多小时，再晚点出发也来得及。"

叶和安意识到了问题所在："普通观众一点到，但课题相关人员要提前一个小时到场准备，你没收到短信通知吗？"

叶和安是因为要与张建忠再敲定一下发言的内容，所以才没有和其他人一起提前到场，他正有些担心万一堵车，自己会不会晚到，没想到一出门碰上苏归晓居然还没出发。

苏归晓默了一瞬，没有回答。从她的表情中叶和安已经猜到了答案，她没有收到通知，神经外科负责安排协调的是周启南，其中是偶然还是故意，只怕经不起细究。

不久之前，高德全主任团队发表了一篇 JAMA 子刊的高水平论著，最近这段时间学校、医院、神经外科等各大有关的公众号都在推送相关新闻，不用猜这肯定是高主任在为自己造势。张建忠主任和高德全有直接的竞争关系，最近的压力自然不小，也因此更加关注 AI 课题。这个时候如果能把课题的工作顺利推进、出色完成，自然更能得到主任的认可，而周启南想要独领这份功劳。

可现在说这些还能有什么用呢？苏归晓垂眸，敛去所有失落，应了一声:"我收拾一下就叫车走,谢谢叶总监提醒。"

她说着,绕过叶和安就要进科,却被他叫住:"现在就换好衣服跟我走!"

苏归晓一怔:"我怕耽误你时间……"

"我给你三分钟,"叶和安态度坚决,"不然我跟张主任说,让他开车走的时候带上你也行。"

跟叶和安走还是跟导师张建忠同车,这样简单的选择题苏归晓还是会做的,她从善如流应道:"我马上来。"

一路上叶和安的电话几乎就没有断过,手机蓝牙连了车载系统,他对苏归晓倒也没有避讳,通话直接外放,她就听着各方的人不停地找他核对启动仪式的细节,还有公司其他的项目工作。就在她听得都有些头昏脑涨的时候,电话另一边的林一航突然说了一句:"对了,和安,安达公司那边刚才联系我了,他们对诊断试剂盒的项目松口了,转化的事近期有可能推进。但他们说也评估了咱们 AI 的项目,项目本身很好,可他们查到国外有非常相似的项目也在进行,而且比咱们早开始好几年,觉得投资的风险很大,就暂时先不合作了。"

自上次会议碰面之后,安宇成就没有再和她提起过关于 AI 项目的事,微信里望不到头的对话都是关于他父亲的病,她原本以为他们公司或许还在评估,却没想到会直接将结果告知智影公司。

林一航说完,顿了顿,又提醒叶和安:"那个安宇成也是八百个心眼子,拒绝的话他不直接和张主任说,却让我们转达……今天有启动仪式,是个大日子,这种打击士气的消息过两天再和张主任团队说吧。"

叶和安回头看了苏归晓一眼,她非常识时务地捂了下耳朵,示意自己什么都没听到，只是在他挂断电话之后，还是问了一句："你看起来不是很意外，你早就知道国外有非常相似的项目而且早我们很多年？那你还要做？"

叶和安现在与他们这些医院里做课题的人不同，他的每个项目都涉及非常直接的利益得失、公司的生存问题。安达公司都觉得这样的竞争之下风险很大，于他们一个刚刚创业的公司只怕更为困难，如果他退学真的是为了去挣钱，又为什么要做这种费力不讨好的项目？

适逢转弯，叶和安一面看着后视镜，一面看似不以为意地回答她："不然呢？因为国外已经占尽先机，所以我们就自动放弃，然后不管多重要的东西，由他们决定卖不卖给你、由他们定价、由他们制定规则？"

想了想，他又忍不住多说了两句："你有没有想过，其实这个影像模型建立出来，对于那些经济不发达、医疗相对落后地区的小医院意义更为重大？国外动辄几十上百万美金的系统，他们怎么可能用得起？还有科研体系，在先前脑梗死的研究中，就因为国外团队先做出了模型，申请了专利，被当作了国际金标准，往后所有的研究都要高价购买使用这个系统验证，后面国内的模型做得再好也都很难被认可，难道你想看到这样的事情再发生吗？"

所以他不是为了钱。

叶和安说的这些事苏归晓之前多多少少听说过一点，只是她没有想到，他会愿意冒着那样大的风险，以自己的身家为代价，将这些当作自己的信念去做。就像即使所有人都劝阻也一定要选择神经外科的她。

在这一刻，在她的眼前，这个西装革履的男人却和当初教室里意气风发、憧憬着未来以手中一柄柳叶刀悬壶济世的少年的轮廓重合了。苏归晓看着他，忽然陷入了沉思。

叶和安被她盯得有些不自在："你看着我做什么？我说错了吗？"

苏归晓摇了摇头，轻叹："有的时候我觉得你变了，可有的时候又觉得你没变。"

叶和安关掉转向灯，不以为意道："变不是很正常的吗？我一直以为所有人都会变，直到我看到了你。"

十八岁往后的这八年时间，该是人生变化最大的时段，从校服到工装，从象牙塔到社会，现实的压力、残酷的竞争，有太多理由可以让一个人变得面目全非。可是她，即使从最开始就选择了最难的那条路，在经历过一切的不如意之后，依旧可以这样坚定地向着最初的目标前进。

苏归晓并不能完全猜到他话中的含义，只是与旧时的同窗聊起这样的话题，多少有些感伤："其实我又何尝没变呢？磨平棱角、学会忍耐、权衡利弊，或许是所有人成熟的必经之路吧。"

越是苏归晓这样的性格，就越能感受到来自现实世界的冲突和摩擦，即使她不想改变，却从来不是看不穿。

只不过……这话别人说叶和安信，但苏归晓？

他低笑了一声，语气中透着揶揄："就你还磨平棱角？那你今天一定是因为棱角被磨得过于平滑，耐性过于充足，才被一个人剩在科里不知道开会要提前到的吧？"

听到这话，苏归晓刚刚的惆怅和感伤一下子消失得一干二净。叶和安变没变她不知道，但叶和安这毒舌可真是一点没变！

十二瓣玫瑰
人生不如意

然而到了会场苏归晓才发现，她不仅被一个人剩在科里不知道开会要提前到，而且会场的工作人员座位区域并没有她的名牌，现场根本就没有给她预留位置，她甚至连他们身前挂着的工作证都没有。

周启南对此的解释很简单："前面的位置有限，工作量也不大，每个科室出一个人就可以了，用不到你。"

理由找了几条，但说白了就是并没有想把她当作这个团队的一员。

苏归晓本身也到迟了，会场里已经陆陆续续进了观众，周启南谅她也不敢在这样的场合和他争论，不等她再说什么，便去准备接待即将到来的领导们了。

苏归晓环视四周，叶和安进会场之后就去了后台，林一航和陈一妍只是短暂地打量了一下她，便各自去忙自己的事情了，只有她一个人突兀地站在这里，回头，会场里的人已经越来越多了，她就算再难受也只能接受现实，随便找一个观众席坐下。

不一会儿，张建忠和刘季雯也到了，苏归晓就坐在最靠过道的位置，眼见着老师离自己越来越近，正想着开口打声招呼，然而两位主任目不斜视，根本没有注意到她，直接从她面前经过，向前面的工作人员区域走了过去。周启南两三句话便得使主任们笑了起来，主任许是说了些鼓舞团队士气的话，大家不约而同地笑了出来，那气氛看起来好极了，没有人在意她并没有在那个团队中。

苏归晓的心一沉再沉，手在不自知中攥紧成拳，却还是努力控制着自己的表情，尽可能让自己看起来平静又淡然。

偏偏碰上了冤家师兄严安逸，他一脸不解地问她："你不是课题组成员吗？怎么不去前面，却和我们一群观众坐在这里？"

一句话精准踩中她的痛脚，在这样的场合，所有人都能看出她被项目组排除在外了。

苏归晓无言望向天花板，还能是为什么呢，难道是她不想吗？

但无论她怎样，随着主持人入场，启动仪式还是在万众瞩目下正式开始了。

前面的环节进展得非常顺利，从院领导到张建忠的致辞讲述的都是课题重要的意义和广阔的前景，赢得台下阵阵掌声，而当张建忠说到感谢课题团队的时候，前方工作人员的区域更是爆发出了热烈的掌声，在场所有人的目光都被那个方向吸引了过去。那是属于他们的荣耀时刻，只可惜，热闹是他们的，苏归晓什么也没有。

她深吸一口气，尝试想象着将自己的灵魂抽出躯体，跳出自己的身份来看待眼前的一切。她放下自己的得失心，想到眼下会场中的热闹都是对这个课题的认可，而这个课题可以给成百上千万患者带去希望，还有这个课题从筹备至今花费了许多人的心血，包括那些她与电脑相伴头晕眼花通宵到天明的夜晚，如今这一切也算是没有辜负所有人的努力，这是一件何其有幸的事情……

她就这样想着，方才如同一座大山一般压在她心头的难过、失落还有烦闷似乎一点点被移走了。苏归晓抬头看向前方，面上终于又可以换上坦然的微笑，却在看清台上屏幕的一瞬愣住了。

此时站在台上的是叶和安，他本就是项目技术方面的负责人，在这次会议中要汇报项目的初步成果，而在所有介绍开始之前，屏幕上是对课题工作中重要成员的致谢，第一列是各位领导的名字，而从第二列开始的其他参与人员当中，苏归晓的名字赫然挂在第一个，非常醒目。

这一次，她是不可忽视的。

叶和安简单明了地介绍道："整个项目能够顺利开始，以及在这么短的时间内得到相对理想的预实验结果，离不开我们团队成员日夜不息的努力。接下来我将对项目模型进行具体介绍。"

他致谢的是预实验的部分，那是她不分日夜进行的影像勾画判读，将她放在第二列第一个，客观公正。

一旁的严安逸跟着鼓掌，小声问她："来的时候看你坐在这里，我还以为你在这课题组里做不下去了，没想到叶和安都能对你有所认可。看这样子，你做了不少工作啊？"

苏归晓没有说话，只是露出了自进会场以来第一丝真心的笑意。可坐在前排的周启南却脸色一暗，看向叶和安的目光透着晦暗不明的意味。

虽然按照学术规则，作者排序还有致谢的部分确实是和工作的重要性以及工作量直接相关，但很多时候，贡献的大小也涉及多维度的问题，并没有一把尺子可以直接衡量，所以大多数时候还是会考虑资历、身份等因素，默契地互相给个面子。周启南原本预期的是自己在苏归晓的这个位置，可是叶和安的这个排序未免太不懂事了，这简直就是在昭告所有人，他一个就快要晋副高级职称的医生，在这个课题组里还比不过苏归晓这么一个小博士！

这个叶和安，这么向着苏归晓，该不会是他们之间真的有点什么吧……

周启南再看向台上的人时，目光中多少带了些敌意和愤恨，可台上的叶和安依旧是最光芒耀眼的存在。他用十五分钟的汇报，深入浅出地讲解了目前的课题思路、模型的创新和先进性以及非常乐观的预实验结果。

他说："这是一项需要动用海量资源的课题，全国甚至全世界也没有多少家研究中心可以完成，而今天，在大家共同的努力和支持下，我们很幸运地成为其中之一。医生用手中的柳叶刀去挽救手术台上的每一条生命，而作为研究人员，我们创造最新的技术，为过去、现在还有未来数以千万计的患者，寻找新的生机。"

启动仪式最终在众人如雷的掌声中顺利结束，对于整个项目组而言是非常提振士气的"开门红"。

在观众都离场之后，课题组相关人员留下来收尾善后。苏归晓虽然没有与他们坐在一起，但是她告诉自己她也是课题组的一员，因此不管周启南的脸色，主动留了下来，自己找活做。

不过，有会务在场，原本也没有多少活了。她看到桌子上有一沓资料，拿起来看了看，问旁边的陈一妍道："这些还需要保留吗？"

陈一妍瞥了一眼，摇了摇头告诉她："回去用碎纸机碎掉就可以。"

"好的。"苏归晓正要找个袋子把资料收起来，手里的东西就被人一把夺走了。

周启南皱着眉有些不耐烦道："这些我们都会处理的，你又不熟悉，不赶紧该干吗干吗，跑这里浪费时间添什么乱？"

周启南的话听起来似是为她考虑，但当着全组人的面说不需要她，将她排除在团队之外，苏归晓很清楚他的目的。

她只觉得心累，却又不想就这样放弃，想要尝试争辩两句："我……"

刚开口就被人拦了下来，是有人唤她的名字："苏归晓！"

她循声望去，是叶和安。他面无表情地看着他们，语调平静地开口道："你跟我走，之后的影像数据整理还有些重要的事要你做。"

叶和安说完，转身就向会场门口走去。苏归晓看了一眼叶和安的背影，又看了一眼眼前脸色难看的周启南，转瞬的迟疑后，快步跟上了叶和安。

一路沉默，直到再次上了他的车，苏归晓终是忍不住问他："你说重要的事是什么？"

叶和安不答反问："你刚才是想要在会场里和周启南吵架？"

且不说会不会有外人进来看到，其他人就算说起来是一个大团队，可终究是来自不同的科室，假如她和周启南真的在那里起什么冲突，丢的是神经外科的人，也是丢张建忠的人，只怕极限二选一的情况立刻就会发生。以现在她和周启南各方面的比较来看，张建忠选周启南的概率要更大，她可能会彻底断送自己在这个课题组的机会！

苏归晓就算性格直也知道这样做不明智，她偏头看向窗外："我没有想和他吵架，我只是想为自己说几句话，这次启动仪式他一直想要把我排除在团队之外。"

"我知道,"叶和安连眼都没有多眨一下,"从进会场看到桌牌的时候我就猜到了,可是,你多去说那几句话又能有什么用?"

是啊,又能有什么用?上次他就问过她,难道质问就能解决不公吗?今天的这一切只怕是对当初那个问题最好的回答。

不能。

苏归晓的神情中闪过一丝失落,没有回答,只是对着窗外,心有不甘地咬了咬唇。

见她不说话,叶和安知道这次她应该是听进去了,只是想起上次她反驳他时眼中的坚定,心里也不由为她感到有些酸涩。

车驶出了地下车库,日光照进车里,苏归晓觉得眼睛有点疼,抬手去挡了挡,也就是在这个时候,她听到叶和安轻得近乎叹息的声音:"能大声去反驳争辩的都不算是什么难题,真正的委屈从来不给你开口的机会。"

就像她今天站在会场里,当着所有人的面,面对着周启南,明知道他是在为难自己,却什么也不能说,不只是今天不能说,以后也没有说的机会,因为这对旁人而言终究只是一件小事,为这样的事指摘上级、影响团队和谐,她担不起这样的罪名。可工作中的每时每刻,就是因为这样微不足道的事情变得越来越痛苦的。

而这或许还只是个开始。

她终于结结实实地撞在了南墙上,就连她自己也不得不承认。

苏归晓将头靠在车窗上,合了眼,就在叶和安以为她不会再说话了的时候,苏归晓却突然问他:"所以,你究竟是因为什么决定退学的呢?"

叶和安一怔。

她停顿了一下,似是在等他的回答,却又很快放弃,自顾自地说了下去:"今天在启动仪式上,你的报告堪称完美,想来你作为学生的时候在专业上应该也是这样光芒耀眼的存在,而且你那么聪明通透,应该不会像我一样受困于人际问题而四面楚歌,更重要的是你治病救人的医学理想还在,我实在想不出,究竟是什么原因让你决定以退学这样决绝的方式放弃成为一名医生。"

她的话就像一把匕首,精准地扎进了他的心,叶和安的眸光暗了下来,只是还装作若无其事地看着前方的道路。

沉默。

苏归晓在心里默数着秒,有了之前安宇成的示范,她自然知道想要获得这个问题的答案有多难,因此也没有抱太大希望。

就听叶和安突然轻笑了一声,那笑意很浅:"所以你觉得我今天光芒耀眼?"

苏归晓:"……"

他是会挑关注重点的。

只不过这样的躲闪又何尝不是一种回答?苏归晓抬眼看着他轮廓分明的侧脸,默了默,才试探地小声问道:"你当时是不是遇到什么事了?"

叶和安身体一僵,霎时间,脑海中不自主闪过的是那流淌过全视野的鲜红血液,他深吸了一口气让自己平静下来。苏归晓真是比他以为的更了解他。

"看来是真的。"从他表情中细微的变化,她已经知道她的猜想是对的。她没有再追问下去,毕竟那是他面对巨额投资都不愿提起的事情,她又怎么可能硬问出什么?也没必要。适逢她看到路边有一家宜家店,她宿舍的柜子隔板坏了,正想买些收纳盒,因而对叶和安道:"叶总,我要去宜家买点东西,方便的话想请你把车停路边,我从这里下就好,谢谢!"

此时路上的车流并不算多,叶和安本来就在靠外的车道,他向外并进辅路,在合适的位置停了下来。苏归晓解开安全带,最后又道了声谢,便下车离开了。

因为目标明确,苏归晓进店后直奔收纳区,很快找到了自己想要的东西,结了账出来。正想掏出手机查一查回医院的公交路线,她忽然注意到前方人行道上围着一群人,十分嘈杂,还隐隐约约听到什么医生、救命之类的话。苏归晓眉头一皱,突然感觉事情不简单,也凑了过去。

苏归晓下车之后,原本正要开车离开的叶和安突然注意到人行道上的骚动,有一个行人意外倒地不起,他一怔,随后几乎是本能地下了车,向那人冲了过去,跪在了那人头部的右侧。快速查看对方情况之后,叶和安确认对方是过敏引起的喉头水肿,进而导致的窒息。

患者的胸口和腹部都在剧烈地起伏着,整个人却因为缺氧面色红到发紫,只是看着就能感受到他的痛苦和绝望。周围的路人已经打了120,但叶和安很清楚以患者现在的状况根本等不到急救车到来,眼见着患者唇色发绀,人也越来越虚弱⋯⋯

叶和安一系列专业的动作引来路人的注意,有人问他:"你是医生吗?"

叶和安没有回答,只是根据患者情况当机立断抬头对周围的人大声问道:"患者是过敏引起的喉头水肿,有人带刀了吗?谁带刀了？"

人群中有一个青年挤了进来："我，我带了！医生，这是我最近新买的。"

他说着，从包里掏出了一把瑞士军刀，递给了叶和安。叶和安打开折刀看了一眼，的确，这刀看起来就很干净，没有铁锈或者其他脏东西，总归能相对降低一些感染风险。他从兜里掏出了一张酒精消毒湿巾，尽可能地进行消毒，然后不敢再多耽误时间，左手摸着甲状软骨的体表定位标志，右手持刀凑近环甲膜。围观的人一阵惊呼。

他虽然已经离开临床一段时间，但毕竟考下了医师执照，又有着外科医生的基本功，这一系列操作他都算得上熟悉。在刀尖离患者颈部不过几毫米的距离时，他的右手却突然无法遏制地抖了起来。

这片刻的时间仿佛被拉扯得无限长，叶和安竭尽全力让自己集中精力，想要控制住自己右手的抖动，可越是努力，就越是事与愿违。他的手抖得愈发明显了，就连围观的人都看了出来，讶然道："他的手好像在抖！他到底是不是医生？"

不知是不是被头顶的阳光晃了眼，在那一瞬间，叶和安的眼前仿佛有红色的血迹漫过，手术间里心电监护仪刺耳的声音响起，宣告着那个患者的离世……

周围的议论声也越来越大。

"怎么回事？他怎么不动了？"

"他不会害死这人吧？"

"拍视频拍视频，要真出什么事也是证据！"

叶和安用力深吸了一口气，眼前患者的生命迹象已经越来越微弱，救护车迟迟未到，也没有其他医生出现，不能再等下去了。

他面上是一如既往的镇定，只是额上的薄汗泄露了他内心的波动。他横下心，右手用力，抖动的幅度也随之增加，眼见着刀尖就要碰到患者的颈部，就在这时，有一只手稳稳地抓住了他。

那只手十指白皙修长，带着微微的凉意，他抬起头，只见苏归晓不知道什么时候赶了过来。只是半秒的视线相接，苏归晓随即从叶和安手里抢过刀，推开了他，因为着急，她的力道有点大，原本半跪着的叶和安猝不及防地向旁边一歪，手下意识地撑地，当即被蹭掉了一块皮。

苏归晓却连看都没有多看他一眼，就在叶和安让开位置起身的短短片刻，她的刀已经扎了下去，动作又快又稳，连眼睛都没有多眨一下。

这一刀下去，患者的情况终于有所好转，已经发绀的嘴唇渐渐有了些许血色。周围的人纷纷长舒了一口气，有人小声感叹着"好厉害"，而当事人苏归晓平静得就好像刚刚只是完成了一次普通查体，连额前的碎发都没有乱。这才是一个外科医生该有的样子。

眼见着患者情况渐渐平稳，叶和安最后看了一眼苏归晓和地上的患者，转身离开了人群。

很快，救护车赶到，苏归晓将病人安置好送上救护车，又向随车的医生简单交代了一下情况，目送救护车离开。之后，她转身才发现刚刚还在一边的叶和安不见了，他的车并没有离开，可车里没有人。

回想起刚刚叶和安手抖的状态，不久之前她问的那个问题似乎已经有了答案。从他之前对这件事三缄其口的状态来看，他心底应该是非常介意的，而今天就这样被她撞破，不知道他现在还好吗。

她的内心微微揪起，终究是没有办法当作毫不知情转身离开，她在四周找寻了一番，终于看到叶和安坐在公园的秋千处。

苏归晓走到他旁边的秋千坐下，两个人不约而同地沉默了许久，还是苏归晓先打破了沉默："你……"

可只说了一个字，接下来又是许久的沉默。就在叶和安以为苏归晓要说些安慰的话时，只见她瘪了瘪嘴，终于说出了那句话："你当初怎么就不能少考两分，这样也不至于浪费了华仁医院临床医学八年制全省唯一的名额。"

如果当初他少考两分，她进了临床医学系，而他接受调剂去了医学工程或者其他什么系，现在看来说不定是两全其美、各得其所。

不过就算如此，在这种时候她还惦记着当初的那个名额，叶和安一口气哽在胸口，硬生生被气笑了。他看着苏归晓，半晌只说出了两个字："怪我。"

苏归晓的声音小了些许，她低头看着地上不知道哪颗石子："也不全怪你，也怪我自己，当初要是能多考两分就好了。"

时隔这么久，说起这件事，苏归晓的在意还是清晰可见。叶和安轻声叹息："你那么执着一定要来华仁医院神经外科，当初为什么不告诉我呢？"

苏归晓牵了牵唇，眼里却没什么笑意："你让我怎么告诉你？因为我爸在神外急诊去世了，我特别想当神外医生，所以你能不能把你的梦想让给我？别开玩笑了，道德绑架也要有个度吧！"

也对，都是那么骄傲的人，又怎么会像乞丐一样去乞讨梦想呢？

他当初隐约听说过一点关于她父亲的事情，却没想到这件事对她的影响那么大。

叶和安看着苏归晓:"没能直接进入华仁医科大学,而是花费了更多的时间走了更难的路,绕了这么一大圈,会很遗憾难过吗?"

苏归晓用脚踢了下地面,秋千轻轻地晃动起来:"遗憾肯定会有,但难过也谈不太上。可能女生想当神经外科医生原本就很困难,上天想要考验一下我是不是真的有这样的决心去走这样一条路吧。"

"你可以的。"叶和安看着苏归晓,就这样坚定地说出了这句话,"与我的状况相比,性别因素根本算不了什么,这世上有太多阻碍你成为顶尖神外医生的因素,但女性这个身份不在其中。"

这是这么长时间以来,第一次有一个人和她说,女性也可以成为顶尖的神外医生。苏归晓心里五味杂陈,她手握着秋千绳,脚一荡一荡地摩擦过地面,是许久没有过的、卸下了防备的放松状态。

她沉默了片刻,问他:"你真的相信我能成为顶尖的神外医生?"

叶和安答得坚定:"是。"

苏归晓突然就笑了:"那我可要好好努力,要是有一天你抖得不行了,我给你主刀做手术。"

叶和安:"……"

许久,他从牙缝里挤出了一句话:"你能不能盼我点好?"

苏归晓淡了笑意,故意用漫不经心的语气问他:"良性特发性震颤?"

终于还是说到了这件事。

叶和安知道苏归晓是怕戳到他的痛处,才这样绕了一大圈,尽可能轻描淡写地同他问起这件事。他点了点头。

良性特发性震颤,是最常见的运动障碍性疾病,主要为手、头部及身体其他部位的姿位性和运动性震颤,在注意力集中、精神紧张、疲劳时震颤症状会加重。而叶和安刚刚遇到的就是这种情况。

"发现多久了？"

"两年。"

这种在普通人身上似乎尚可忍受的病，对于一个外科医生而言有多致命，苏归晓比谁都更能领悟。

苏归晓迟疑了一下，试探地再问道："退学之前……你是不是经历了什么事？如果只是手抖的话，你应该不会这么忌讳提起这件事吧？"

果然瞒不过她。

终于避无可避，话已经说到这个份儿上，再回避也没有意义。叶和安抬起头，夕阳的光辉穿过树叶的间隙落在他的脸上，他轻合眼，那天手术台上发生的一切仿佛还在他眼前。

"动静脉畸形的患者，病情复杂而且危重，张主任主刀，我是一助，但在手术中，我因为手抖出现操作失误，导致患者动脉破裂出血，虽然张主任当机立断止住了血，但手术最后还是失败了。我一直在想，那天如果不是我失误耽误了时间，会不会那台手术原本可以成功，会不会那个患者原本可以活下来？"

一切不合理的地方似乎都变得合理起来，这之后没有多久叶和安就退学了，他是在已经注定无法成为顶尖外科医生之后，带着对自己的不满与自责，无可奈何地放弃了医生这个职业，遗憾退场。

其中的心情苏归晓无法去设身处地地想象与体会，成为一名神经外科医生是她这十余年来唯一的信念，如果让她放弃，那种痛彻心扉……

"其实，你不必这样自责的，特殊的动静脉畸形手术本来成功率就很低。你也说了，对于你的失误，张主任补救得很及时，手术失败是因为患者本身的病情复杂。"她迟疑了一下，又问，"所以这件事还有其他人知道吗？"

如苏归晓所料，叶和安摇头："除了张主任和你，没有别人了。我父母比较开明，他们了解我，知道我不会无缘无故做出这样重大的改变，即使是退学这样的决定，只要我想好了，他们也不会多说什么。而我也并不想和他们多说，或许是我的内心还一直没有办法完全平静地接受这个现实吧。"

因为父亲是出色的外科医生，所以从儿时起，叶和安就一直将成为优秀的外科医生当作自己的梦想。这么多年他一直为此竭尽全力，哪怕当年华仁医科大学临床医学在他们省只招一个人，他也成功地拿到了那个名额，本科就去剑桥联合培养的机会更是他从来自全国各地的人尖子中杀出来的，还如愿选到全国顶尖的神经外科专家之一作为自己博士期间的导师。这是多少人眼中的必胜局，就连他自己也一度这样以为，他一定可以实现自己的梦想，成为手术台上力挽狂澜的那个人。可就在那个时候，颤抖的双手让他比任何人都清楚，他的梦碎了。

因为深爱过这个职业，因为心里还藏有太多的不甘，所以他才会选择以退学这样决绝的方式结束自己的医生生涯，不给自己任何回头的机会。可也是因为这份爱和不甘，还有一点点他可怜的自尊心——比起让其他人用同情的眼光看着自己，他宁可别人以为他是为了钱而放弃的，他从来没有和别人像这样说起过当年的事。

他耸肩故作无所谓的样子："或许有一天，当我能够和所有人平静地说出这些事的时候，我就真的放下了吧。"

眼见着苏归晓的神色渐渐沉重了起来，目光中透着同情，声音中也透着惋惜，叶和安轻笑了一声："你别这么看着我，其实也没你想的那么严重,虽然无法成为外科医生去拯救手术台上的那一条条生命,但我还可以作为医学科研工作者,去研究出一个新的 AI 系统,拯救一群人的生命。我依然是一个治病救人的医者。"

对于叶和安放弃医生这个职业的原因,苏归晓曾经做过很多假设,却怎么也没有想到会是这样的原因。但她无比庆幸而钦佩的是,他即使已经不再是一名医生,却依旧秉持着医者治病救人的初心。上天给他关上了一扇门,他却选择去为更多的人走出一条新的路。

苏归晓直视着叶和安,视线相接,她的目光明澈中透着笃定:"你一定可以研究出来的,你一定会成为最好的医学科学家。"

叶和安看着苏归晓郑重其事的样子,忽然笑了出来:"那你下次能不能先把我分给你的工作完成了,别再拖了?"

这句话让苏归晓一下子从理想回到了现实。她想了想,想了又想,好像叶和安这边的限速步骤的确有她自己一份,她之前是个拖后腿的。

从项目最初开始合作以来,他们一直磨合得不顺利,具体点说,她还给他添了不少的麻烦。

苏归晓低头,思索了片刻,重重地叹气过后,终于还是说出了这段时间她考虑了许久的话:"我可以答应你一定尽力,但我对人工智能只是刚刚入门,又确实不能放下临床工作,从我的角度上来讲能够参与到这个课题里肯定是一件好事,但凭良心讲,我也知道,或许换一个人课题进度会快很多,对你而言会更好。"

听到苏归晓说要换人的话,叶和安迟疑着:"你……还是不喜欢这个课题?"

苏归晓摇头:"不是的。"

为什么要做科研,张主任和叶和安已经掰开了揉碎了给她讲了许多,而如今她更是明白了这个课题于叶和安的重要意义——这是他的全部信念。先前抵触的情绪早已烟消云散,此刻苏归晓的心底反倒生出了几分愧疚。

她轻声叹息:"我只是怕耽误了你,耽误了课题。"

叶和安轻舒了一口气,唇角微微上扬着:"不会的,我相信你,我相信那个当初会为一道数学题和我争执一天的同桌,也相信现在这个不为声名利禄所动、死守手中那把二十公分长的手术刀不放的医生,我相信只有这样的人才能和我一起走通一条全新的荆棘之路。"

他说着,略作停顿,向她伸出了手:"苏医生,请多关照。"

许是因为刚才危急情况的惊扰和压力还未完全褪去,叶和安伸出手时,手指的颤抖虽然细微,但仍清晰可见。

叶和安蹙眉,他这样骄傲的人,眼下这般多少有些狼狈。他想要控制却又事与愿违,只能无奈地看着自己颤抖的指节,却在这时,一只温热的手回握住了他,那只手不大,却平稳而有力。

他抬头,只见苏归晓微笑着看向他,笑容中是一如既往的坚定和少有的温柔:"叶总监,请多指教。"

叶和安只觉得自己的心跳似乎空滞了一拍,就像是下楼梯时一脚踩空的感觉。

十三瓣玫瑰

现在有男朋友吗

苏归晓和叶和安救人的事情上了当地一家媒体的新闻，适逢融资期，林一航听到风声之后，反手就买了一波热搜，暗搓搓地给公司和项目的启动仪式引流。

这一波林一航属于先斩后奏，就连叶和安事先都不知道，事后林一航多少有几分心虚，毕竟苏归晓连当地电视台的采访都推了，结果这一下被他搞得满城风雨。因此林一航以团建之名，提出要带AI课题团队出去玩一天，庆祝启动仪式顺利召开。

既然是团建，主要针对的还是年轻人，主任们自然不会来凑热闹。领导们不来，周启南也推说家里有事，苏归晓本来也想找个借口不去的，但奈何林一航因为热搜的事比较亏心，盛情邀请她一定要参加。

其实苏归晓对这些事并不是很在意，毕竟就算她挂在热搜上，华仁医院神经外科也不会因此录用她或者为难她。推掉电视台的采访、不想有大量的曝光主要是怕把叶和安手抖的事牵扯出来，好在情形尚在掌控之内，没有人注意到叶和安的事，所以对于林一航的

"补偿"苏归晓也并不在乎。

只是叶和安问她："还想融入项目团队吗？"

苏归晓点头。

叶和安道："那就一起去，这个世界不只有工作，想要在工作中与大家融为一体，在工作以外的事情上也要和大家建立联结，最起码先熟悉起来。"

苏归晓想起不久前在启动仪式的会场里被落在团队外时的心情，迟疑了一下，终于还是答应："好。"

林一航将团建的地点定在了海边，并租了一栋别墅。因为人不算很多，主要有叶和安、苏归晓、林一妍、林一妍的师弟温冠宇，再加上公司参与这个项目的一个五人小团队和林一航自己，他就没有另租车，自己和叶和安还有公司的两个同事开车接送大家往返。

叶和安主动承担了去华仁医院接他们几个学生的任务。虽然是周末的早晨，但因为不放心自己的患者，苏归晓早起出发前又去科里看了看病人的情况，也因此和林一妍还有温冠宇不在同一个地方。

叶和安第一个去了住院部，苏归晓上了车坐在副驾驶的位置，就见叶和安打方向盘掉头原路返回去教学部宿舍楼。她忽然意识到了什么，只觉得是叶和安太久不在医院住所以对宿舍楼不熟，提醒叶和安道："其实教学部更靠近你来的正门，下次你可以先去宿舍楼，再到住院部这边，咱们就可以从南门出去，不用折返了。"

叶和安闻言没有说话，只是从他睨她的眼神里，苏归晓多少品出了几分嫌弃。这人有没有点良心，她好心提醒他，居然还被他嫌弃？

说话间，车已经开到了宿舍楼前，陈一妍和温冠宇早就等在了那里。车停下来的时候，本来正要往副驾驶去的陈一妍看清副驾驶上坐着的苏归晓，下意识地皱起了眉，只是此刻她并没有什么理由叫苏归晓换地，因此有些不情愿地去了后面。

　　从华仁医院到他们预定的海边别墅大概需要一个半小时的车程，车里的四个人算不上非常熟悉，能聊的本就有限。叶和安没有开广播也没有放音乐，陈一妍起初还在试图找些话题，问问路况、问问计划，叶和安只是专注地看着眼前的路，只有问到他时才会含糊地回应一句，大多是温冠宇配合陈一妍聊下去，偶尔苏归晓看不下去了也会搭两句话。但陈一妍来这儿又不是为了和自己师弟聊天的，见叶和安不说话，也就兴致缺缺，不想说了。

　　倒是温冠宇，他原本觉得苏归晓高冷不敢和她说话，但在苏归晓搭了几次话之后胆子大了起来，将话题带到了不久前苏归晓当街救人的事情上，满是崇拜地说道："学姐，我好佩服你呀！当时那么多人围观，竟然还能那么果决又准确地完成穿刺！"

　　苏归晓不以为意地笑了笑，客气地说："这没什么，你也可以的。"

　　温冠宇坚定地摇了摇头，非常认真地说："不可能，在医院我都没做过环甲膜穿刺，出去就更不可能会了。"他说着，忽然笑了，"学姐，有你一起去团建真好，万一真有点什么意外情况还有人给我们兜底。"

　　温冠宇研二，比苏归晓要小上两岁，个子高，外表俊朗中透着几分乖巧，人也阳光开朗，穿着一身白色的运动服，透着青春的朝气，一看就是喜欢运动的那种男生。此刻，他在后座上看着后视镜里的苏归晓，眼里是真心实意的崇拜，简直能看到星星。

　　一旁的陈一妍有些嫌弃地看着师弟摇了摇头："你自己就是医

生,还指望别人给你兜底,有没有点志气?"

温冠宇却是不以为然:"医生和医生不一样,前段时间我妈有个朋友说要做个医疗剧,问我医生会不会在路上遇到一些需要急救的病人,做一些比较特殊的操作,要比较新奇、帅气的那种。要是我的话,我想来想去,除了心肺复苏好像也做不了什么了,咱们神经内科唯一要求的有创操作就是腰穿,我总不能上去给人家表演个腰穿吧?你看苏学姐就不一样,她救人那个视频我反复看了十几遍,当时一下子就理解了我妈朋友的要求。哇,真的太帅气了!"

陈一妍有些惊奇地看着自己的师弟,以前怎么没看出来,这小伙子年纪轻轻的,这么能拍马屁。

还没等她说些什么,就听先前一直沉默的叶和安突然开口道:"这只是大家分工不同而已,没什么大不了,你觉得很厉害的事于外科而言不过是些基本操作,你觉得稀松平常的事情外科的人也未必能做到。"

陈一妍立即应和道:"就是!"

苏归晓原本没觉得自己做了什么了不得的事,但此时听到叶和安这么说,她好胜起来,颇具讽刺意味地一笑,故意揶揄他:"对,我这种只能叫屠夫。像叶总遇到急救的病人,能当场写篇论文出来,这才是高级的医学之道。"

又有什么用呢?

叶和安听出苏归晓在讽刺自己,板着脸不说话了。

苏归晓真是记仇,两个多月之前他气急之下说她是屠夫,她在心里一直记到了今天!

温冠宇没忍住,扑哧一声笑了出来。

大概是觉得有些尴尬,叶和安伸手从车门上摸出一瓶还没开盖的矿泉水，单手拧了一下，竟然没拧开。

苏归晓伸手拿过水瓶，利落地拧开之后又递回给他，而温冠宇还在车后排继续吹着苏归晓的彩虹屁："不管是什么分工吧，能够做到像苏学姐这么优秀也是很不容易的。苏学姐的手真的太稳了，这绝对不是那么稀松平常、简单的事！"

苏归晓瞥了叶和安一眼，唇角上扬，话中的揶揄之意更胜刚刚："也没有那么夸张，这确实是外科的基本操作，毕竟手要是不稳，对于外科医生而言可算是一种残疾。"

正仰头喝水的叶和安被一口水呛住，连声咳了起来。

陈一妍立即担忧地问："叶学长，你还好吗？"

在她说话的工夫，苏归晓已经接过了叶和安手中的水瓶，将瓶盖拧好，避免水洒到车里，又伸手拍了拍叶和安的后背。

叶和安渐渐平复下来，不知是因为被呛到憋的还是些别的什么原因，他的耳朵有些发红。他道了声谢，苏归晓不以为意地笑了出来："不用谢……"她的声音小了下去，可叶和安却从她的口型看清了她下面要说的话："关爱残疾人，人人有责。"

叶和安："……"

以毒舌闻名的叶总监今日终于迎来了他毒舌生涯的滑铁卢。

他们没有注意到后排的陈一妍看着他们互动时眸中的光渐渐暗了下去。

因为要绕路去华仁医院，叶和安的车最后一个到达海边。

林一航已经带领公司的同事们选好了房间，除了林一航以外两两一间，还剩下两间房，温冠宇自动被安排与公司的男同事合住一间，苏归晓和林一妍一间，还剩下一间是叶和安的。

温冠宇小声抱怨："凭什么我们都合住，你们睡单间？"

一旁的男同事笑着提醒他："搞清楚谁掏钱！跟我住委屈你了？"

温冠宇赶忙摆手道："没有没有，我就是问问。"

林一航早就为自己的安排找好了充分的理由："咱们这次出来团建主要是为了让你们互相熟悉起来、交个朋友，同住一屋是最快熟悉起来的方法。"

温冠宇没忍住，又小声接了一句："那你们呢？你们就不用交个朋友吗？"

公司的人纷纷侧目看着温冠宇，果然不是公司的员工，说话的底气就是硬。

只见林一航理了理衣服，挺直了腰，故意咳了两声清了清嗓子："我们就不用了，我们是领导，你们保持敬畏就行了。"

他说话的时候故作严肃，其实是为了喜剧效果，与他所说的"保持敬畏"完全不搭，还有些同龄人特有的亲和力。大家不约而同地笑了起来。

与林一航越相处，苏归晓越觉得安宇成的判断确实不太准确。比起平庸，林一航更像是藏拙，没有攻击性，不夸耀，却总是能够恰当地化解各种各样的意外，掌控局面。

苏归晓和陈一妍的房间在二楼，虽然在同一个课题组进进出出了不短时间，但两个人的关系只能说是非常不熟，全程对话没有超过十句。

一行人将行李安置好出来，就见林一航在群里召唤大家下楼准备午餐了。林一航提前叫别墅管家在冰箱里准备了食材，十个人分成了两组,由林一航和叶和安分别带队,比赛谁准备的午餐更好,输的队伍要有惩罚项,而且这惩罚项是从道具盒里现抽,不知道会抽到什么。

温冠宇神吐槽:"不愧是团建,从吃饭就开始折腾人。"

林一航:"……你怎么对我的每个安排都有意见?"

叶和安:"我觉得你们两个需要深入沟通和互相了解一下,你们两个就分在一组吧。"

林一航和温冠宇同时回头瞪着他。

原本就是两队比赛,又有了这样的"小过节",林一航报仇,十分钟都等不了。

温冠宇招手想说服苏归晓和他一队,林一航看了一眼叶和安,眉毛一挑,顺水推舟:"对,苏博士就过来跟我们一组吧。"

苏归晓平时不是吃食堂就是吃外卖,压根儿不会做饭,跟哪组对她而言没什么区别。林一航怎么安排她就怎么听,正要过去,却被一旁的叶和安直接拦住:"不行!"

林一航看着他,笑得狭促:"为什么?"

叶和安看着摆明了是故意的林一航,磨了磨后槽牙:"因为……因为她是神外的。"

林一航看热闹不嫌事大:"神外的怎么了?"

叶和安冷着脸:"她是我师妹,得帮我干活。"

收到叶和安警告的目光,林一航适可而止,没有再追问下去。"那好吧。"他话锋一转,又说,"那陈一妍也跟你一组吧,她也是你学妹,帮你干活。"

在一起工作了这么一段时间,林一航对叶和安是什么心思,陈一妍还是可以猜得到的,林一航的安排主打一个火葬场风。

但当着这么多人的面,要拒绝也给不出很好的理由,叶和安只好默认了。林一航又塞了公司里一看就不会做饭的两个男生到叶和安组里,还美其名曰:"他俩一看力气就比较大,能干。"

叶和安面无表情看着他的虚情假意,冷冷地说:"对,一会儿我要揍你的时候他们两个力气大,能帮我把你按住了。"

林一航突然愣住,像是想起了什么,念念道:"对啊,我怎么忘了一会儿还有户外活动……"

失算失算,他赶忙道:"等一会儿吃完饭以后分组可以……"

还没说完就被看穿他小算盘的叶和安止住了:"不可以更换,这两天大家就维持这个分组吧。"

林一航瞪着他,行,互相伤害。

两队各自商量了一下想要做的菜样,从冰箱中选取了相应的食材。叶和安问自己的组员:"都有谁完全不会做饭?"

那两个公司的男生贺鹏和管修远毫无疑问地举起了手,苏归晓也非常自觉地举着手向那两个男生靠了靠,颇有找到组织了的感觉。只有陈一妍颇为得意地说:"我炒菜的手艺很好,我爸妈都说我做菜很好吃,叶学长,我和你一起。"

叶和安一个头变两个大,想想四十分钟三道菜的规定,默认了陈一妍的说法,打发那两个男生还有苏归晓去清洗食材了。

贺鹏将洗好的土豆递给苏归晓,苏归晓将土豆去皮后放到叶和安切菜的案板上。叶和安拿刀的时候,另一边的温冠宇正好看到,年轻人十分兴奋地说:"早就听说叶总以前在神外的时候是特别传奇的那种学生,想来应该和苏学姐一样也有外科'神之手'吧,终于可以看到叶总动刀了!"

叶和安之前在神外的传奇传闻其实更多是源自他扎实的医学专

业基础知识和极强的科研能力，而非来自手术。他的手有轻微的震颤，虽然平日里切菜并没有什么问题，但温冠宇这样大张旗鼓号召大家一起来围观的出神入化的刀工，他不确定能不能让大家满意。

他正有些迟疑，突然感觉手臂上有一股力道，是苏归晓将他拉开了，她从他手上拿过刀："有现任外科医生在，还轮不到退学党在这里抢风头。"

她说着，左手扶上土豆，右手手起刀落，速度快到围观的人险些看不清，就见均匀而又薄到有些透明的土豆片很快在案板上摞了起来。

四下是一片惊叹声，贺鹏不由诧异地问道："苏医生，你不是说你不会做饭吗？"

将整个土豆切完，苏归晓放下刀，点了点头："是啊，我是不会做饭。"

"那你这手艺……"

苏归晓看了一眼案板上的作品，开头和收尾的时候因为土豆横截面积变化，有个别片不是非常均匀，下次还可以提升。她一边想着一边答贺鹏道："哦，之前练过，不是为了做饭，只是为了增强手的控制力。"

想当外科医生的医学生，谁没用五花八门的东西练过手？从土豆到葡萄，从豆腐到猪脑花，饭一顿没做过，食材祸害了不少。

温冠宇简直就是气氛组，以迷弟般惊叹的语气道："这也太厉害了！"

林一航抬头看了一眼计时器，已经五分钟过去了，人家那边菜都切了，他们这边还什么都没准备好，光顾着看热闹了。林一航当即把温冠宇拖了回去："好好做你的饭吧！"

围观的人散了,大家各自回到自己的岗位上。苏归晓让位给叶和安,两个人身影交错的那一刻,叶和安低声对她说了一句:"谢谢。"

苏归晓牵唇,回首对他做了个口型。叶和安认出来她说的是:"关爱残疾人,人人有责。"

叶和安:"……"

他的感动真是多余。

由于苏归晓刀工过于精湛,把土豆片切得过于薄透,土豆丝儿是做不成了,她在叶和安嫌弃的目光中把土豆片蒸熟做成了土豆泥。切了半天都是白切,生动形象地解释了什么叫作"一顿操作猛如虎,一看伤害二百五"。

好在叶和安把这土豆泥加在了拌面中,苏归晓偷偷挑了根面条尝了尝,竟然意外地好吃,这才放下了心。

没想到叶和安竟然有这样好的厨艺。

苏归晓和公司的两个男同事将需要的菜洗好去皮,这之后便是叶和安和陈一妍发挥的天地。陈一妍没有吹嘘,她做饭的确有一手,可乐鸡翅做得卖相颇好,而叶和安做饭的动作更是从容帅气,他围着一个深色的围裙,是苏归晓第一次见到的居家风格。随着食材接连下锅,小炒黄牛肉的香味在房间里散开,连林一航组里的人都忍不住探头来问:"你们在做什么啊?"

却被林一航拦了回去:"还看?等一会儿输了,看你们怎么办!"

还剩八分钟,叶和安就已经带组完成了三道菜样,陈一妍还可以从容地调整摆盘，看起来愈发精致。她一边摆一边夸赞叶和安，和他交流做菜经验："叶学长，你这个牛肉炒的火候真是刚刚好，你是怎么判断火候的啊？"

叶和安说了些什么，苏归晓没有仔细听，就见陈一妍甜甜地笑了起来，又离叶和安更近了几分，端起自己的摆盘给他看。

两个人做饭都好，应该很有共同语言，苏归晓下意识地别开了眼，没有再看。下一刻，只听有人在身后叫她，她本能地一回头，只见叶和安不知道什么时候站在了她身后："苏归晓，怎么还在发呆？端菜上桌了！"

四十分钟过去，林一航组的饭菜也已经做完，大家将菜在长桌上摆好，每个人拿了一个小碟，通过试菜匿名选出自己最喜欢的三道菜。

原以为会是场胶着的比赛，没想到统票之后叶和安组以显著的优势赢了。主要是林一航组有一道蒸鱼翻车了，鱼胆没处理干净，苦得要命，被温冠宇逮住一通吐槽，原本还有些想要维护自己队伍颜面的其他队员在多尝了几口之后最终也齐齐放弃，加入了吐槽大军。

胜负已分，叶和安好整以暇地看着林一航："上惩罚？"

林一航耍赖："大家都饿着呢，先吃饭，等晚上所有活动结束一起罚！"

温冠宇在一旁率先发现了"华点"："等等，我们十个人，就吃这六道菜？还有一道做坏了……"

这话一出，成功地转移了大家关注的重点。意识到自己可能即将饿肚子，大家都不太淡定了，而林一航却举起手，颇为嘚瑟地拍了两下，紧接着有人拎着两袋子外卖进来了。

林一航介绍道:"刚刚的活动不过是一个小小的热身,既然来到了海边,海鲜大餐肯定还是要有的。这些呢,是附近知名酒楼的菜样,请大家品鉴。"

各种海鲜佳肴在桌子上摆好,大家迫不及待地就近拉开椅子坐下,苏归晓和叶和安原本挨得就近,此时也就相邻坐在了一起。这原本是个非常好的位置,这个角落放眼望去全是海鲜大菜,只是可惜,叶和安海鲜过敏。

在大家的关注点全都在海鲜上的时候,苏归晓将他们先前做的土豆泥拌面端到了叶和安面前,同情中不乏幸灾乐祸地对他说:"凑合吃两口吧。"

叶和安望向她的目光却是灼然:"你还记得?"

苏归晓正在寻思着从哪个角度再帮他把小炒牛肉拿过来会比较方便,听到他的问题想也没想就点了点头,完全没有领悟到他问题的重点。"这不是医生的职业病嘛,下饮食医嘱前都要好好想想病人有没有什么过敏忌口。"她停顿了一下,突然回过头看着他笑了,"不过你放心,就算你真过敏了我也应付得来,上次我环甲膜穿刺的技术你也见识过,我不介意再多一次实践操作的机会。"

叶和安眼中的光暗了下去,他拿起叉子卷了一点凉面,冷笑了两声:"你能不能盼我点好?"

苏归晓终于抓住机会,将小炒黄牛肉端到了叶和安面前:"我当然盼你好,但是谈知情就是要先把最危险的情况说清楚。"

合着她难得关心他,还真的是把他当她的病人了!叶和安冷笑了一声:"你放心,不会让你负责的。"

察觉到叶和安的情绪似乎突然变得不是很好,苏归晓有些困惑地问:"怎么了?是不让你吃海鲜所以不高兴了吗?"还没等叶和安说什么,她又自顾自地往下说,"你要实在想吃的话,可以再去详细地测一个过敏源。虽然是海鲜过敏,但很多人也不是对所有海鲜都过敏的,应该还是有一些你能吃的。"

叶和安终于忍无可忍:"你脑子里除了病人和吃的就没有别的了是吗?"

她的生活的确就围绕着医学和基本的生存需求,这一点连梁亚怡都日常吐槽她。苏归晓理所当然地反问道:"那还要有什么?"

叶和安气结:"我……"

"你什么?"

就在这时,陈一妍和叶和安另一边的人换了座位,端着盘子走了过来,盘子里摞着扒好的基围虾,她体贴地对叶和安道:"叶学长,我看你一直坐在这里,应该还没有尝到桌子那边的菜吧?这个基围虾很新鲜,口感清甜,我专门扒好的,你尝尝?"

叶和安头也没抬,直接冷声拒绝道:"不用。"

陈一妍举着盘子的动作一时僵住,苏归晓见她无措的样子,帮她缓解尴尬的场面:"叶和安对海鲜过敏,你吃吧。"

陈一妍显然没有想到这一点,愣了一下,枉她费了这么多时间,却自讨没趣,随即又笑着给自己解围:"是我考虑不周,不过这个虾还是好吃的,归晓你要不要尝尝?"

苏归晓出于礼节,点头答应了。陈一妍夹给了她两只虾,随后便把自己刚刚做的鸡翅摆到叶和安面前,献宝一样地说:"学长你尝尝这个。"

叶和安看着忙于吃虾连头都没抬的苏归晓和向他凑得更近了的陈一妍,突然放下筷子,站起身,留下一句"我吃饱了",就转身上楼了,只剩下陈一妍和苏归晓面面相觑。

叶和安今天气不太顺。发现这一点的时候，林一航刚被叶和安一记隔空暴扣，他看了看沙地上的坑，非常庆幸自己刚刚没有伸胳膊去接。

下午的活动是沙滩排球，林一航早就安排好了场地和器械，他考虑得周全到连服装都准备好了，短袖短裤，上面印着公司的logo，女生还有遮阳帽。苏归晓是冷白皮，身高腿长，再梳起马尾辫，这是她少有的青春阳光型装扮，在场的男士都不免多看几眼，甚至已经暗戳戳地在商量谁去问她有没有男朋友了。

春日午后，时光正好，沙滩排球这种活动既能活跃氛围，又能增进沟通、培养团队合作的默契，再适合团建不过，两队各有三男两女也很公平。林一航原本摩拳擦掌准备大展身手，结果一上来就遇上叶和安先爆发了。

不过这爆发的原因呢，林一航也能猜得到，多少是跟苏归晓和陈一妍有关。想到这里，本着一颗看热闹不嫌事大的心，林一航心情又好了起来。

苏归晓上次打排球还是在大学的体育课上，她是好学生，属于考试内容精通，实战经验寥寥，又是在沙滩上，因为不适应，行动起来多少有些笨拙。

但苏归晓是好胜心何其强的人，她是外科医生，平日里体能储备较好，几轮过后，就渐渐找到了些许窍门，愈发活跃起来。而陈一妍还有公司的同事们大多是久坐族，接连跑了几次就已经有些大喘气，稍微远一点的球就直接放弃不追了。

苏归晓可以理解他们这样的做法，但眼见着比赛卡在了林一航的发球强轮，他们这边接连失分，再这样下去就要输了，苏归晓热血上头，绝对不能接受在这样关键的时刻放弃还能再努力一下的球。但是大家本来就不熟，她也不好指挥别人如何，因此看到队友要放弃的时候，自己就满场飞地去救球。她这么拼，队友也不好意思摆烂，只能跟着一起跑。

"苏归晓你可真是个卷王。"贺鹏扶着膝盖边喘边说，刚才想知道她有没有男朋友的想法已经烟消云散了。

不过苏归晓的办法虽然痛苦，却有效。在林一航的发球轮卡了七分之后，凭借着苏归晓拼尽全力地救球，这一球他们终于拖住了林一航队。双方往来了几个回合，林一航队久攻不下，眼见着大家都露出疲态，再这么下去这一分就真的要丢了，他的发牌强轮也即将过去，林一航决定抓一个机会大力强行扣球。

林一航从沙滩上一跃而起，对面的苏归晓也猜到了他的计划，严阵以待，随着他的手一落下，苏归晓的视线紧紧盯住球，身体也近乎本能地扑向了球的方向——

嘭——

"啊！"就听苏归晓的惊叫伴着周围人的惊呼声同时响起。

这一球正好扣在了苏归晓和叶和安中间，两个人同时跃起，球是被叶和安接住了，但两个人重重地撞在了一起。这一下任所有人看都撞得不轻，大家都当场惊呆了。偏偏苏归晓忍着身上炸开的痛感，还抬头看了一眼天上的球，大声提醒队友："陈一妍、贺鹏，扣球！"

两个人被她这么一叫，回过了神，可是他们准备不足，架势又拉得很大，实际没打准，只是稀里糊涂地把球推过了网。可意外加意外，林一航队也无从防备，眼见着球擦着球网落了地，这一分终究还是被叶和安队赢了下来。

苏归晓的心这才落地，刚刚因为注意力高度集中在球上而被压制住的痛意在此时爆发了,她伸手按住自己的肩头,想到自己刚才撞到了叶和安,又匆匆去查看。

林一航无语地摊开双手:"苏归晓,你可真是个狠人啊!什么人才会在一场团建里自己都受伤了的时候还盯着球呢?"

可在旁人眼里匪夷所思的事情,于她而言不过是生活的常态。痛经吃止痛药站二十个小时的手术台,通宵心悸之后照常上班,哪怕是再痛,她也会永远告诉自己忍一下,再忍一下就好了。她先前自己一个人的时候从未觉得这种状态有什么问题,可此时林一航当着这么多人的面说出来,她也觉得自己似乎有哪里做得不对。

应该先查看叶和安的伤情的,即使她余光中看到了叶和安没有大碍,但也应该先停下来查看队友的伤情。苏归晓不是很确定自己刚刚撞到了叶和安哪里,谨慎起见,就从脸开始查看,轻按着的同时问叶和安:"这里疼吗?"

叶和安躲开了她的手,看向她的目光中有明显的怒意。苏归晓以为他是因为她没有第一时间查看他的伤势而是抬头看球而生气,连忙道歉道:"对不起,我刚刚光想着不能辜负大家的努力,要把这一分拿到,没有第一时间和你道歉、查看你的伤情是我做得不妥。"

她说着,本着亡羊补牢的心态,拉过叶和安的手,只见上面有一些被砂石划过的小口子,还有一片比较大的伤口,只是那块伤口已经有些愈合的趋势,看上去有两天了。

苏归晓有些惊讶地问:"你的手之前就受伤了?怎么弄的?"

苏归晓想起今天叶和安做饭的时候还处理了生肉,他们竟然都没有注意到他手上有伤口。

叶和安面无表情地看着她:"前两天有人把我一把推开,手在地上蹭伤的。"

苏归晓一怔，凭借直觉猜到他说的应该是前两天他们在街上救那个窒息男性时发生的事。她想了想，自己当时好像确实有这么个动作。事急从权，她当时注意力全都在患者身上，完全没有注意到身旁叶和安的情况，可今天她又干了相似的事情。

"对不……"

她道歉的话还没说完，就被叶和安拦住了："不必，你当时是为了救人，我应该感谢你。但是今天，苏归晓，你一个没有经过专业排球训练的人，到底是怎么想的，觉得自己能接住林一航那么大力的扣球？"

他那么着急冲过来接球，只是为了挡在她前面，只怕晚一步她的手臂被这球砸出什么意外！

苏归晓也知道自己刚刚确实有些冲动，因为坚持了那么久，所以特别想要赢下这一分，连续的奔跑导致人也进入了半缺氧的状态，几乎是靠本能在行动。冷静下来看看，也知道叶和安说的没错，刚刚叶和安接球的时候，她可以清晰地听到那球嘭的一声打在他的手臂上，就连现在仍可以看到叶和安手臂上的红印，幸亏刚刚接到球的不是她。

意识到这一点，苏归晓是真心实意地觉得抱歉："对不起，我知道如果我没有不自量力地过来接这个球，也就不会和你撞在一起害你受伤了。刚刚是我考虑不周，我带你去上药吧。"

她伸手去扶叶和安，他却一动不动，火气因为她的道歉反而更盛了几分："苏归晓，你有没有搞清楚这个问题的严重性？！你是外科医生，你的手就是你的梦想，如果你不懂得保护它，那么你的梦想随时都会终结！"

叶和安的长相原本就带着锐气，此时因为怒意，整个人更添了几分压迫感。

因为叶和安经历过梦想那样破碎的时刻，他由于手抖不得不放弃外科医生的道路，他明白意外发生时的无能为力，他更明白苏归晓对成为外科医生的执念要远甚于他，他绝不想让她经历和他当初相似的痛苦。可苏归晓自己竟然还毫无意识，以为他在意的只是他自己的伤！

最后，叶和安失望地看了苏归晓一眼，转身向别墅里走去。

苏归晓没有想到叶和安生气竟然是因为她，她已经习惯了所有人都对她说，她的梦想不过是奢望，她也习惯了一个人承担所有。

叶和安却会这样认真地保护她的梦想。苏归晓心里一窒，说不清是什么滋味，有点酸，却又不知道从哪里隐隐萌生出一点点暖意。她来不及多想，向着越走越远的那个身影追了过去。

陈一妍也要去追叶和安，却被林一航伸手拦住了。林一航虽然平时和叶和安玩闹，但在这样的时候，自然是要帮着自己哥们儿的，他不顾陈一妍的挣扎把她按回了排球场里："人家两个伤员回去上药，你凑什么热闹？比赛还没结束，你要再走你们组就没人了，他们拼尽全力赢下了这一分，你们要是输了比赛，他们得多失望啊！"

林一航是道德绑架的好手，陈一妍被他说得还没缓过神，林一航的球就扔了过来："该你发球了！"

叶和安回到别墅，并没有去拿医药箱，而是走到厨房去接了杯水，他在厨房等了一会儿，果然见到苏归晓拎着药箱追了过来。他没有动，只是手撑着水池边，背对着她的方向，听着脚步声越来越近,直至停在了他身后。

看不到叶和安的表情,苏归晓出于心虚,小心翼翼地凑近他,语气也比平日弱了几分:"我帮你上药吧……"

他没动,也没有拒绝。

苏归晓不是爱低头的性子,但许是因为自己理亏,还是硬凑了过去,用镊子夹出酒精棉球,试探地贴上叶和安的皮肤,为他手臂上的伤口消毒。

屋外是沙滩上热闹的人群,屋内却安静得连呼吸声都能听得到。消毒明明是她最熟悉不过的操作,却在听到他倒吸气的声音时,手上的动作不由自主地轻慢了些许。

许是因为刚才的剧烈活动,突然静下来,苏归晓止不住地冒出汗珠来,额前的碎发也紧贴着皮肤,有些痒,还有些扎眼,只是她在处理伤口,外科医生最注重无菌的原则,自然不能抬手去解决这些问题。她只想着暂且忍一忍,却在这时,有温软的手指拂过她的额头,轻轻地拨开了她的碎发,为她擦去了细密的汗珠。

说不清为什么,在这一刻,仿佛有羽毛随着他的手指滑过苏归晓的心,痒痒的,她身体一僵,下意识屏住了呼吸,抬起头看向叶和安的目光中带着几分意外、几分慌张,还有几分她自己都说不清的期许。

叶和安依旧板着脸,却已经没了刚才那样强烈的怒意,只是在她的注视中故意用硬邦邦的声调道:"看什么看?我是怕你的汗滴到我的伤口上造成感染。"顿了顿,又故意挤她,"像这种无菌操作,在进屋之前就应该戴好帽子、口罩,整理好头发,你外科的专业素养呢?"

刚刚胸口悸动的感觉随着他的话烟消云散,苏归晓只觉得无语,在这里?她去哪儿找帽子、口罩去?她好心过来给他处理伤口,还要被他这样奚落,亏她刚刚竟然还怕弄疼他!

她加重了几分手上的力道,让酒精棉球充分浸润伤口,听着他倒吸气的声音,苏归晓抬头嘲笑他:"别躲啊,你这一躲搞不好会导致消毒的轨迹错位,又得重来。你既然专业,怎么连这点配合都做不到呢?"

在视线相接的瞬间,苏归晓停在了当场,两个人之间的距离在未经察觉间已经比她想象中还要近了太多,她甚至能看到叶和安脸颊上沾的细小砂砾,还有映在他墨黑瞳眸中自己的影子。

那样温痒的悸动感卷土重来,苏归晓回过神,有些慌张地想要向后退开,却有一只有力的手臂拦在她的腰后,挡住了她的退路。这样的距离和动作多少有些暧昧,苏归晓有些意外地抬眼看他。

"故意的?"他问话的声音不大,语调微微上扬,似是在质问,却又似是在无奈地叹息。

退不开,苏归晓索性就不退了,她知道他是在说她消毒的力度,不无挑衅地回应道:"严格遵守外科医生的消毒规范。"

大概是乐于见到他被噎住,苏归晓眼睛亮晶晶的。

叶和安想生气也生不起来,轻叹了一声:"你也就气气我吧!"

苏归晓却问他:"你为什么要生气?就算刚刚我的手受伤了,我的外科梦想破碎了,那也是我的事,你为什么要为我生气?"

叶和安因她的问话默了一瞬,呼吸在不自觉中变得局促,不过短短片刻,气氛发生了微妙的变化。他的目光没有丝毫退避,他转守为攻,反问她:"你希望我为什么?"

她被他圈在身前,并且他望向她的目光专注而灼热,终究还是苏归晓先坚持不住,转头避开了视线:"我没什么希望,你伤口还没消完毒,我要换个酒精棉球。"

她低头，用视线示意他松手，叶和安没有强求，放下了手臂，由着她低着头有些不自在地换了棉球。在新棉球触碰到叶和安伤口的那一刻，苏归晓听到他问："现在有男朋友吗？"

酒精沁入他的伤口，这次他却丝毫没有闪躲，只是专注地看着她。她抬头，讶然得不加掩饰，冷静下来后没有说话，是在思考他问出这个问题的原因。

他却忽然一笑，视线向下落在了自己手臂上，酒精棉球就那样紧贴着他的皮肤，苏归晓却浑然未觉。叶和安微扬了扬下巴，示意她："处理伤口患者觉得疼又不能打麻药的时候，要学会灵活处理，可以通过提问等方式，转移患者的注意力来减少患者的疼痛感。"

他的话似是在解释他刚刚提问的原因，是师兄在教师妹临床技巧，可是直觉却又告诉她没有这么简单，可她又不敢去深想，如果不是这么简单，又是因为什么。

她没有回应，重新专注于手上的消毒工作，叶和安却不肯放过她，追问她："记住了吗？"

她迟疑了一下，还是点了头。

"那你来问我，就像我刚刚一样。"他的语气温柔，像是一种诱骗。

她要继续消毒，他却做出疼痛的样子向一旁躲开；她不说话，他就等着，像是一个猎人，在等着自己的猎物跳进陷阱。

苏归晓只感觉自己的心跳越来越快，她没有抬头，连呼吸也变得轻浅，抿了抿唇，却又终是不甘低头，故意完全重复了他的话："现在有男朋友吗？"

等待她的是他坚定却又含着笑意的声音："没有。"

"也没有女朋友。"他又说。

苏归晓终究还是没能参加完整的团建过程，因为她的现任师兄严安逸又打来了"亲切"的电话："今天不知道怎么了，出了两起连环车祸，各病房的值班医生基本都薅上手术台了，晚上怕是人手不够，过来支援一下吧，除了你也叫了其他病房的人。"

苏归晓此时并没有在赶课题或是什么其他紧急工作，而是在外面玩，医院需要支援，她也没有理由拒绝。

叶和安看她的表情就知道了她的决定，看着从沙滩回来的热闹大部队，向林一航打了声招呼："苏归晓要回医院急诊支援，我也有点事，顺路开车带她先回去了。"

林一航还没来得及多问什么，叶和安就已经带着苏归晓离开了，林一航回头，只见陈一妍看着两人渐渐离去的身影，原本就疲惫的神色中又多了一分落寞。

所谓旁观者清，林一航不仅对她的情绪变化看得清清楚楚，甚至还生出几分隐隐的同情，以他对叶和安的了解，陈一妍到现在已经没有什么机会了，可惜了这一片真心。

林一航轻拍了拍陈一妍的肩："走吧，我请你喝酒。"

林一妍面色难看，推开了他的手："我不需要喝酒，上次开会的时候叶学长说对血液指标的测量方法还有一定的疑问，我要回去看论文。"

她还没有死心。林一航一眼看穿她心中所想，无非想要通过在课题上的努力让叶和安欣赏自己。她想的其实不无道理，叶和安的确喜欢聪明有能力的人，苏归晓也是这样的人，可叶和安对苏归晓又是不同的，即使她会把叶和安气到忍无可忍，他还是会本能地替她着想、为她担心，这在一向"人间清醒"的叶大魔王身上是极为罕见的。说白了，感情从来不是一场考试或是比赛，就算陈一妍真的努力证明了自己的科研技能多么好、对课题的贡献多么大，就真的可以赢得叶和安的心吗？

眼见着陈一妍转身就要上楼，林一航一把抓住她的手腕将她拉了回来，往餐厅的方向带："走吧，这点时间能看几篇论文？该吃晚饭了，总不能让所有人等你吧？开心一点啦！"

她明明想要追随叶和安的步伐，今天却接二连三地被林一航阻止，想到苏归晓和叶和安之间的关系可能已经发展得比她想象中还要亲近，陈一妍只觉得一股燥热之气直冲上头，再次用力地甩开了他的手，恼火道："开心不了！我说了要去看论文，就是要去看，哪怕只能看一篇、一段，甚至一句话，我也要去看！"

眼见着陈一妍转身冲回了楼上，发髻上的红色蝴蝶结也在不自知的情况下散落开，就像她此时崩塌的心境。

贺鹏见自家老板不说话，只怕林一航当着众人被陈一妍拂了面子下不来台，替他解围道："可能陈医生现在还不太饿，等一会儿饿了就知道老板你是为她好，咱们给她留好饭。"

林一航却不以为然地哼了一声，皮笑肉不笑道："不用，大家敞开了肚子吃，多吃点，什么都不用给她留。"

他倒是想看看她夜里饥肠辘辘下楼却找不到饭的时候，还能不能这么硬气。

十四瓣玫瑰

不正当关系

严安逸的预感没有错,叶和安送苏归晓赶回医院的时候急诊室里已经忙得不可开交。见她出现,严安逸长舒了一口气,没等她换好白大褂就把手上的病历塞给了她:"脑干动静脉畸形破裂的,家属还没到,患者意识尚存,得再努力和她本人沟通一下手术的问题。"

苏归晓本能地察觉到有哪里不对,严安逸千里迢迢把她叫回来,给她的第一个任务却是单纯的沟通,这里面一定有问题,但严安逸来去匆匆,已经走远,她也只能先去见见患者。

是一名老年女性,六十多岁的年纪,头发已经花白,人很瘦小,此刻虚弱地躺在轮床上,闭着眼睛,表情十分痛苦。

苏归晓心生不忍,却还是要以尽可能冷静平淡的语气对患者道:"阿姨,您是脑干的动静脉畸形破裂出血,情况非常危险,需要手术,但手术的风险相对比较大……"

"我要等我家属过来……"患者声音微弱,态度却非常坚决。

苏归晓一怔,就听一旁的护士解释道:"刚才严医生和阿姨简单沟通过，阿姨现在不想做手术，执意等家属过来。"

苏归晓蹙眉："她家属现在在哪里？"

护士叹气："在从东郊过来的路上。"

苏归晓震惊得无法掩饰："东郊？那得两个小时的车程，很可能就错过手术时机了！阿姨，您现在就得去做手术！"

躺在轮床上的患者合紧了眼，没有说话。

一旁的护士又是一声叹息："劝过了，没用，阿姨明确拒绝手术，她怕上了手术台，见不到家人最后一面。"

……

苏归晓后来又竭尽全力劝说了患者许久，可阿姨的态度远比她想象的要决绝得多。

她在五年前就已经有症状，发现了血管畸形，脑干是何其危险的地方她早就知道，就是因为知道，所以才迟迟不敢冒险做手术。这五年来的每一天，她都当作最后一天珍惜，而现在，她只想再见自己的家人一面，她宁可放弃手术的机会，也不想一个人孤单地死在手术台上。

苏归晓有些无力地坐在医院的长椅上，一瓶水递到了她面前，她抬头，没想到叶和安还没走。苏归晓接过水，叶和安坐到了她身边，他能够想象到她此刻的无力感，这种眼睁睁看着生命流逝的感觉大概让她回想起了她的父亲，他试图安慰她："每一个人都有他们认为更重要的事情，你要尊重他们的选择，至少她见到了自己的家人。"

苏归晓将矿泉水瓶贴到脸上，试图让自己平静下来，她的声音很闷："我知道，可我还是觉得很遗憾。"

她深吸了一口气："刚刚阿姨反问我对她上手术台之后的情况

有多大把握的时候,我沉默了,每个患者的情况都不一样,没有人能给出准确的预测,可我多希望我能给她这个答案啊!如果有了这个答案,或许她就不会错过活命的机会,又或许我也就不必在这里遗憾了。"

苏归晓的眼眶已经红了,她虽然外表看起来坚强甚至高冷,内心对患者却有着最深的共情。叶和安轻拍了拍她的后背:"会有的,总有一天,我们可以回答出这个问题的。"

虽然他们现在在做的不是动静脉畸形研究,但他们建疾病预测模型就是为了回答像这样的问题:

这个患者应该手术吗?

这个患者手术之后的预后会好吗?

这个患者还会复发吗?

他们想给每一个患者,也是这世上每一个独特的生命体,最具体而准确的回答。

苏归晓直起身,方才的迷茫和疲惫淡去,眼中恢复了坚定:"你说得对,我会和你一起,竭尽我所能推动课题进展,希望这一天能够尽快到来。"

然而让苏归晓没有想到的是,她所有的辛苦努力还没有被人看到,而她"绿茶"的名声就已经传得满城风雨。

一大早,苏归晓刚到科里,在更衣室就听到外面有人低声议论:"不会吧,苏归晓真的会靠搞不正当关系上位吗?"

"什么叫会不会,人家是已经这么干了好吗?我昨天听周启南医生说她和课题合作公司的总监打得火热,那总监各种向着她说话，还深夜开车送她回医院。欸，这次新闻报道的照片你们看了吗？她也是和那个总监一起在路上遇到的，听说两个人好像还牵手呢。她不过是一个学生，如果他们两个没有点什么，怎么会在工作之外有那么多交集？"

是两个新来的小护士在外面小声议论，只是此时时间尚早，楼道里很安静，更衣室里的苏归晓听得很清楚。

另一个人还是有些难以置信："真的假的？苏归晓虽然长得是挺好看的，可看起来挺自立的，不像是那样的人啊。"

"知人知面不知心，周启南医生亲口说的，人家周医生好端端的，污蔑她做什么？只能说她平日里伪装得好呗，她一个女生，双非院校出身，在神外能有什么前途？能趁着还算青春靓丽，抱上个大腿也算是她的本事。"

说话间那二人已经走远了，声音也渐渐远去，只留下更衣室里的苏归晓站在原地，蒙了。

苏归晓就站在更衣室门口，等着周启南出现。在等待的这十来分钟里，苏归晓在心里反复地跟自己说要冷静，她思考了许久要怎么开头。然而当周启南真的出现，她已经完全顾不上那么许多，盛怒之下直接质问道："你凭什么造谣我有不正当关系？污人清白、造人黄谣，你就是这样为人师表的吗？"

"你在胡说什么？"周启南警惕地看了看周围，"我可从来没说过，你别污蔑我！"

"我亲耳听到她们点了你的名字，说是你告诉她们的！"

"我没有。"周启南谅苏归晓没有什么实证，就算是当面对质，对方也不是傻子，都是一个科里的，怎么可能方便指证他。他否认得坚决，却又话锋一转："不过人家为什么会这么想我也可以理解，天天车接车送，又送东西又帮你说话，要是不想让人说闲话，你们起码避着点人啊！"

周启南的语气中充满着刻薄与讽刺，苏归晓匪夷所思地看着他："什么车接车送？什么送东西帮我说话？你到底在说什么？"

"叶和安深夜送你回医院，连去会场都是他接送的，这我们都看到了，你总不会不承认吧？"

苏归晓只觉得莫名其妙："主任晚上九点多临时要我送文件给叶和安，他怕我一个女生遇到安全问题，所以顺路把我送回医院。去会场之所以能搭上他的车，还不得多亏了周老师你没有告诉我课题组成员要提前到的事情，叶和安撞见我还在医院没走，怕我迟到让我选跟他走还是跟老板走，难道我应该选跟张主任走，路上好好跟他解释解释为什么我会晚到吗？"

周启南被苏归晓的话噎了一下，瞪了她一眼。"伶牙俐齿。"他顿了顿，又说，"还有你那个手绘板，也是叶和安给你的吧？"

"那天去办公室给他送材料的时候，我才偶然知道影像勾画可以用手绘板。托周老师你的福，当时我还在重新画那五十个预实验的数据，叶和安为了能更快得到更好的结果，把手绘板借给我用一下，有什么不合理的吗？"

周启南不只给她欲加之罪，而且原本这些事情害她遭殃的元凶还都是他！

周启南彻底没了耐心："解释得可真好，你是当别人都是傻子吗？如果你和他没有关系，他为什么要在那么多重要的场合屡次三番地给你机会、帮你说话？"

面对这样倒果为因、只想要直接宣判她"死刑"的控诉，苏归晓陷入了沉默。她看着眼前以为说中她痛脚、渐渐露出得意神色的周启南，心中怒极，却反而平静了下来。因为她彻底明白了，在这场对话中，道理是没有用的，真相也没有意义，周启南在乎的是在他极力想把她踢出课题组的时候，叶和安认可了她的工作、强调了她的重要性，而这会挡了他的路。

一个大课题最后一般不止有一篇论文的成果产出，虽然这个课题多方参与，人数众多，所幸这个课题毕竟是张建忠主导，神外的人有优势。周启南若想要最重要的论文，甚至想要在专利上面占有靠前的排序，第一件事就是必须把苏归晓牢牢压制住，甚至踢出课题组。

原本周启南一个马上要晋副高的值班二线，压制一个没什么科研经验的博一学生，还是个女生，应该轻轻松松，可谁能料到他在预实验就翻了船，因为苏归晓而被叶和安"拉踩"。

苏归晓注视着周启南，语带讽刺："叶和安不是帮我说话，他只是客观地评价了我的工作，给我机会的不是叶和安，而是你。周老师，如果不是你连数据分析都懒得自己做，盲目地扔给与这个课题无关的学生，最后出了问题，我又怎么能获得修正你工作的机会呢？"

被她这样直白地戳中痛点，周启南的瞳孔猛缩了一下。

苏归晓停顿了一下，声音低了下来，但语气坚定，对着他一字一句道："我知道，其实我说什么你都不会在乎，因为你的根本目的就是不想让我待在这个课题组里，你怕我抢走论文的署名、成果的归属，你怕我赢过你。既然如此，周老师，你放心，我一定会靠实力让你输得明明白白！"

他们的不和本质上是利益冲突，无法调解。既然如此，那就坦然面对竞争，即使她与周启南的身份从来就不在一架天平横梁的两端，但她甘愿赌上一切，为自己漂亮地赢得未来，而不是被周启南困在这些蝇营狗苟中，毫无意义地消耗生命。

苏归晓说完，不再去理会面色难看的周启南，转身往外走，没想到拉开楼道转角处通往病房的铁门，就看到严安逸站在那里，见她出来，他的脸上浮过一丝尴尬。

他听到了她和周启南的对话。

苏归晓的脚步一顿，却也不过短短片刻，两个聪明人同时避开了目光，她便头也不回地向医生办公室走去。

第二天，韩晓天就主刀了自己人生中的第一台手术。

是周启南精心挑选的脑膜瘤。周启南提前帮韩晓天预习了许多遍，之后又全程小心翼翼地跟台保驾护航，这台手术最终也顺利地完成。

一般来讲，学生第一台主刀的会是最简单的血肿或者是引流之类的手术。周启南为韩晓天挑选的脑膜瘤难度不高，但很有故事性，足以让韩晓天在一群学生中鹤立鸡群。

回到科室，周启南站在医生办公室门口，拍了拍手吸引所有人的注意："各位，我打扰一下，让我们恭喜韩晓天同学刚刚完成了自己人生中的第一台主刀手术！"

这是每个外科医生成长路上的重要一步，量变到质变，大家也真心替韩晓天高兴，为他鼓起掌。

周启南抬了抬手，示意大家暂停，又补充道："在这届学生里第一个主刀手术，还做了这么漂亮的脑膜瘤，晓天确实是非常优秀，后生可畏。"

韩晓天立刻跟道:"不不不,主要是感谢周老师的指导,其实刚才开颅后发现患者的脑膜瘤并没有以为的那么简单,血供连接错综,一不小心可能就血溅三尺了。多亏周老师的专业指导,我才能不负期待,顺利完成这台手术。"

周启南脸上浮现了欣慰的笑容,对韩晓天的话十分满意,这师徒二人"互抬轿子",场面和谐,师徒情深。

严安逸一面捧场地给周启南还有韩晓天鼓着掌,一面悄悄地打量了一下苏归晓,只见她坐在办公室最靠里的角落,忙着敲键盘写病历,从头至尾没有给周启南和韩晓天一个眼神。

严安逸在心里轻叹了一口气,对苏归晓多少有些惋惜和同情。张主任这一届两个学生,现在韩晓天已经占了上风,她连韩晓天都比不过,又有什么资格说要赢过周启南呢?

而这一系列连锁反应到这里还没有结束。

苏归晓下班回宿舍,一开门,室友梁亚怡就扑了过来,抓住她问:"归晓,你交男朋友了?"

梁亚怡的话让苏归晓有些意外:"没有啊,为什么这么问?"

她敏锐地察觉到了有些不对,梁亚怡虽然看起来没心没肺,但其实情商很高,有她自己独特的沟通方式,一般会尽可能避免让人尴尬的情况。

果然,梁亚怡看向苏归晓的目光带着小心和担忧:"可是归晓,我听科里的人在传你和哪个公司的总监走得很近,我还以为是你交男朋友了……所以,是不是有人误会,传出了谣言?"

苏归晓听出了梁亚怡话后暗藏的深意,只道这世上的事果然好事不出门,谣言传千里。她冷笑了一声,对梁亚怡道:"这不是误会,是有人故意传的谣言,没事,你告诉我你都听说了什么?"

作为室友，梁亚怡还是了解苏归晓的脾气的，先安抚了一句："既然是有人故意传的谣言，你听完别生气啊。"她打量了下苏归晓的表情，只见苏归晓面色平静，这才告诉她，"他们说你为了抢夺课题成果，仗着自己有几分姿色，和科技公司的总监有不正当男女关系，排挤打压自己的上级医生。"

苏归晓眉头紧锁，她排挤打压周启南？这还真的是造谣一张嘴，黑白就全然颠倒。

梁亚怡顿了顿，声音弱了几分："他们还说，你野心很大，居然想要留院，韩晓天跟你一届和你这样不守规矩的人竞争，真是倒霉。"

苏归晓怒极反笑，韩晓天倒霉？就因为和她一届，周启南为了打压她，韩晓天白捡了几次重要的机会，他简直是天选锦鲤好吗？

可苏归晓更在意的是："为什么我想留院就是野心很大仿佛不能被接受？咱们医院每年神外都会有留院的医生，为什么我不可以这么想？"

梁亚怡自然明白苏归晓的意思，拍了拍苏归晓的肩："毕竟是神外，你一个女生想要留院，就是要捅天花板，男生会觉得如果连你都竞争不过，那就太丢人了，有害怕；女生会觉得凭什么你可以她们不可以，有嫉妒。你锋芒太盛，很容易招人嫉妒。"

"我只是专注于做自己的事情，为什么落在他们眼里会变成锋芒太盛？"

梁亚怡耸了耸肩："其实这不难理解，人都是有自尊心和好胜心的，不喜欢压力和受到威胁的感觉，所以就算你有野心也不能说出来，有能力也不能直接展现出来，要假装是毫不在意、轻轻松松、意料之外达成的目标。人生如戏，全靠演技。"梁亚怡轻叹气，又问,"归晓,那你打算怎么办?"

苏归晓神色中透着疲惫:"我不知道,也许我应该去找老板聊一聊?"

话刚说完,就被梁亚怡拦住:"别,你可千万别!你去找张主任说什么?说周启南造谣污蔑你?你有什么证据?这对张主任而言又不是什么重要的事情,而且你只是一个刚来不到一年的博士生,相比之下肯定是周启南的价值更大,张主任怎么会因为你的一句话就把周启南怎么样。"

是啊,去找张主任又能如何?除了让导师和所有人都觉得她果然是一个惹事精,还能有什么用处?

"所以我就只能坐在这里,任由周启南污蔑我,然后眼睁睁地看着他把我从课题组里踢出去吗?"

"也不一定。"梁亚怡看得通透,"不过这话对你而言可能不好听,你别生气啊,你还是能力不够。"

"我……"苏归晓是自尊心和好胜心都极强的人,被自己的朋友冷不丁这样一说,自然觉得心痛,本能地想要反驳。

她的反应完全落在了梁亚怡的预料中:"你看你看,都说了先别急,你听我说,你就算是在同辈人中出类拔萃,但现在你能干的活也是这个行业里相对比较初级的,你并不是什么不可替代的人物。如果你想要在这个课题组还有科室里长久地待下去,那你一定要让他们觉得这件事儿离了你不行。"

的确,梁亚怡的话虽扎心,但是实情,苏归晓现在还处于职业生涯早期,和其他同学的差距不过是五十步和百步而已,并没有量变到质变,别说有什么事离了她不行了,就连周启南这样的角色大手一挥,都可能堵住她成长的路。

梁亚怡转念一想，语气又变得犹疑起来："不过话又说回来了，你又能做什么让那些主任、专家觉得离了你不行呢？你本身就没什么科研基础，做数据分析时写代码、建模、跑程序，哪个对你都是隔行如隔山的难度，你们主任本来就找了公司专业团队一起完成，你要是想在技术上占据一席之地，那你至少得和专业的团队势均力敌，要不然就是在课题的思路上能有新的想法。不过这是张主任已经申请了国家级重点课题的项目，课题申请的时候大概就已经将各种细节翻来覆去地考虑过了，够呛能有你发挥的空间。"

梁亚怡说完都替苏归晓感到绝望，重重地一叹气："人生啊，难啊……还好我们课题组和你们不一样，我们课题组资源高度集中，所有好课题之前就都被师兄垄断了，我连像你这样进退两难的机会都没有，也干脆不用多想，平添烦恼。科学做来做去做成了人学，啧啧。"

正说着，梁亚怡的手机响了，是外卖的电话，只见刚刚还愁眉苦脸的小姑娘眼里突然冒了光，欢天喜地地下楼去取饭了。

苏归晓在心里反复思量着梁亚怡刚刚的话，的确，从现在的情况来讲，她在各方面不仅不占优势，而且前路渺茫，不管是数据、代码、模型，还是研究设计、思路、创新，都不是她的长项，可是换个方向想想，这又何尝不是给她指明的道路呢？

既然做好这些就可以为她博得一丝生机，那她又何必多想？不会就去学，没有想法就去想，竭尽全力，拼尽一切。就算前方再荆棘遍布，等她走完也就有了路，就像她选择神经外科，不管再难，只要她还在走着，就还有机会。

梁亚怡拿完外卖回来的时候，正撞上背包要离开的苏归晓，梁亚怡不解地叫住她："你去哪儿？"

苏归晓挥了挥手,头也没回,简单答道:"图书馆。"

但现实终究是比她想象的还要残酷。

重新复习了之前叶和安给她的文献,并在网上搜索相应资料之后,苏归晓尝试着应用上次她勾画出的影像数据,做一些最简单的分析尝试,没想到在第一步文件格式整理上就卡住了。

设想中要求非常清晰简明,不过是把文件按照被试编号顺序,从之前的文件夹挪到新的文件夹里,却不管怎么写都会报错,更要命的是,在她"不懈的努力"下,代码不仅没有挪动文件,还把原始文件删了。

深夜,苏归晓坐在几乎没有人的 24 小时自习室里,看着 MATLAB 窗口里反复出现的红色报错和网页弹窗广告中"更适合十岁以下孩子的编程课",第一次感受到巨大的挫败感,趴在桌子上啜泣了一会儿。她觉得自己不仅能力不够,甚至已经被时代淘汰,如今十岁以下小孩都会编程,而她却不会。

她有过点开广告填写报名表的冲动,却在"宝宝年龄"那栏无从下手,也因此终于冷静了下来,再仔细看看,人家是教 C 语言的,不是她在用的 MATLAB。她心里的沮丧更重了,不知道自己刚刚到底是怎么想的,病急乱投医。

这是她第一次这么直观地感受到自己的无能,不是那种和周启南对峙中对不公的愤懑和不满,而是完完全全由于自己能力不足而对自己的失望。她是临床系的学生,从来没有学过编程的内容,怎么可能无师自通?可叶和安之前也是临床系的学生,为什么他在本科就已经能够完成相应的科研内容并发表顶刊论文?

就在这反反复复的尝试和失败中，窗外晨光初熹，苏归晓趴在桌子上又默默地哭了一会儿。

苏归晓是顶着一副肿眼泡被叫到会议室开会的。叶和安在路上就碰到了她，同她打了一声招呼，正想走近与她再说些什么，她却隔着老远的距离不咸不淡地点头致意了一下，紧接着也不等他，反而加快脚步向前走掉了，似是刻意在与他拉开距离。

她虽然问心无愧，但流言可畏，尤其是在医院里面，她不想再被人抓住任何莫须有的把柄，被人诬陷。

叶和安却诧异地蹙起了眉。

启动仪式已经顺利结束，接着要详细安排下一步的工作，叶和安已经有了全面的计划，因此直接以科室为单位分配了工作。神经外科下一阶段的主要目标是在上次的基础之上扩大样本量，而神经内科的病人群体与神经外科有所差异，因此神经内科主要负责扩大病种和纳入具有不同临床特征的患者。

神经内科主要落实这个课题的是陈一妍，她答应得十分简洁："好。"

而神经外科这边，苏归晓刚点了点头，还没来得及说话，就听周启南已经开始安排道："没问题，我会去整理好数据，等苏归晓完成勾画以后，我会再进行核对修改。"

周启南显然吸取了上次的教训，不再将工作对半划分，给别人比较他们两个人工作的机会，而是将工作分成三段，他掐头去尾拿走，前面整理数据的工作是纯体力活，不会再出现像上次不同的人勾画标准不一样的情况，因此，他可以放心地把这个活分给底下的学生。苏归晓不是画得好吗？那她就去画呀，画完了都交给他，他去做所谓的质控，苏归晓画得怎么样，还不都是他怎么说怎么算。

如果叶和安说画出来的结果好,那是他质控修改得好。如果叶和安说画出来的结果不好,那是苏归晓画得实在太差,他已经竭力补救了。

周启南一说完话,叶和安就已经明白了他在打什么算盘,苏归晓因为熬夜以及没有经验反应钝了一拍,但仔细想一想,也知道周启南不怀好意。

苏归晓尝试反驳周启南的安排:"从之前的结果来看,我的勾画似乎比周老师您的结果更为准确,就不必麻烦您再浪费时间核对修改了吧?"

她和周启南已经撕破了脸,因此那些虚情假意对于他们两个人而言并没有什么意义。苏归晓的话说得已经近乎直白,可这毕竟是主任张建忠也在的场合,周启南冷笑了一声:"之前是时间太紧,以及初次完成没有经验等原因导致的意外情况。不管是做课题的经验还是临床的经验,我都要比你多得多,你总不至于觉得对病灶的判断,你一个学生比我这样一个工作了十几年的医生更加准确吧?"

当着张建忠的面,也当着合作科室和公司的面,苏归晓性格再直接也知道这个时候不能接话,否则丢的是张建忠的人。

见她不说话了,周启南又是一声冷笑:"没有问题的话,那咱们就这么定了。"

叶和安开口打断了他:"虽然这是神经外科的工作安排,但既然是整个团队的工作,我也有一点想法。大家可能都听说了,国外团队早几年就已经开始了类似的项目,所以对于咱们而言每一天都须分秒必争。如果按照刚刚周医生的安排,那么这是一个串联进行的工作路径,但如果将工作平均对半分开,这是一个并联的工作安排,效率应该会提高不少。"

周启南却是半步不退:"小叶你还是没有经验,按照我的分工也并不会慢呀。就像工人在流水线上一样,我这边整理好一个病人的资料就发给小苏,小苏画完上一个,下一个我也就整理好了,怎么会耽误时间呢?"他顿了顿,又说,"再说了,咱们现在的工作也需要有更好的硬件支持,我又不像小苏,手里拿着叶总监特选的手绘板,画起来自然没有小苏那么方便,我的分工也是为了发挥每一个人的优势。还是叶总监有什么其他的考虑,想替小苏争取些什么?"

之前苏归晓向他下了战书之后,周启南特意将她和叶和安之间有特殊关系的传言散布得更远了一些,确保主任张建忠也能够听说。此刻他故意这样说,就是在提醒张建忠,叶和安在偏袒苏归晓,想必主任应该也不想在自己的课题组里出什么丑闻。

他用最简单的方法封住了叶和安的口,即使他想要帮苏归晓说话也不能。就算他说了,所有人也不会认可苏归晓的能力,只会觉得他们之间果然有些不寻常的关系。

果然,话说到这里,先前一直沉默的张建忠终于出声了,他先是低咳了几声,清了清嗓子,随后终止了这场争论:"好了,大家都是为了课题着想,我感觉非常欣慰。不过我听了听,觉得周医生的安排有一定道理,就按周医生的安排来吧。"

张主任下了命令,这件事到这里也就没什么转圜的余地了。叶和安和苏归晓没有说话,只有周启南应得痛快:"主任放心,我一定认真完成好课题工作,把控好质量。"颇有些负责人的语气态度了。

这之后他们又讨论了几句其他的部分,便散会了。一向繁忙的大主任张建忠叫住了正要走的叶和安,语气严肃:"和安,你留下,我有两句话想跟你说。"

其实平日里张建忠和叶和安也会有些私下的交流，只是今天张建忠的语气有些不一样。苏归晓说不清哪里不一样，但直觉告诉她，他们今天要谈的事情可能与她有关，确切地说，是与谣言有关。

苏归晓其实真的很想直接去找主任把这件事摊开了说，可是她并不能确认主任是不是真的听说了那个谣言，以及现在主任要和叶和安说的是不是真的是那件事，贸然留下来、贸然开口，反而会变成是她先告状，让主任对她生出更多的顾虑。而她又没有直接证据能够证明这个谣言的起源是周启南，并不能指摘周启南什么，她说出来的意义只是无尽的自证和自白，落在旁人眼里说不定还有些做贼心虚的意味……

就在她思考的这片刻，叶和安注意到了还坐在原地没有动的苏归晓，许是猜到了她的想法，他凌厉的目光向她扫来，那是他对她的警告。

苏归晓猛然回过神，起身向导师张建忠略一躬身致意，就转身离开了会议室。

而她不知道的是，在她离开后，张建忠开口对叶和安说的第一句话就是："我想让苏归晓逐渐退出课题组。"

十五瓣玫瑰

竭尽全力的反击

回到科里,一派热闹的氛围,医生办公室里站着几个穿着白大衣的生面孔,苏归晓略一打听,才知道是本科的实习生来他们科轮转了。

苏归晓觉得这和自己也没多大关系,所以趁着大家都在聊天,先下手为强抢占电脑就准备开始开今日的检查医嘱,却在这时,聊得正热闹的人群里有一个女生向她走了过来。

"请问是苏归晓学姐吗?"那女生说话的时候目光扫过苏归晓胸前的名牌,看到上面的名字就已确认自己没有找错人——其实也很难找错人,神经外科的女研究生少之又少。

苏归晓疑惑地看着她:"你是?"

小姑娘一头干练的短发,眉目清秀,开口向苏归晓解释道:"学姐,我叫何欢欢,您不认识我,但是我听说您已经很久了。是这样,我们现在即将面临选择专科,我很想选择神经外科,但是我也听说女生在神经外科会非常困难,上周我在神经内科实习轮转的时候碰到了梁亚怡学姐,她建议我和您聊一聊,再做决定,所以我想请问您对我有什么建议吗?"

听到室友梁亚怡的名字,苏归晓明白了些什么,只是她自己尚且在各种复杂的情况中挣扎,并不确定自己有没有资格给别人建议。

可面对学妹满是期待的目光,苏归晓又不忍心直接拒绝。正为难着,严安逸的电话就打了进来:"急诊,过来帮忙。"

苏归晓挂了电话就站起身,何欢欢离得近,大概听到了电话的内容,因而主动道:"学姐,我跟你过去帮忙可以吗?"

实习生进科的工作基本也就是在不同的一线帮忙做些力所能及的工作,同时观摩和学习。何欢欢的意思就是想要跟着苏归晓,毕竟有梁亚怡的面子在,苏归晓迟疑了一下,还是点了点头,去和三线申请了一下。

她们赶到急诊的时候,神经外科的诊室已经被患者和家属围得水泄不通,门口的平车上还躺着满脸是血的车祸伤员。

严安逸叫她带患者去做 CT 检查,患者是名体重九十公斤以上的大汉,跟随着的家属是患者的母亲,一位老阿姨。检查室的人手有限,苏归晓和何欢欢担负重任,两个人一左一右拉着患者身下的床单,和检查室的人一起将患者拖上了检查床,CT 扫描时间很短,检查完成之后,他们又原样将患者从检查床搬回了平车上。

苏归晓早已习惯了这样的事情,眼都没有多眨一下,而何欢欢身形比较苗条,初次担此大任,手臂有些发酸。苏归晓注意到她揉手臂的小动作,不由牵了牵唇,提醒她:"你要是想选外科的话,这样的事就要习惯,手术室里搬上搬下的情况很多。"

何欢欢明白苏归晓是在点她,收起了揉手臂的动作,挺直了背认真道:"我知道,我可以的。"

苏归晓看着她,就好像看到了当年的自己,不管别人说神经外科多苦多累,她都会毫不犹豫地说"我可以""我不怕",她轻笑着叹了口气。

检查结果很快出来,硬膜外血肿。严安逸正要联系上级安排主刀医生,苏归晓却突然抓住了严安逸:"师兄,我想主刀这台手术。"

这名患者病情并不复杂,手术也并不困难,硬膜外血肿,血肿清除术,正适合作为她第一台主刀手术。

面对着苏归晓期待的目光,严安逸蹙眉犹豫了片刻:"现在你的直接上级是周启南,之前早交班的时候张主任也说了你们主刀手术的事由他安排。这件事我级别不够,做不了决定。"

苏归晓神情凝重:"可是师兄,你知道如果问他,他一定不会给我这个机会的。"

旁人可能不清楚,但严安逸知道她和周启南的关系,那天更是听到苏归晓向周启南下了战书,苏归晓在担心什么严安逸很明白。可越是这样的情况,每一个决定就更要慎重,否则可能不仅没帮上苏归晓,反而把自己搭进去了。

苏归晓能够感受到自己师兄的犹豫,她的目光愈发殷切:"师兄,之前每次晚上需要加班或者遇到什么困难的病人,你找我我从来没有推托过,我只求你帮我这一次,以后你找我我肯定随叫随到。"

苏归晓这是威逼利诱都用上了,严安逸也不是心狠的人,话说到这个份儿上,他也不好意思直接拒绝,权衡了一下,说:"我只能试一下,但你别抱太大希望。我会越级请示张大冬主任,如果他同意,我就请另一组的二线刘医生指导你主刀这台手术。"

苏归晓终于露出了笑意:"谢谢师兄了!"

严安逸的电话打过去时，张大冬正要去开院周会，只是简单地听了几句。他原本就没把苏归晓和周启南放在一个等级上去考虑，自然想不到他们两个人之间能有什么利益冲突，不过是一个博士做一台最基础的主刀手术，苏归晓又有上级医生指导，他觉得整体安排合理，没什么大问题，没有多想便同意了。

这之后严安逸又叫了刘正龙医生，与他说明了情况。刘医生最近刚转回病房带组，不太清楚之前的事情，不过是指导一个博士主刀硬膜外血肿的手术，也不是什么难事，他便也没有多想，答应了下来。

患者家属在听说是苏归晓要主刀手术的时候，突然认出她就是前几天微博热搜上报道的那个在街上给窒息男子做穿刺、救了人一命的女博士，因而十分信任地将病人交给了她。

这一切进行得异乎寻常地顺利，半个小时之后，苏归晓和刘正龙在手术室的打光板前看着患者的片子，苏归晓对着片子给刘正龙讲解着自己的手术计划，这些内容她早已烂熟于心，就连刘正龙听了也不由开玩笑地感叹道："连出现意外的后备计划都已经想了这么多，我觉得等会儿我就坐着歇着就可以了。"

梦想的一切就在眼前，面对刘正龙的认可，苏归晓由衷地露出了一抹笑意，然而唇角还未来得及上扬，就在这时，手术室的门开了。

苏归晓本能地抬头看过去，只见周启南站在那里，即使是用口罩遮住了大半张脸，但仅从那双眼里，苏归晓也能感受到他滔天的怒意。目光相对的那一刻，苏归晓只觉得自己身上的血液仿佛凝滞住了。

这台手术她做不了了！

现实没有辜负她的预判，只听周启南的声音很冷："刘医生，苏归晓，请两位出来一下。"

患者就躺在手术间里，周启南知道轻重，不会当着患者的面与他们发作。

刘正龙与周启南基本平级，周启南自然不会正面指责刘正龙，一出手术间就直接冲着苏归晓而来，话里确实夹枪带棒、指桑骂槐："苏归晓，你的导师张主任当着全科人的面明确说过，你们的主刀手术由我酌情安排，而且我又是你在这个科里的带教二线，谁给你的资格不经我的允许擅自主刀手术的？如果出了事，这责任谁来承担？"

周启南一贯用担责二字压人，带着威胁之意，是说给刘正龙听的。

但刘正龙没听懂，还以为周启南不知道其中的流程，好心地解释道："启南你别担心，这台手术张大冬主任知道的，我会全程指导，小苏能力也不差，不会出什么事的。"

他不解释还好，解释完周启南的脸色更难看了，语气强硬道："我组里的人，我比谁都了解她的能力，我觉得她做不了就是做不了。刘医生，如果你没有时间，这台手术我可以主刀。"

他觉得她做不了就是做不了，这就是完全不讲道理的强权逻辑。苏归晓忍不住质问道："你为什么觉得我做不了？不管是韩晓天还是我们同届其他完成了住院医规培的同学，都已经陆陆续续做了第一台主刀手术。我的手术能力不比他们差，作为助手参与的手术量也不比他们少，你凭什么认为我不可以？"

"你的住院医规培是在北江完成的，不是在我们这儿，你凭什么认为你的手术能力不差？"周启南冷笑一声，"我告诉你苏归晓，我不是叶和安，我是讲原则的人，我必须对你的各项操作和能力考核确认无误之后，才可能放你做第一台主刀手术！"

在讲理和讲良心之间，周启南选择了讲人身攻击，用歧视她本硕出身的傲慢与偏见，也用他编造出的谣言。

听着周启南的话，看着周启南和苏归晓目光中同样的冷意与火光，这下就算刘正龙再迟钝，也感觉到了什么。不管是因为什么，手术室都不是解决矛盾的好地方，他自然不会激化矛盾，因而放低了语调："我知道了，我来主刀，你去忙吧。"

周启南临走的时候，警告性地瞪了苏归晓一眼。

手术很简单，进展也很顺利。原本听了周启南的话，刘正龙对苏归晓的手术技术还有些担心，但实际操作中，作为一助，苏归晓的能力完全超出他的期待。他因而愈发有些不解，问她："你是之前有什么失误给周医生惹过什么大祸吗？"

如果是有过黑历史，那周启南对苏归晓有心理阴影，他也可以理解。

苏归晓猜到了他的想法，冷声否认道："没有。"

"那他……"刘正龙的话里带着探究的意味。

苏归晓话到了嘴边，却最终什么都没说，只是轻描淡写道："他可能就是单纯地不喜欢我吧。"

刘正龙和周启南年资相仿，是同事也是对手，她与刘正龙并不熟悉，此时说出来的话不知道会以什么样的版本传遍全科，她的痛苦说不定会成为别人的笑料，抑或是未来某一天被别人用来攻击她的利器。叶和安曾试图教会她，质问并不能解决不公，而她更清楚的是，抱怨同样不能。

手术进行得很顺利，苏归晓回到办公室，屋里的气氛十分微妙，大家悄悄地打量她，却又没人说话。还是严安逸从外面走了进来，见她回来了，拍了拍她的肩膀安慰道："以后总会有机会的。"

看来她主刀手术被周启南拦下这件事，大家已经都知道了。周启南大概也批了严安逸一顿，让他以后再不敢帮她。

有些话在办公室里不方便说，苏归晓跟着严安逸出了办公室，严安逸小声向她解释："本来周老师下午有门诊，也没空关注你，我也以为这事能成的，没想到他出门诊之前来了一趟办公室，刚好听到你带的那个小本科生，什么欢欢来着，在办公室里跟其他学生说你去主刀手术了，说特别佩服你，也想成为你这样的女神外医生。"

而后的事情她也就知道了，周启南以最快的速度赶到手术室，阻止了她。

有的时候很多事就是这样，费尽心力搏来的一线机会，却可能被一句不经意的话葬送。

可是，这又怎么能怪对这些复杂情况毫不知情的本科学妹呢？说到底还是她自己没有能力解决好这个问题。

或许是因为严安逸是唯一正面见识到了她与周启南的关系已经剑拔弩张到什么程度的人，此刻心力交瘁的苏归晓也不想再隐藏自己的负面情绪，她深吸了一口气，嗓音中是明显的疲惫："师兄，我真的不想再跟周启南一起做事了，我想去找老板谈一谈。"

她对周启南连老师都没有叫，是已经失去了对他最后的尊重。可是为这样的事去惊动主任，真的能得到她想要的结果吗？

严安逸没有立刻正面回答她，而是反问她道："你知道为什么咱们科与周老师年龄相仿的医生有好几个，但主任相对而言最器重周老师吗？"

的确，不管是在课题还是在临床上，张主任都会优先将机会给周启南，也信任他的判断，周启南一般也不会辜负主任的信任，顺利完成任务，除了最近在她身上栽了两回跟头。

为什么呢？

苏归晓知道严安逸有话要说，因此没有开口，只是静静地等着他说下去。

"七八年前，医院最终决定将咱们大神外拆分成十个亚专科的时候，在临床和科研上，对每一个科主任都提出了明确的要求，如果达不到要求，那么这个亚专科就会在两三年内被取消，合并到其他亚专科去。这样一来，不仅丢人，而且前途堪忧，所以当时所有主任都压力巨大，而周老师就是在那个时候进咱们科的。"

严安逸硕士就是跟着张建忠读的，知道的自然要比苏归晓多不少，也更明白其中的轻重。他轻叹一口气，继续说了下去："那个时候科室里年资稍微高一些的老师们都是以临床工作为主，没有足够的科研能力，也对科研没有兴趣。周老师作为一个刚毕业的博士进入团队，主任就直接把当年国自然[1]面上项目的申请任务交给了他，周老师当时没有写标书的经验，就在临床工作压力也极大的情况下，和主任一起把这个标书扛了下来，中了。那是咱们主任中的第一个国自然面上项目，也在当时风雨飘摇的情况下，稳住了咱们科。"

苏归晓怔住，眼眸渐渐垂了下来，连带着心也一点点变沉。她能想象周启南当时的压力和不易，这意味着在张主任心里，他是个功臣，张主任不会因为她的几句话就不给周启南机会和空间，即使

---

1 国家自然科学基金。

周启南真的犯了错,那也不是什么不可原谅的问题。张主任不是傻,而是有他作为领导的容人之道。

严安逸的话还在继续:"当然,我并不是说因为周老师以前有过贡献,现在做什么都是合理的,他之前已经得到了他应得的奖励,你也当然有资格维护自己的权益。但从主任的角度上来讲,是一定不希望自己的团队出现裂痕的,如果你和他说了,他会叫周老师来和你对质,然后试图修复你们的关系,你是没有办法在短期内摆脱掉周老师的。更何况你是来学习的,不是来搞人事斗争的,一旦你找了主任,就打开了潘多拉的魔盒,自此以后你和周老师都会需要拼命地在主任面前证明自己说的是对的。将那么多时间和精力浪费在这样的事上并不值得,我也不想,所以他今天说我就说我了,但我是不会和你一起去找主任控诉他所谓'罪行'的,假如你真的要去和主任说什么,也不要提起我。"

严安逸的话她听懂了,她知道这是他的肺腑之言,她也没有资格向他要求更多。成人世界的利益纠缠本就复杂,她已经不是可以通过告状解决问题的年纪了,她需要去寻找其他的解决方式。

苏归晓有些愧疚地向他道歉:"我不去了,师兄,对不住连累你了。"

严安逸倒是不以为意,既然决定帮她,就做好了心理准备,便摆了摆手说:"多大点事,反正是你强烈要求的,不管谁怎么说,我装傻都推给你就行。"顿了顿,又说,"说起来刚又来了个VIP……"

严安逸笑意"温柔"地看着她,苏归晓会意,这是报恩的时候到了。她咬了咬后槽牙说:"我接。"

就这么愉快地决定了。

所幸这次的VIP是个老爷子,性格温和,家人沟通起来也不太费劲。忙完工作上的事，苏归晓专程又去找了周启南："既然你说要考核我，什么时候考？"

周启南抬头瞥了她一眼，随后将目光移回电脑上，敷衍地说："等你先把课题的工作完成，别耽误团队正事。"

苏归晓知道这是他拖延的理由，盯着他，逼他立下约定："行，那说好了，等这次的数据处理完你就考核我。"

周启南没有回话，只是不耐烦地挥了挥手，示意她离开。

苏归晓又开始了连续熬夜的日子，母亲打来视频电话的时候，一眼就看出了她的憔悴，问她："你每天睡几个小时？"

"看夜班和手术的情况，有机会就睡，外科医生都这样。"苏归晓含糊不清地回道，顿了顿，又说，"先不说了，我去补会儿觉。"

母亲原本还想再说些什么，但又不忍心占用她补觉的时间，立即道："快去睡吧。"

随后两人结束了通话。但这不过是苏归晓不想母亲再问下去的借口，挂断视频电话之后，苏归晓对着屏幕，又苦坐到天明。

提前一天完成了所有数据的人工勾画和判读，按照约定转交给周启南后，苏归晓再次向他提出手术考核的要求，却被周启南头也没抬地敷衍过去："你的那点勾画工作对付完了，我还得一个一个核对修改，现在哪有时间考核你？"

那语气就好像苏归晓逐层逐病人从零完成的勾画和判读工作不值一提，他这个后期核对比她还要辛苦一般。

苏归晓咬了咬牙，忍住没有与他直接起冲突，只是说："那等你完成这部分课题工作之后，请预留时间给我做手术考核，谢谢。"

周启南不耐烦地说："我心里有数，不需要你给我安排。"

从二线办公室出来，因为长时间疲劳，苏归晓突然感到一阵眩晕,她扶住墙,缓了好一会儿才稍稍好了一些。学妹路过一眼看到了面色苍白的她,连忙问她:"学姐,你还好吗?"

她摇了摇头示意自己没事,人却难受得说不出话。

但苏归晓没想到的是,第二天的科室发展内部会议上,张建忠着重表扬了周启南。

彼时严安逸刚刚小声和她说完:"隔壁高主任发完大子刊就去牵头做新的国内手术治疗指南了,又主办专业学组会又上电视节目的,咱们老板这几天压力估计会很大。"

严安逸说的这些,苏归晓在偶尔打开朋友圈的时候也会看到来自高主任课题组成员转发的铺天盖地的微信通稿宣传。风头正盛,这段时间谁提起高主任不是一脸惊叹?

张建忠和高主任争了小半辈子,之前不管在科室建设还是在科研成就,张建忠都占据着微妙的优势,却在这样关键的最后时刻被高主任赶超,他绝不可能接受,连带着整个课题组的气压都超低。

只有陪伴张建忠多年的周启南,敏锐地在危机中发现机会,把握住时机上交了数据预处理结果,并向张建忠进行了详尽的汇报。

果然,张主任对此非常满意:"小周仅用一周就带领着小苏完成了大量课题工作,小周花费了大量精力和心血把控这次数据的质量,同时也没有耽误临床工作,大家要多向小周学习经验。"

苏归晓刚把数据给他不久,他就直接提交了,周启南……花费了大量精力和心血把控数据质量?这一周里通宵熬夜的是她,但汇报的时候反倒成了周启南的功劳。只怕周启南不一定和主任说了多少她工作不靠谱,他又为她做出了多少补救,可事实上他连是否真的打开过她发给他的文件都未必!

苏归晓看着周启南，神色越来越冷。

会议结束之后，苏归晓再次找到周启南，其他的她都可以不在乎，她只有一个要求："现在可以进行你所谓的手术考核了吗？"

周启南冷哼了一声："我还有临床工作要做，你怎么那么自私，天天就想着你自己的那点破事？"

苏归晓懒得戳穿他今天是非手术日，他的临床工作就是坐在办公室悠闲地看看病历，再指使她去干活。面对他恶意的道德绑架，苏归晓一字一句地反驳道："现在离下午上班时间还有半个多小时，如果你不想耽误工作，现在是考核的最好时机，如果你现在有事，我们也可以约其他时间。你除了专业技术头衔也有教学职称头衔，研究生带教本来就是你工作的一部分，也是你考核升职时需要填写的指标，我在请你履行你的职责，又怎么能算自私呢？"

平日里把学生当作牛马，填材料时却要自吹自擂为学生做了多少，这才是真正的虚伪和自私！

周启南被她戳到痛处恼羞成怒，脸色难看，强硬道："还轮不到你来安排我！"

苏归晓直视着他："所以你就是不会安排考核也不会安排我的主刀手术了，对吧？"

周启南牵唇，讥讽一笑："我可没说。"

可他们都心知肚明，他绝对不会。

苏归晓转身就走。

紧急联系教学院总申请调整轮转科室，此时已是月末，其他科室的排人已经基本确定，只有高德全高主任的病房还缺人，因为他们病房的带教一向以挑剔和严厉闻名，大多数研究生都对这个病房避之不及。对于此时的苏归晓而言,这却已经是她最好的机会。工作的时间越久才越明白,凭能力和努力达到要求就可以获得机会和回报,原来不是理所当然的事情。

因为换科需要交接患者,苏归晓提前去了他们的病房,了解了患者情况之后,就去见带组的二线吕力成。彼时,吕力成正在批评一个研究生的术前准备做得不够及时,研究生低着头为自己辩解:"我那会儿被师兄叫去给陈主任交报销单了,不是我不想早做……"

话还没说完就被吕力成打断了:"你是来当医生的,不是来当勤杂工的,做事分不清轻重先后,以后你自己主刀做手术了,你也要让患者等你先跑个报销单?就你这样一点觉悟都没有,谁敢让你主刀做手术啊?!"

研究生被他撑得不知道该说什么,在吕力成如刀般的目光中再三道歉,低着头灰溜溜地走了。

吕力成看着他的背影,翻了个白眼,视线一转就看到了站在一旁的苏归晓,便蹙眉问道:"有事?"

苏归晓干脆利落地答道:"我是下个月即将来您组里轮转的博士研究生苏归晓,我有觉悟也肯努力,想请您指导我完成主刀手术,您想怎么考察我的专业技术都可以。"

吕力成严厉的声名在外,大概还是第一次遇到第一次见面就敢向他提出要求的学生。他仔细地打量着苏归晓,想了想,问她:"你不会是隔壁张建忠主任的学生吧?"

苏归晓知道自己导师张建忠和高德全主任之间微妙的关系,也明白吕力成隐藏在这个问题背后的含义,她看着他没有说话,是默认了。

吕力成眼睛顿时睁大了,惊讶中透着几分兴味看着她:"还真是？你胆子可真是大啊！"

可胆子不大又怎么能在这样的环境里找到生路呢？

许是连夜加班处理出了什么结果，智影公司很快发起了新一轮组会，时间定得非常紧，第二天一早，却没有说具体要讨论什么。

坐在课题组会的会议室里，听着周启南向主任们夸耀自己的工作有多么细致，苏归晓的内心冷笑连连。

周启南还在抓住机会给领导洗脑："这次的尝试给之后的工作做了非常好的铺垫，由我先去将影像片子仔细筛选整理，之后我带着学生一起完成影像勾画……"

他正说着，会议室的门被推开，叶和安面无表情地走了进来。周启南抬头，只是短暂的停顿，心知自己在叶和安那里讨不到什么便宜，也懒得理会叶和安，便继续对主任们说了下去："然后再由我逐一逐层调整和修改，这样的影像勾画流程既高效又可靠，以后我就可以按照这次的工作流程来负责推进这部分工作。"

周启南脸上洋溢着自信，张建忠和刘季雯也被他的这份信心感染，颇为赞许地点了点头，却听叶和安冷笑了一声："按照这次的工作流程？那咱们这个课题可以在这里结束了。"

叶和安冷眼看着周启南所在的方向，声音不大，周身的气场却极强，是真的生气了。

张建忠面色一凛："和安，什么意思？"

叶和安点开文件，将电脑屏幕转过去对着大家，窗口画面中一片漆黑。

张建忠迟疑着问："这是……"

"这是咱们这批数据中的五个患者的核团勾画文件。"

张建忠又凑近仔细看了看,一旁的陈一妍接话道:"这什么也没有啊?"

周启南已经隐约猜到了叶和安的意思,脸色暗了暗,想说些什么:"我觉得……"

叶和安没有给他说话的机会:"就是什么也没有!足足五个患者,连画都没画,我不明白为什么会发生这么严重的遗漏。"他的目光转向周启南,"这是仔细核对之后的结果?"

叶和安犀利的目光中透着讽刺,周启南默了一瞬,抬眼只见主任们质疑的目光投了过来。

张建忠眉头紧蹙:"这是怎么回事?"

周启南本能地想要将责任推走,都怪苏归晓没有好好完成工作,可是话到嘴边就意识到他刚刚还说自己仔细检查了,这责任便怎么也推不走。

就在令人尴尬的沉默中,先前一直没有说话的苏归晓先一步主动向所有人道歉:"老师们,对不起,这五个患者因为病灶非常小,边界不是很清晰,我就想把编号记下来,最后再去处理。没想到最后因为着急交给周老师,忘记了这件事,请给我一天时间,我回去就补上。"

虽然是道歉,但她的态度不卑不亢。周启南在这一刻却"顿悟"了:她是故意的!

她猜到他大概率不会真的逐一检查,而是随机点开几个文件抽查而已。他没有抽到这些患者,就这样交了上去,暴露的是他在实际工作中的敷衍,既然没有时机直接揭穿,那她就让周启南在所有人面前自己揭露自己。

虽然这是她故意设计，可5%的概率，但凡周启南真的对这个工作稍微上点心，他哪怕多抽查几个影像数据也不会像这样对问题毫无察觉。他从未完成过他的职责，却想要将她的辛苦和功劳揽在自己头上，就像他从未提及过其他师弟们在课题中的工作一样，他赌的不过是其他人不敢得罪他，还有就是领导并不在乎。

做得好的时候可以不在乎，可在这么重要的节点上出问题耽误事的时候，领导还不在乎吗？

听到她的道歉，叶和安脸色并没有缓和，语气异常严厉："因为你的失误，我白白浪费了两天时间，之后还要重新跑这部分数据。我们每天的工作任务非常重，现在又处于课题打基础的重要时期，是在与世界顶级的同行们竞争，没有时间这样反复浪费。如果你再交上来这样没有经过检查的东西，那么对不起，我们课题组不需要你。"

叶和安越到后面话说得越重，他的眉弓和鼻梁都高，原本就自带压迫感，此时眉眼间俱是怒意，连带着周遭的温度都冷了几分。

周启南面色黑沉。叶和安这话虽然是对着苏归晓说的，可责骂的主责却是他周启南，他直接默认了周启南没有检查的事实，导致整个课题组都因此付出代价。而更微妙的是，叶和安对苏归晓说如果她再交上这样的东西会怎样，强调了是苏归晓再交，而不是他周启南交，也就是说叶和安直接否掉了以后再按照这次的模式进行的可能性！

主任们是何其聪明的人，自然听出了其中的猫腻，看向周启南的目光暗了下来。

跟着张建忠干了这么多年，周启南能很快明白主任微小表情变化背后的含义，他心一紧，暗叫一声糟糕。

叶和安，苏归晓……周启南紧咬着后槽牙，这两个人一人一句一唱一和，简直是要将他向绝路上逼！

周启南眼中几乎要冒出火来，可在领导们面前，在这样至关重要的时刻，他很清楚情绪是最没用的东西，他要在最短的时间内做出最合适的反应来为自己解围，所以他第一次从苏归晓身上揽过责任："对不起，不怪小苏，是我的问题。我在检查中虽然发现了这几例数据有问题，但是因为这不是普通的勾画不准，而是完全没画，所以我猜想可能是患者的情况有些特殊，或者是原始数据出现了问题，打算之后再去核对一下，但也是临时赶上手术，就给忙忘了。实在抱歉，之后我一定会更加严格地把控好质量。"

周启南放慢了语速，态度异常诚恳，他年资毕竟在那里，比叶和安大不止一岁两岁，此时他这样放低姿态，倒似是叶和安盛气凌人一般。

不管是谁的问题，这终究是他们神经外科内部的失误，张建忠自然不想在外人面前丢脸，因而清了清嗓子，想要终止这场对话："临床和科研两头任务都重，出现小失误在所难免，启南、小苏，下不为例。"

叶和安却似是真诚道："这次事情不是周医生的责任，他已经尽全力做好核查矫正工作了。除去这五个被试，其他的被试影像勾画都非常准确，想必以苏归晓这样不认真的态度，周医生必定耗费了许多心力修改她勾画的结果，这才忙得忘了那五个患者。我觉得这样的流程过于消耗周医生的精力了，为了课题长远计，我要求苏归晓同学把她勾画的影像发给我，我要看看到底有多离谱。如果确实不能胜任这份工作，那么就请她离开，我们的课题分秒必争，浪费不起更多时间了！"

听到主任的话还以为自己侥幸逃脱的周启南，脸色再次一白。叶和安这话看似是帮着他指责苏归晓，可一旦叶和安去查看苏归晓的版本，就会发现，他提交的就是苏归晓的版本，只是改了一个文件名而已。

"不必在这样无用的事情上浪费小叶的时间，小苏毕竟是我们科的学生，之后我一定会好好教导，不会再出现类似的情况了。"周启南急忙阻拦，竭力做出负责和关照学生的样子。

苏归晓却冷声道："中午我就会把文件发到群里，是我的责任我会自己承担。"

周启南还想再说些什么，张建忠终于忍耐到了极限，他眉头紧蹙，神色严肃，声音透着愠怒："不要再说了，就这样吧！"

"主任……"周启南心知不妙，试图解释。

却再次被张建忠打断，这一次是他毫不掩藏的怒意："还嫌不够丢人吗？"

周启南被主任凌厉的眼风扫过，不无畏惧地低下了头，他很清楚，很多小的摩擦和失误主任都可以既往不咎，但这一次，主任是真的上心了。

叶和安打开了一个视频，屏幕上，北美学术大会的会场里，加国的教授迈克尔·布朗正在对他们的项目规划侃侃而谈。基于人工智能进行的卒中的治疗方法选择及预后模型课题，他们从最初的项目设计至今已有五年时间，研究方法的设计已经在顶刊发表，近两年来他们正在收集临床病例，但由于疫情，之前进度欠佳，不过好在现在全球疫情已经结束。

"我们已经在全力推进接下来的工作，我们将开发出全球第一个真正可适用在临床上的决策辅助 AI 系统，临床 AI 的新篇章注定将由我们开启,未来脑卒中的决策规则也将由我们定义!"

迈克尔·布朗教授的发言极为自信——那是来源于他们国家和他们团队过去很多年在科研领域的领先所积累出的信心——甚至有一点点的,傲慢。

视频结束,张建忠面色凝重,大主任的威严尽显:"就算是弯道超车,留给我们的时间和机会也不多了,我们一定要在他们之前以更先进的方法完成课题。我重申,所有人必须认真对待课题的各项工作,这不只是为了让我们数年来筹备、实施课题的心血不会付之东流,更是为了让世界看到和认可我们在脑血管和AI研究领域的实力,赢得属于我们的话语权!"

十六瓣玫瑰
老师与老板的差别

出了会议室，苏归晓主动叫住了叶和安，叶和安勉为其难地停下了脚步，制止了她想要走近的动作："你不是见到我都要绕道走吗？就站那儿说吧。"

自从得知周启南污蔑他们两个人有不正当关系之后，苏归晓对和叶和安的接触格外小心，非必要不见面，走廊里碰到也会远远绕开。叶和安起初一头雾水，不知道自己做错了什么，后来听到了一些关于谣言的风声，他……更生气了，合着谁的话都重要，就他不重要，她遇到事情连和他商量一下的想法都没有！

此时苏归晓与叶和安隔着一条走廊，她看了看周围来往的人流，再看了看挑衅般的叶和安，忍不住在心里翻了一个大大的白眼，边转身往楼梯间走边招呼他："你跟我过来。"

她倒是挺不见外的！

叶和安只短暂地停顿了一下，就跟着她进了楼梯间，毕竟今天就算她不主动找他，他也是要找她的。

"谢谢。"苏归晓恩怨分明，她看得出来叶和安今天是在帮她，道谢是必须的,"但是你下次不要再帮我说话了,你可能不知道,周启南四处造谣我们有不正当关系,你这样帮我,他只会变本加厉地去造谣,对你的名声和口碑也不好。"

叶和安却异常平静地回应道:"我知道他在造谣的事,其实在上次会议结束之后,张主任就已经找我谈过了。周启南应该是故意让张主任也知道了谣言,从主任的角度来讲他自然不希望课题组从一开始就被这样的负面新闻缠身,所以他问过我我们之间的关系,并且表示想让你逐渐退出课题组,周启南向他提议由韩晓天代替你加入课题组,说这是避免桃色新闻进一步发酵的最有效办法。"

从管理者的角度来讲,这算得上是最合理的办法;可从苏归晓的角度来看,她不仅名声受损,还要失去自己辛辛苦苦工作的课题。或许在领导心里,以后还有其他的机会可以补偿,可那都不是苏归晓能够选择的。

在这之前,苏归晓对此一无所知,还幼稚地以为只要她更谨小慎微地与叶和安保持距离,只要她更兢兢业业地完成工作,总有办法好好地解决这个问题,却没有想到原来在上个礼拜她就已经失去了机会。自己的导师不认可她对课题的付出,也不知道她所承受的压力和委屈,只是因为谣言就要剥夺她的机会,在这一刻,她忽然觉得自己十分可笑。

她的声音中透着苦涩:"主任让我逐渐退出,逐渐是多久?一周,两周,还是一个月?"

叶和安明白她此刻心中的失望,对她继续道:"主任是你的导师、你的老板,不是你的父母,你要理解他有自己的考虑,不过我拒绝了主任的提议……"

还没等他说完,她已经自嘲道:"所以我能留在这个课题组里还是因为你！"

"你这次可以留下确实有我的原因，但我想要留下你的理由很简单，我需要这个课题组里有一个真正用心干活的人，而不是一个只会把工作内容转包的'二房东'。也就是因为这样，我今天才一定要帮你，我也需要让主任看到，这些工作究竟是由谁来完成的。你之前说上位者的失职纵容了不公的发生，我今天也只是不想再当一个失职的上位者。"

叶和安完全清楚她的心结所在，三两句话就将这件事的利害关系解释得清清楚楚。

如果周启南真的如愿将苏归晓踢出，将韩晓天带进课题组，如果两个人都不想为课题花费更多心力，却又想占得更多成果，他们口径一致、互相包庇，只怕这个课题很难再正常推进下去。叶和安不只是在帮她，而且是在帮自己。

叶和安又说："今天能够揭穿周启南在课题组中自吹自擂，却从不认真完成工作，靠的是你事先的谋划。说实话，这和我印象中的你会做出的事还挺不一样的，我感受到了你的成长，不再单纯靠质问解决不公。归晓，今天之后，张主任应该会明白你在课题中的贡献，给你和周启南一个公平竞争的机会，我希望你不要再将精力放在这样的事上，虽然周启南确实会给你的工作带来很大的困扰，但是学会如何解决他只会让你成为一个更好的'社会人'，而不是一个真正的科学家。"

叶和安今天所说的话的分量远超出苏归晓的想象，尤其是最后一句，"科学家"这三个字的分量，足以体现出他的认真。

在她还纠缠于这些复杂而又无谓的人际关系、陷于内耗时，他却提醒她，要用更高的眼光去看待未来的路。

苏归晓想说些什么："我……"

却被叶和安打断："我知道你现在的工作都很认真，你勾画的那些核团我看了，完成得越来越快，准确度也越来越高，非常好。"

他说着，顿了顿，"可是"也随之而来："整个课题将以多中心超大样本量的方式完成，凭你一个人或是几个人是很难完成全部工作的。我的团队已经在根据你先前勾画出的数据，开发人工智能的算法自动识别病灶，随着样本量逐渐增大，AI 的勾画也会越来越准确，最多还需要两轮或者三轮的人工勾画数据，AI 就可以取代 90% 以上的手动工作，也就是会取代你的工作。想要成为这个课题组里不可被替代的一部分，你必须像医学科学家一样，具有更好的科学想法和更强的科学思维，你能明白吗？"

苏归晓抬头，正望进叶和安的眼中，墨黑的瞳眸里映着她的模样，他的眉心微微凸起，是他焦急地想要让她懂得的心意。

她其实都懂，只是那些在图书馆对自己失望又懊恼的深夜，像她这样骄傲的人，又怎么肯轻易对谁提起。

她最终只是点了点头，说："好。"

回去之后，叶和安又在群里圈了苏归晓，以严肃的口吻要求她上传自己先前勾画的影像文件，并再次强调如果发现她工作态度不端正就会请她退出课题组。

苏归晓将自己发给周启南的压缩包记录转发给了叶和安，以示自己没有做任何新的修改。而后叶和安对比了苏归晓和周启南上交的文件，发现所有文件一模一样，他将对比数据的 excel 表格单独发给了主任张建忠，这是他给周启南留的最后的脸面。

经此一事，张建忠对叶和安想要留下苏归晓的理由已经没有任何异议。

而周启南对苏归晓和叶和安之间的不正当关系也更加言之凿凿，只是苏归晓已经渐渐学会了不去在意。

剖腹验粉，最后受伤的还是只有她，何必呢？

与目前负责的患者交代好自己下个月要换轮转病房，去其他病区，会有其他新医生来接手负责，苏归晓没想到下午就被严安逸叫去了主任办公室。

一般来说，一线轮转、更换管床医生这样的小事是肯定不会惊动到科室主任的，但谁让苏归晓为了向严安逸"报恩"，接手了一个非一般的 VIP 患者呢？

VIP 患者不想更换一个对他病情不熟悉的管床医生，一个电话打到了领导那里。张建忠得知自己的学生要更换轮转科室，原以为是教学院总排班出现混乱导致的，结果一问才知道是苏归晓自己要求的，而且要去的还是自己多年老对家高德全高主任的科室。

周启南不忘煽风点火："听说小苏还专程跑到人家那里向人家的二线提出来要主刀手术的要求，现在吕力成到处跟人说我们科连自己的研究生都训练不好。"

张建忠脸色格外难看。

高德全与张建忠一向不和，此时又是竞争的关键阶段，苏归晓偏偏上赶着"投敌"，主动将家丑送到人家手里当作笑料，仿佛是在告诉所有人，张建忠管理无能。这对张建忠来说可以算得上是后院起火，苏归晓这次是真的戳在导师的"死穴"上了。

张建忠的声音中是压不住的怒意："你是想主刀一台什么样惊天动地的手术，咱们科是没有手术能入得了你的眼吗？"

自从进了张建忠师门，苏归晓虽然一直知道张建忠严厉的名声在外，却从未亲眼见他这样动怒。

苏归晓知道张建忠正在气头上，现在她怎么答都是错，因而只是低着头，没有说话。可是盛怒之下的张建忠并没有放过她的意思，逼问道："说话啊！你是怎么想的？！"

横竖躲不过去，苏归晓索性深吸一口气，抬起头来："我没有瞧不上哪个手术，哪个手术都可以，我只想能够有机会完成一台自己主刀的手术。"

张建忠将手里的文件摔在桌子上："那你在我们科是完成不了吗？"

"完成不了。"回答他的是苏归晓坚决的声音。张建忠愣了一瞬，显然没有预料到她敢这么答。

在一旁躲了许久的严安逸眼见着形势不妙，终于无法再在一旁装聋作哑下去，只怕晚一刻自己这师妹是真没了，尝试着开口替苏归晓圆场："老师，您先别急，我觉得小苏的意思是觉得在咱们科完成的话，可能会占用老师们比较多的时间和精力，她觉得有些不好意思，所以才……"

他话还没说完就被张建忠打断："没问你！"

严安逸心里一个激灵，闭紧了嘴巴，默默地把自己后面的话憋了回去，看向苏归晓的目光也写满了无奈和无助，他尽力了。

就算严安逸之前说了他并不想被搅进这个事情里，不会帮她在主任面前做证，但见她遇到麻烦，还是在以他自己的办法帮她。

张建忠回过头来注视着苏归晓："苏归晓，你自己说，你到底是什么意思？"

事已至此，再躲闪也没有意义，苏归晓索性坚定地回望向自己的导师:"我很抱歉给您添麻烦了,可是但凡在咱们病房能够有机会尽早开始自己主刀的手术,我都不会出此下策。您将安排我们第一台主刀手术的事宜交代给了周老师,可是在我几次强烈的要求和追问之下,他迟迟没有下文。同级的同学们都已经陆陆续续开始主刀手术,我害怕自己成为全年级最后一个还没有自己主刀过手术的学生,给您丢人。"

其实张建忠对自己将博士主刀手术的事情全权交给周启南安排,已经没有什么太深的印象。于他而言,不过是周启南提议了,他觉得合理,并不是什么大事,便随口应下了。

此刻听到苏归晓这样说,他当然听得出苏归晓最后一句是在激他。他扫了周启南一眼,蹙了蹙眉,在开口时声音低下去了些许:"你周老师可能最近任务比较多,没有来得及安排你,难道你就不会找其他老师帮你安排手术、解决问题?"

苏归晓等的就是老板的这句话,说道:"找了,老师,大概十天前有一个急诊患者,硬膜外出血,我提出申请想要主刀,家属同意、院总同意、张大冬主任同意,就连刘正龙老师也同意全程指导我完成手术。我们已经站在手术室里了,而周老师专程过来拦住了我们,说不同意我主刀手术。"

终于还是到了算账的这一天,但苏归晓比她预想的要平静太多,她一个刚进师门不到一年的学生,要在这样的场合下向导师指控已经工作十年的二线老师。老板每次聚餐时必会强调他们科室的氛围是何其友好、团结,而现如今,她要成为撕掉这个假面的第一只手,她没有办法预测导师的反应。

也许今天之后她会失去所有的机会,成为游离在这个科室之外的人,抑或是张建忠大怒之下,直接要求她这个科室不安定分子转导师也说不准，如果没有人愿意接收她，那她或许就只有退学了。

真可笑，她一个女生能够考上神经外科的博士，尤其是华仁医院神经外科的博士，其实已经很不容易，如果真的退了学，那她以后该何去何从，甚至还能不能有机会当一个外科医生都存疑，她怎么就不能像其他学生一样忍一忍呢？

或许她还是不够成熟吧，如果成熟就是在被上位者欺负的时候忍气吞声，直到自己成了小小的上位者再去剥削下一批新人，循环往复，精致而利己，那她宁可不要这种成熟。

果然，话说到这里，不需要其他人点，周启南就跳出来为自己解释："我不同意是因为我对你的技术能力并不放心，我要对患者负责，也要为主任的名声负责。"

她能抬主任的名头，那他也可以以主任为由压她。

开弓没有回头箭，事已至此，苏归晓必须硬扛到底。她不卑不亢地反驳道："如果不放心，你大可以像你说的那样来考核我，可从那时到现在十天有余，你明明答应过只要我先完成AI课题的数据勾画，你就可以安排考核，可是当我连续熬了几个通宵完成课题工作之后，几次找到你，你都以各种借口推阻拖延。我实在是不能理解，难道你就一定要把我拖成全年级最后一个，让大家都觉得张主任收了一个全年级手术能力最差的女学生？"

提到课题数据勾画的事情，周启南脸色更加难看，赶忙为自己辩解，只怕迟一点让主任回想起前几天开会时不愉快的经历："这才不过几天而已，我有其他的工作在忙，没时间，难道不行吗？"

"你忙你的工作当然可以，只不过就这几天，我们年级又有两个博士在其他病房完成了自己的第一台主刀手术。你连半个多小时的考核都没有时间，为什么不肯放手，把我交给有时间指导我做完一整台手术的刘医生或者其他哪位老师呢？"

周启南恼羞成怒，声音也大了起来："因为其他老师不了解你的手术能力！"

周启南三番四次拿她的手术能力说事，可偏偏手术能力是苏归晓这么多年来最看重的东西，也是她作为一个外科医生，心底自尊和骄傲的来源。她承认她现在的能力当然无法和一个有着多年临床手术经验的资深医生相比，可是与同级的这些同学相较，她自认不输给任何一个人。

她忍无可忍地反问："我也不了解我的手术能力到底是有什么问题，让周老师觉得我不能去做一台简单的主刀手术？"

周启南的眼神中带着轻蔑："你一个北江毕业的硕士，再好能好到哪儿去，神经外科这样全国资源和优势高度集中的科室，在华仁常规的病例和手术，地方医院主任都没见过！"

地方医院主任……苏归晓一窒，反应过来他在含沙射影说自己的硕士导师、北江医院神外主任林平江，她只觉得全身的血往头上涌，整个人要炸了！

"你可以骂我，但凭什么说我老师？我老师就算是在二线城市的地方医院，也比你手术能力强、对病人负责得多的多！"

是林平江放下性别偏见，给了她一个在神经外科开始的机会，也是林平江在她每一次急躁的时候都会提醒她，不管什么科室、性别如何，当医生的最重要的就是专注于眼下的每一个操作、每一个患者。即使林平江只是一个二线城市地方医院的主任，即使他并不像张建忠一样是全国赫赫有名的大专家，但那是她的恩师，她感恩他的教导和关照，也尊重他的医学信念和责任感，绝不允许像周启南这样的医生在这里阴阳怪气！

眼见着冲突升级，张建忠终于一声怒喝制止了他们："够了！苏归晓，敢这样指责你的上级，你是觉得自己的手术能力有多了不起？"

他站起身："周启南，等会儿的手术你不用跟了。苏归晓，你过来给我当一助，小小年纪口出狂言，我倒要看看你有多厉害！"

张主任说完，扫视了一眼满是火药味儿的办公室，重重地一叹气，转身离开了，只留下身后面面相觑的几人。

还是周启南先回过神来，主任刚刚话里分明是向着他的，也觉得苏归晓自以为是、没有规矩。他长舒了一口气，只觉得苏归晓果然是自不量力、自寻死路，如今把主任也惹急了，那就不用他周启南再多说什么，以后她在这个课题组的路只怕难走得很，如果她还能留得下的话。

他瞥了一眼面色凝重的苏归晓，哂笑了一声，摇着头也离开了主任办公室。只剩下了严安逸和苏归晓。

不得不说，能把主任从自己的办公室气走，苏归晓今天也是创造了历史。还要在这种情况下去给主任当一助考核手术能力，主任的下一台手术那可是难到急诊三线专程把张主任从院周会上薅出来，求张主任接手的程度……

严安逸想着，看向苏归晓的目光中更多了几分同情。

班门弄斧，凶多吉少啊！

雪上加霜的是，大概是压力的原因，苏归晓的月经提前来了。

急诊患者，手术时间不容耽误，她必须配合。可没有提前准备，她只能找到两张大号卫生巾，不知道能撑多久。可这已经是她能做出的最好应对,剩下的就听天由命了。

张建忠这台手术的对象是一个脑干动静脉畸形患者,与团建那天晚上苏归晓在急诊室遇到的因为想等家属放弃上手术台的那名患者是同一类病。

手术室走廊里,被一同叫到手术室的严安逸边走边提醒她:"但这个患者更危险,上次的患者是软膜型的,尚可以通过听觉诱发电位等方式监测神经活动,通过精细的分离逐步切除,而这次的患者是深部的实质型脑干动静脉畸形,手术难度比软膜型还要大得多。"

张主任给苏归晓的考核难度非常大,哪怕之前韩晓天跟台这种手术的时候,也不过是作为二助或者三助做一些简单的工作。

实质型脑干动静脉畸形病变弥散性地嵌入正常脑干实质中,要暴露其供血动脉就很可能造成医源性脑干缺血性损害,只有发生出血的时候才考虑手术,而今天这个患者恰恰就破裂出血了。

这是真正的"拆弹"手术,全国能做这样手术的专家屈指可数。也正因为如此,张建忠才推掉了下午的会议,责无旁贷地走上了手术台。

严安逸又说:"主任让周启南和韩晓天将他们的脑膜瘤手术安排在了隔壁手术室,还把我也叫来跟台,为的就是如果你有哪里做不好,随时都能有人把你替换下来。如果你觉得困难,不要勉强,如果跟不上主任,及时认尿不丢人,但如果不知天高地厚,做出一些可能会伤害到患者的行为,那你可能就永久进入主任心里的黑名单了。"

苏归晓知道严安逸说的是肺腑良言,但这台手术于她而言不仅是一个考核,更是她梦寐以求的学习机会,她很珍惜这样的机会。不管有多难,她不想在还没有开始的时候就被吓退。她目光坚定地说道:"我知道轻重,但我对自己有信心。"

从本科开始,别人看剧的时候她在网上翻找手术视频,那个时候像脑干动静脉畸形这样的高难度手术就已经在她心中留下了深刻的印象。硕士的时候,她抓住各种机会跟台学习,参加学术会议看手术直播。

她选择张建忠作为自己导师的原因,其实就是当年她在年会时看到了张建忠主刀的脑干动静脉畸形手术直播,他做的一切都是那样精准、有条不紊,手术完成得极为漂亮。结束之后会场里国内外的医生爆发了经久不息的掌声,虽然知道屏幕那头的张建忠是不可能听到的,但大家还是无法克制内心的赞叹,要通过掌声表达由衷的敬佩。

那次会议的录像被她反复观看、复盘了几十甚至上百次,张建忠的每一个抉择和动作都深深地刻进了她的脑海里。而今天她需要作为一助,和自己敬佩的医生一起完成这样一台手术。

哪怕这是一台考核,她也难以压抑自己内心的激动和兴奋。

察觉到苏归晓微小的表情变化,严安逸虽然不知道她在想些什么,却感觉到苏归晓身上没有考试该有的紧张和压抑感,反而有些……

严安逸的眉头拧成了麻花。

这手术疯子!

苏归晓和严安逸走进手术室的时候,张建忠正在对着电脑看患者的术前影像,知道学生到了,头也没抬,直接提问:"苏归晓,看过病灶了吗?"

苏归晓在进手术室之前已经仔细看过了患者的病历和影像,答得毫无迟疑:"病灶累及四脑室底,很可能是利用正常的静脉通路回流,不仅要注意不要损害周围的脑干结构,还要小心造成缺血性损害。"

张建忠没有说话,默认了她的观点,常规的临床核磁序列看完,张建忠又向后打开了一个新的序列。苏归晓凑上前去看,意外地发现就是纤维重建后的弥散张量成像序列,这是近些年在科研中广泛应用的评估白质纤维的新型序列,但在临床中的应用还处于非常早期的阶段。

苏归晓当即明白了张建忠的目的:"您是不是想通过弥散序列对脑干的重要纤维进行准确的空间定位,进一步降低手术对它们的损害?"

"都这么明显了,还需要问?"张建忠回眸看了她一眼,看似嫌弃地说,他略作停顿,又指着屏幕说,"这是和安最新的纤维处理模型,对脑干里的小纤维有更好的分辨效果,记住这些纤维和血管畸形的空间位置,等会儿不要碰到。患者的生命体征不稳,要尽可能缩短手术时间。"

张建忠说完,离开了电脑前,出手术间刷手。苏归晓明白这是手术即将开始的信号,便以最快的速度观察着屏幕上的纤维,在脑海中形成立体的空间构象,随后跟着导师完成刷手并穿好了手术服。

麻醉起效,手术开始。

前序开颅的工作主要在张建忠的指导下由苏归晓和严安逸完成,在两人默契的配合下进展顺利。进入脑实质之后,张建忠走上了主刀位,苏归晓则在一助位置严阵以待。

张建忠不愧是全国顶尖的专家,很快进入了血肿腔,通过逐步电凝,意图将巢分离到血肿腔内。然而伴随着切除,腔的深层持续出血，苏归晓必须以最快的速度配合主任的操作抽吸和电凝止血，动作需要干净利落，以保证视野干净和手术顺畅进行，同时在这样危险的位置也必须小心谨慎，不能造成新的损害。

明明是极为危险的操作，但有着深厚经验的张建忠却行云流水一般地进行着。即使苏归晓先前将张建忠的手术视频看了几十上百遍，但在这个时候想要完全跟上也是吃力且困难的。

手术室里冷风正盛，四下只听得见监护仪"嘀嘀"的提示音，在这沉重的气氛中，时间如流水般流逝。

苏归晓额上沁出了细密的汗珠，一个动作稍迟，下一刻只觉得手上忽然一痛，是张建忠在用止血钳敲打她。她的心一惊，就听张建忠声音严厉道："集中注意力！"

苏归晓一凛，赶忙眨了眨因为长时间注视显微镜而有些酸胀的眼睛，经过这样的刺激之后，她整个人的神经更加紧绷，手下的速度又快了起来。

张建忠分离着脑干组织的同时询问麻醉医生："现在心率和血氧是多少？"

"心率83，血氧98%。"

生命体征稳定，没有触碰到心跳和呼吸中枢……

她正想着，手上又是一痛，是张建忠嫌她动作不够快，止血钳又打了下来，同时命令她："抽吸！"

苏归晓数不清手上挨了多少次打，手术终于要结束了，出血成功止住，动静脉畸形也被成功切除，只剩下闭颅的工作。

张建忠放下手中的电凝，起身离开手术区域，在护士的配合下脱下手术服，同时向手术室里自己的学生交代道："闭颅之后，严安逸去和患者家属交代手术情况，术后先进ICU观察。"

这台手术主要是苏归晓跟下来的，严安逸没想到主任会点自己去做沟通，赶忙应声："哦……好的主任。"

张建忠摘下手上的手套，看了一眼还在手术台前的苏归晓，低哼了一声："光顾着盲目跟从，不多用脑子从主刀的角度上考虑问题，手忙脚乱，需要练的地方还多的是！"

苏归晓虽然跟下了这台手术，但跟跟跄跄的，她自己也清楚有许多尚且吃力的地方。主任如果觉得她能力不足，她也无话可说，不管这手术有多难，说到底还是她不够强。她失望地微微低了头，严安逸也为她捏了把汗。

张建忠停顿了片刻，声音却弱下来了两分："下次你主刀手术的时候，不要再让我看到你这样！"

苏归晓微怔，猛然抬起头。

张建忠轻叹了口气："自己挑好患者告诉我。"

这下就连严安逸都震惊了，张主任这意思是，不仅同意了苏归晓主刀手术，患者由她挑选，而且要亲自带她……这哪里是嫌弃？这分明是真正的认可啊！

张建忠说完，将手术手套扔进了门口的垃圾桶里，正要离开，却被苏归晓大声叫住："老师！"

他停下，回头看她："又怎么了？"

苏归晓小心翼翼又充满期待地问道："我能挑个肿瘤患者吗？"

张建忠自然猜得到她的那点小心思，不无嫌弃地又是一叹气，开口却说："挑个简单点的，做好这台手术再去隔壁科，免得给我丢人！"

苏归晓发自内心地笑了："好的老师！"

张建忠欲走，却又想起了什么："AI 的那个课题，告诉韩晓天，让他一起参与进课题组。"

苏归晓蹙眉,正有些不解主任的心思,就听张建忠又说:"把刘正龙也拉进群。"

"对,还有你,严安逸,一起进来吧!"他一抬头看到不远处的严安逸,将这些交代完,这才彻底离开。

苏归晓还在心里体会着主任的用意,倒是严安逸先一步感叹出声:"老板这是要通过往课题组里加人的方式,对人员洗牌啊!"

经过近期接连的几件事,张建忠已经意识到了周启南和苏归晓之间存在的冲突和矛盾,但周启南毕竟是科里有些年资的医生,面子还是要留的,既然如此,不如索性按周启南要求的,将韩晓天加进课题组,还加入其他人制衡他。人多起来之后,这就不再是苏归晓和周启南一对一的矛盾,在之后的大混战里,大家各凭本事,谁对课题有真正重要的贡献,谁才能分得最大的成果。

严安逸又喟叹道:"主任果然自有他的驭人之术。"

十七瓣玫瑰

铁娘子的真面目

直到缝完闭颅的最后一针，患者被推出手术室，苏归晓抬头看向墙上的表，才发现原来已经过去了将近七个小时。

手术期间注意力高度集中，对很多事情都无知无觉，此刻终于结束，人松弛下来，她才发觉身上早已被汗水浸透，黏腻腻的。

严安逸先脱掉了手术衣和手套，要出去和患者家属交代手术情况，他走到苏归晓面前的时候似是有千百种感慨，最终却只是叹息着拍了拍她的肩。

虽然早就知道苏归晓是什么样的人，但每一次还是会被她再次刷新认知上限。"神外铁娘子""手术疯子"，名不虚传。

"自己写手术记录！"严安逸说着，走出了手术间。

许是听说这边的手术也结束了，在隔壁手术室跟台见习的何欢欢在门口等着其他人都走了，才进来凑到苏归晓面前，激动道："学姐，我听说你作为一助，跟着张主任做完了整台脑干动静脉畸形的手术，好厉害啊！"

放松下来才觉得身上有种说不出的沉重和酸痛感，苏归晓摘下手套,边解手术衣边说了一声:"谢谢。"大概是因为疲惫,她的语气平静,无悲无喜。

何欢欢却像是一只开心的喜鹊,围着她叽叽喳喳地说:"学姐,我听说脑干动静脉畸形的手术特别难,你平时是怎么学习手术技巧的啊?手术时间那么长你累不累?还有……"

何欢欢忽然停了嘴,苏归晓将手术服扔进回收筐,回头,只见她正盯着自己身后看。

"学姐,你的裤子……"

苏归晓眉头一紧,也意识到了什么,她忘了……

却在这时,手术间的门又开了,是未见其人先闻其声的韩晓天:"苏归晓,严师兄说主任让你告诉我什么事——"

话还没说完,他却突然顿住,随后发出一声惊叹:"呀!苏归晓,你裤子上都是血!你不会……不会又……""又"了半天没说下去,似是什么羞耻的事,不好意思说出口。

苏归晓原本觉得多少有些尴尬,可此刻看到韩晓天的反应,却又觉得这有什么,哪里至于那么大反应。

她瞥了一眼惊诧不已的韩晓天,冷声道:"月经,生理期,有什么问题吗?你这么惊讶,是没学过妇产科不知道月经这回事,还是没见过血?"

原本正想要再说些什么的韩晓天突然被噎住了,一旁的女护士低笑了一声,韩晓天只觉得莫名地露了怯。

苏归晓也不想再与他纠缠,从一旁拿了一件新的手术衣披上,离开了手术间。她一路以最快的速度回到更衣室,去浴室清洗后换回了自己的衣服。不久前刚结束的漫长手术本就已经消耗掉了她绝大部分的气力,此刻这一番折腾下来,苏归晓只觉得身上发软,小腹的痛感也越来越强烈。她背起包要往更衣室外走,却最终在门口的长凳上靠着墙坐了下来,连呼吸都变得急促。

何欢欢因为想要向苏归晓再多问些问题,便一直在更衣室门口等她,可等来等去也不见她人出来,觉得奇怪,回更衣室一看,才发现苏归晓非常虚弱地靠坐在那里,身上冷汗连连,神色带着不加掩饰的痛苦。

她赶忙担忧地问道:"学姐,你怎么了?需不需要我叫人过来?"

苏归晓张了张嘴,却疼得说不出话来,向她摆了摆手,指了指肚子示意自己只是痛经。

何欢欢反应快:"我去给你找点热水和止痛药!"

这的确是苏归晓现在需要的,到了这个时候她也没有力气再客气。何欢欢将药和水端到她面前,她道了声谢,连吃药的时候神色都透露着痛苦,这是何欢欢没有想到的一面。

虽然见面时间不长,但在何欢欢的脑海里,这位"神外铁娘子"似乎一直是自信、从容、大方、强势的,可现在,那个刚刚在手术台上气势仿若能横扫千军的外科女医生就这样虚弱地瑟缩在这个无人的角落里。这和她想象中外科医生的样子,似乎并不一样……

何欢欢将喝空的一次性纸杯扔掉,轻声问苏归晓:"学姐,我扶你回宿舍休息?"

苏归晓还是有气无力的,轻轻地摇了摇头,用断断续续的气声说:"不用,我在这儿缓一会儿,之后要跟严师兄去院总办公室挑选之后的手术患者,你先回去吧。"

何欢欢看着苏归晓苍白的脸色和破着一个个小口子的嘴唇,不由心疼道:"已经到下班的点了,你也不是故意偷懒,完全是不可抗的生理原因，都虚弱成这样了，今天先休息休息，剩下的工作明天再做吧！"

苏归晓声音不大，态度却很坚决："不行，外科是团队工作，所有工作都是成系列的，我不能拖其他人后腿，要给他们留出时间去准备。"她停顿了一下，"你说的没错，这是不可抗的生理原因，但也正是这些原因，外科才不喜欢女生，不是吗？"

不管你多无辜，工作总是需要人去做的，如果你想站在和男性相同的位置去竞争，那就不能总是以一种需要被照顾的姿态存在。

何欢欢被苏归晓的话说到愣住，作为一个女生，从主观上来说，她本能地想要反驳苏归晓，凭什么女生要被这样严苛地要求？可作为一个也想要从事神经外科的女生，她忽然意识到，那是她自己选择的路，这条路原本就是这样残酷的。别说女生，男生在这个科里又何尝容易呢？

脑力和体力的双重考验，没有苏归晓这样破釜沉舟的勇气，她真的准备好进入这个专业了吗？在这一刻，何欢欢在心里认真地问着自己。

她先前满心满眼执着于神外的风光与光环，这是她第一次如此清晰地认识到光环背后是什么。她看着眼前苏归晓憔悴而疲惫的模样，也感受到了苏归晓无论如何也要做好自己工作的决心，这样强烈的信念感，她真的有吗？当她向自己问出这个问题的时候，她心里已经有了回答。她没有。

何欢欢的眸光暗了暗。苏归晓没有精力关注到她的变化，只当她是累了，对她道："你快回去休息吧，我再歇一歇，止痛药快起效了，我一会儿也就走了。"

何欢欢明白自己劝不动苏归晓，这次没有再坚持，她点了点头，向苏归晓道了别,只是走到门口的时候,又忍不住回头望了一眼蜷缩在长椅上、早已没了往日"冰美人"姿态的苏归晓。

苏归晓赶到院总办公室的时候,严安逸已经帮她挑好了患者,将病历递给她:"小脑星形细胞瘤,手术难度应该不大,但第一台手术直接做胶质瘤,也算是创造个小历史。"

足够压韩晓天一头,也足够让她这个"手术疯子"觉得兴奋。

严安逸果然听懂了她在手术室时最后问张主任的那几个问题,猜到了她的心思。

严安逸取了点免洗消毒液,任务完成该准备撤退了,他搓着手说:"反正有张主任亲自带你,也没什么可担心的。"

苏归晓快速扫完病历和影像,可以感觉得到严安逸是真心想帮她,才能挑出这样刚刚好的患者。要说没有一点感动是不可能的,她郑重地向严安逸道谢:"感谢师兄在重要时刻的帮助,不管是现在这个患者,还是早些时候在主任办公室帮我说话。"

虽然严安逸不想引火上身,不会站出来跟她一起指责周启南,却还是用实际行动支持着她。

严安逸倒是不以为意地摆了摆手:"倒也不是在那个场合下我有多想帮你说话,只不过当时主任生气真是太吓人了,我怕你要是被逐出师门了,以后谁替我填报销单,谁给我跑科研处,谁替我半夜上手术?"

严安逸现在想起当时的情况还心有余悸,他从未见过主任发那么大火,但好在苏归晓最终赢得了主任的认可。

苏归晓知道严安逸这么说三分真心,六分是故意逗她、不想给她心理压力,还有一分可能就是在做铺垫。

她自觉地伸出了手:"来吧,师兄,有什么活直说吧。"

严安逸却摇了摇头:"没有活。"

苏归晓之前被他坑过那么多次,总有些不敢相信,狐疑地看着他:"真的?"

"真没有!"严安逸也感受到了自己在她心里的形象,被她气笑了,顿了一下又说,"早点回去休息吧,你这个脸色,我就算是有活也不敢叫你!"

苏归晓回到宿舍的时候,梁亚怡也刚回来不久,见她进屋,便赶忙凑上来,关切地问道:"归晓,你还好吗?我刚才在食堂碰到何欢欢学妹了,她说你今天痛经,特别难受。"

苏归晓想起何欢欢第一次见到她时提到过认识梁亚怡,因此也没有很意外,只是让梁亚怡安心:"吃过止痛药了,现在好多了。"

每次都靠着止痛药硬扛,叫她"铁娘子",苏归晓还真把自己当铁人了。

梁亚怡想着,一声叹气:"你知道吗,何欢欢刚刚特别低迷地跟我说,她决定放弃外科,选内科了。"

苏归晓放包的手一顿,有些意外道:"是吗?为什么?"

"还不是因为你。"梁亚怡看着苏归晓粉底都掩盖不住的憔悴神色,将自己提前准备好的红糖水递到她面前,同时向她解释整件事,"何欢欢来我们神内实习的时候,说她想学神外,但又听说女生去神外不好找工作所以非常犹豫,她问陈一妍的意见,陈一妍的风格你也知道的,直接就说她自己当年也想过学神外,但人应该有自知之明,不要自寻'死路'。我当时看她对自己的选择一脸优越感,像个成功学导师。"

梁亚怡走回椅子前坐下,脱了鞋盘起了腿,语气中的嫌弃不加掩饰:"我就不理解这有什么好优越的,这不就是认怂的逃兵吗?敢于在荆棘里为所有女生走出一条新路的人才应该觉得优越啊!然后我就激情鼓励学妹,不要轻易放弃自己的梦想,去神外的时候找你聊聊。"

怪不得。苏归晓点头:"她确实一到神外就来找我了。"

"她可喜欢你了,我看她朋友圈刚去神外那几天每天都可开心了,以为她应该是被你鼓励到,准备勇敢追梦了。结果今天在食堂碰到她,看她跟霜打的茄子似的,我就问她怎么了,她跟我说了你今天手术还有痛经的事,说你人都快昏在手术室了也不敢休息,还要去做接下来的工作,你平日里看起来光鲜亮丽、毫不费力,原来全是用这样惨烈的坚持和努力换来的。即使是这样,还为了不因为性别原因落人话柄,连一句抱怨都不敢有,她觉得她做不到像你这样。"梁亚怡越说声音越低,是对何欢欢放弃梦想的惋惜,也是对苏归晓的心疼。

偏偏苏归晓毫无自知,有些惊讶地摸了摸脸:"我今天的样子很可怕吗?怎么把学妹吓成这样?"

虽然她痛经时的状态是真的很差,但是每个月一次的情况,她也已经习以为常,反正止痛药吃下去慢慢地就会好起来。有些事不能多想,想多了自己都要开始心疼自己了,自怨自艾的,哪儿还有力气再走下去?

"你啊,就骗自己吧!"梁亚怡又是一声叹息,顿了顿又说,"不过何欢欢也说了,她真心希望你能够成功地留在华仁医院神经外科,捅破天花板,甚至成为全国顶尖的神经外科女专家。她以前不懂为什么各行各业总是在宣传什么'第一人',还觉得这些人不过就是生得早,运气好,现如今看到你才明白,走在队伍最前面的人想要突破需要克服多少困难、承受多少压力。假如你成功了,你将会带给之后许许多多像你和她一样的女生更坚定的信心,争取到能够让其他人公平地看待女神外医生的机会,对这个行业的所有女生都具有非常重要的意义,她真心希望你能够成为华仁神外的'第一人'。"

这样认真的期望和祝福,是对苏归晓的敬佩,也是将自己最后的不甘和希望都寄托在了她的身上。

又一个女生"明智"地放弃了神经外科。

苏归晓牵了牵唇,笑意却很浅:"我会竭尽全力。"

她也只能竭尽全力。越往前迈出一步,她就越发清晰地认识到,很多事情并不是光靠努力就可以解决的。就拿她要主刀第一台手术来说,她自认做了自己所有能做的努力,却还是经历了那样大的波折,甚至险些惹恼主任被赶出师门,尤其是和轻轻松松就能拿到她梦寐以求的全年级第一个主刀手术机会的韩晓天相比,她简直狼狈又笨拙得可以。

可是,她不会放弃。

"虽然每一步都很难,但坚持下去总会有机会的。"

她很快就可以在张主任的指导下完成自己的第一台主刀手术了,哪怕过程再曲折,她也终究等来了这一天。

她会更加努力,带着何欢欢和其他女生的那一份遗憾,坚持下去!

看完苏归晓挑选的手术患者的病历，张建忠抬起头，金丝框眼镜之下，锐利的目光凉凉地落在她身上。

主任办公室里冷风习习，苏归晓只觉得一股凉意从脚底爬上了后背，顶着大主任的威严目光和强大气场，她头皮发麻，面上却还要强作镇定。

张建忠又拿出患者的影像胶片，对着打光板仔细地研究着患者的病灶。他不说话，苏归晓也不敢说话。

胶质瘤，虽然是低恶性的，但这野心也是直接写在脑门上了。

张建忠将所有的核磁片子来来回回看了两三遍，平日里各种高难度超复杂病例都能从容应对，如今一个并不复杂的患者他却耐着性子花费大量时间反复研究，只怕有所遗漏，错估了患者的病情。

最后他放下手里的资料，转头看向苏归晓。他的眼睛不大，目光却格外有穿透力，未发一言，苏归晓却觉得他好似已说了千言万语。她的后背冒出了冷汗。

就听张建忠冷哼了一声，不知是在夸她还是在损她："能挑出这么一个病人，你也真是挺不容易的。"

说它不复杂吧，那毕竟是个胶质瘤，可说复杂吧，它又是胶质瘤里最为良性、边界也非常清晰的，她非要做的话也不是不行。

张建忠一眼看穿了苏归晓的心思，就算当不了全年级第一个主刀手术的人，她也要当手术难度最高的那个。她还真是永远都不放弃，永远都要争那一口气。

张建忠仔细打量着自己眼前的女弟子，她微微低着头，没敢直视他，清秀的眉眼微微眯起，嘴角也扬起了一个微小的弧度，似是因为他刚刚意有所指的话有些紧张，却又透着些许得意。

当初他究竟是为什么决定破例收下第一个女学生来着？

去面试之前原本早就想好,再挑两个有科研经验、人机灵会看脸色会说话且身强体壮的男生,可是最后他内心斗争了许久,带回了一条都不符合的苏归晓。

再回想起当日,张建忠只隐约记得那天操作考试,刚好赶到她这里的时候仪器坏了,一开始谁也没发现,还以为是她操作失误,都已经叫她离场了,她却死活不认,低着头坚持要检查仪器。

旁边的老师以为她是因为发挥失常难以接受,还安慰她:"我们看到你操作熟练度还是挺好的,考试毕竟有难度在,失误也在所难免,我们会酌情给分的,快走吧!"

闻言,她头没抬,手上的动作也没停,坚定道:"您可以给我零分,但我一定要证明给老师们看,我刚刚操作的位置是准确的,是你们的仪器坏了。如果我走了,下一个学生也同样会受到影响。"

在场的都是各个病房的大主任、教授,平日里忙得很,见她一根筋硬要在这里耽误大家时间,脸色都不是很好看,连带着作为她意向导师的张建忠也有些尴尬。

教学秘书恰好在这个时候安排好了外面的工作,进屋看到这个场景,赶忙要将苏归晓劝离。也就是在这个时候,苏归晓把模拟人拆开了,露出了里面的管道,如她所料,管道被堵住了一小段,所以液体才没有如预期般流出来。

苏归晓长舒了一口气,将模拟人翻了过来露给前面的教授考官看,一旁的教学秘书神色微凝,赶忙伸手试图去修复。

苏归晓收了手,摘下一次性手套,向考官们鞠了一躬,不卑不亢道:"抱歉耽误各位老师的时间了,也希望老师们能够考虑到这个特殊的情况,酌情为我打分,谢谢老师们。"说完,转身离开了房间。

在一群大教授眼皮子底下，被她装到了。

考场里陷入了沉寂，只有教学秘书努力修复模具时发出的轻微声响。半晌，功能神外的副主任顾云峥忽而笑了一声："这女生有点意思，就是可惜意向导师报的是张主任，张主任血管的手术都是大手术，女生实在是困难。要是来我们功能神外，说不定还有几分机会。"

张建忠没有说话，只是把苏归晓找出问题前评分表上的八十分划掉，改成了九十九分。

如今想起，当初他也正是因为她这样的坚持和自信，才决定给她一个机会的。她一直是这样的，虽然有时会让人惊喜，有时会让人头疼，但不管好的坏的，那都是她。

张建忠向后靠在椅背上："说说吧，手术计划？"

苏归晓早已在心里反复思考模拟过，答得简短确切："患者为十七岁男性，右侧小脑半球的实性肿瘤边界清晰，考虑为良性星形胶质细胞瘤，手术取侧俯卧位，枕下外侧入路，对肿瘤按照边界行全切除，并留取病理。"

张建忠面无表情，严肃道："手术当中如果出现任何失误，我会立刻将你换到一助的位置上，明白吗？"

苏归晓坚定地点头。

张建忠起身，许是有其他的工作，正要离开，却又突然想起了点什么，回过头对她道："这么标准的小脑星形胶质细胞瘤，手术结束之后我会把手术视频发给教秘作为研究生教学材料。林平江主任是一个基本功很扎实的神外专家，既然你这么自信，别给你老师丢人。"

苏归晓一怔，只觉得心中一股暖流夹杂着些许酸涩之意涌过，原来张建忠理解她前两天生气的原因。虽然他已经身处高位，但也不是捧高踩低之人，不会瞧不起她的本硕出身，更会尊重所有优秀的医生。

苏归晓重重地点了点头。

麻醉起效，手术开始，从切头皮、开颅到入颅切除病灶的每一步，她都做得细致而流畅，病灶的切除循序渐进，她的动作有条不紊。

"抽吸。"

虽然张建忠是她的老板，但也是这台手术的一助，苏归晓的命令下得干脆，没有丝毫不好意思。

在自己的手术里，主刀医生就应该拥有绝对的自信，张建忠看到了她作为外科医生的魄力。

手术进行得很顺利，随着肿瘤切除进行到百分之八十，苏归晓的心渐渐踏实下来，张主任的手机在这个时候响了起来，护士看了一眼屏幕，告诉张建忠："主任，是医务处赵处长的电话。"

估计是医院对科室工作有一些重要的安排，张建忠应道："接一下吧。"

护士接通电话，举到张建忠耳边，电话那边的人说了些什么，张建忠眉头蹙紧，思考的同时应着声："嗯，我明白。"

苏归晓没有关注主任那边的情况，只是专注在自己的手术上，已经到了收尾阶段，只是在最后的这个部分，肿瘤的边界并不如之前那般清晰，这个位置靠近脑干，多少有些许危险。她迟疑了一下，为避免患者复发，还是决定再多切除一点边缘组织，组织去掉的瞬间，她突然看到了一个生长进肿瘤内部的滋养血管，随着她去除组织的动作，小动脉发生了破裂，红色的血液漫过术野。

"我会和我们科……"张建忠讲着电话的声音忽然一顿,仔细看了看术野里的情况和苏归晓的动作,几秒的停顿过后又继续对着电话里道,"我会和我们科年轻医生一起去找院长说明情况。"

"电凝。"苏归晓虽然因为紧张额前沁出汗,眼睛也因为长时间专注在显微镜下操作而酸胀,但她还是以最快的速度找到了出血动脉,果决地给张建忠下达了协助指令。

电话另一边的医务处长一愣:"张主任,刚刚是有人说话吗?"

张建忠低笑了一声:"我学生在给我下指令,她主刀手术,我给她当个助手。"

"啊?"电话那边的人又是一愣,随后也笑了起来。

手术圆满完成,张建忠在闭颅之前就已经离开了,只留下了一个硕士师弟给苏归晓帮忙,是充分相信她可以掌控这台手术。

虽然准备充分、进展顺利,但要说没有压力是不可能的,随着患者被推出手术间,苏归晓长舒了一口气,体内的激素耗竭,身体好像忽然空了,起身的那一瞬间,整个人晃了一下。

护士老师向她说了声"恭喜",她微笑着点了点头,然后努力打起精神,如常走出手术室。许是预感不妙,她想要加快脚步,尽快回到更衣室,却终究抵不住身上的无力感,眼前一黑,之后就什么都不知道了。

苏归晓再醒来的时候,周围有些吵闹,她缓缓睁开眼,只见医院的天花板上挂着一个吊瓶,她下意识地想抬手揉眼睛,可刚刚用力就被人按了下去。她转头,只见一个意想不到的人正坐在她的床边。

"叶和安？你怎么在这里？我是怎么了？"

叶和安收起自己的笔记本电脑，指了指她的吊瓶："你晕在手术室被人抬到急诊来了，一查是低血糖，就给输上糖了。我刚好有点事来医院，在急诊碰上了你的师兄师弟，他们还有工作没时间，就让我帮忙照看你一会儿。不过我看你不只是低血糖，而且很缺觉，从你平稳的呼吸声听，刚才睡得挺好吧？昨天几点睡的？"

苏归晓还没有完全清醒，听他这么问，想了想："好像凌晨两点吧，准备今天的主刀手术，也没敢熬太晚。"

凌晨两点还不算太晚？叶和安表情一变，说不清为什么，但心里已经有些怒意了："前天呢？"

苏归晓顺着他的话想了想："凌晨三点？"

"大前天呢？"

"三点半？我最近在努力学习最新的AI可解释模型，我把我能找到的和咱们课题比较相关的文章都看了，我现在好像明白一些了，我也有一些想法……"

她说着渐渐兴奋起来，正要坐起来，却被叶和安打断了，他的声音低沉，透着愠怒之意："苏归晓，你疯了吗？你每天白天都要早起上班，夜里还敢熬那么晚，不吃不睡，别人叫几声'铁娘子'，你就真以为自己是铁打的吗？"

苏归晓没有想到叶和安会突然对她发火，而且还在她输着液是个病人的情况下。她怔了怔，不知道是应该先生气还是先解释："我……"

话没说完，手机响了，苏归晓拿起一看，是母亲的视频通话请求。她现在躺在急诊室里，不想让母亲知道，哪里敢接视频。她换成语音接通，还没说什么，就听母亲的声音坚决："我已经上高铁了,还有一个半小时,你就在急诊室等我,我定了一个短租房,你这几天跟我住。"

苏归晓惊呆了:"你说什么?"

"我一直在跟你说,身体比什么都重要,既然你自己没有办法规划好自己的生活,我就过去看着你。"沈宝英说完,直接挂断了电话,表明这是她最终的决定。

苏归晓震惊地看向叶和安,还没等她开口,他已经猜到了她要问什么:"你晕倒以后你师兄怕你真有什么大事,打电话通知了家属。"

苏归晓露出了生无可恋的表情,不说话了,事已至此,无可转圜,苏归晓只能做好准备,迎接母亲的狂风暴雨。心里虽然绝望,但眼下的时间总归也不能浪费,因此,她用手机打开了论文,完全没注意旁边叶和安的脸色更暗了。

"苏归晓,液还没有输完,你就不能让自己休息一下吗?"

苏归晓头也没抬:"明天就组会了,我有一些想法,但还得再看看论文确认一下,明天再和你们说。"

苏归晓真是固执得让人头疼,叶和安蹙紧眉:"你也太把自己当回事了,你半吊子的想法对明天的组会和这个课题没有那么重要,对于现在的你而言休息更重要!"

苏归晓看论文的动作明显顿了一下,是被他前半句话伤到了。她抿了抿唇,态度却愈发坚定:"这是我自己的事,感谢叶总监今天的关照,我现在已经醒了,就不耽误您更多时间了。"

收到她的逐客令,叶和安怒意更盛,知道自己算是真心错付,白操心,起身就走。

十八瓣玫瑰

母亲的影子

被沈宝英领回短租房,苏归晓一边被她喂下各种补品,一边听着她的唠叨,但……苏归晓睡着了。这是她最近几个月来睡得最早的一次,母亲的唠叨果然是最好的助眠神器。

第二天早上,沈宝英正在打着电话,似乎是单位里的年轻同事又做错了什么材料,她正远程指导对方修改,见苏归晓出来,她指了指餐桌上已经准备好的早饭。

这才早上七点多,她就收拾好了带来的所有行李,做了饭,还在指导手下完成紧急的工作!苏归晓看着母亲在电脑前忙碌的样子,不由在心里啧啧叹道:真是个大卷王!

苏归晓往嘴里塞了两个包子,趁着母亲忙于工作没第二张嘴再唠叨她的时候,赶紧跑路出门了。

刚一走进办公室,苏归晓就听到有掌声响起,严安逸带头,其他的医生也跟着一起。严安逸走到她的身边,对大家说道:"归晓昨天完成了自己人生中的第一台主刀手术,第一台手术直接做了胶质瘤,咱们华仁近十年来独一份,让我们再恭喜一下我们的'铁娘子'。"

大家的掌声更热烈了一些,苏归晓感受到大家的认可,心里一暖,嘴角正要向上扬起,就听一旁的严安逸凑到她耳边小声说:"但你也别太得意,之前没人从胶质瘤开始,也可能是因为人家在有能力主刀胶质瘤之前就已经先主刀了更简单的分流术之类的。"

谁会跟她一样倒霉催的,被一直压着不让主刀。

严安逸可真是一点膨胀的机会都不给她,苏归晓的嘴角垮了下来:"谢谢你啊师兄。"

严安逸笑了一下,转头又对大家说:"而且归晓这台手术是咱们张主任给她当的一助,主任都多少年没给人当过助手了!"

好吧,她又要膨胀了。

办公室里响起惊叹声,苏归晓微笑着视线扫过各位同僚,或惊讶,或羡慕,当然,韩晓天的表情是掩盖不住的嫉妒和失望。

后来苏归晓在楼道里听到韩晓天和周启南的对话,周启南甚至用余光看到了她,但没有丝毫避讳之意,说:"嘻,唯一的女学生,就格外关照一下吧,当女生可真好。"

苏归晓没有理会他,径自从一旁走开。

又是新一轮组会,根据张建忠的要求,刘正龙、严安逸和韩晓天全部加入,会议室里显得愈发热闹。趁着主任们还没到,温冠宇凑过来和苏归晓小声吐槽:"你们科是要全部出动,大干一场啊!"

苏归晓笑了笑,没有说话。

人陆陆续续到齐,会议正式开始,叶和安再次展示了他最近的模型调试结果,在苏归晓几轮的努力下,再加上神内陈一妍和温冠宇的补充,目前的样本量已经达到将近400。根据叶和安的结果显示,好消息是模型对患者发病一个月后的预后预测准确度可以达到

80%，这表明课题方向整体是合理可行的，而80%这个数字最起码达到了一般论文发表所要求的诊断准确度的基线；但坏消息是，目前这个模型的准确度只有80%，距离能够作为决策系统对临床产生实际应用价值还有很大提升空间。

为了提高准确性，叶和安已经尝试了几种不同的深度学习模型，但是并没有太大的差别，也就是说明仅仅更换AI模型可能是不够的，他们也需要改变预测策略。

叶和安提出建议："由于临床测评本身就由于人并非绝对客观，具有一定的不稳定性，现在我们是把预后的改善作为定量指标而建立的回归模型，对临床测评的准确度要求非常高，这可能是我们目前结果无法再进一步提升的原因。因此，我想要同各位主任还有医生们商量，是否可以根据预后的评分改善比例将其划分成两到三个等级，将等级变量作为我们预测的终点？"

张建忠和刘季雯还在思考，倒是周启南抢先一步道："我也一直觉得将预后按照改善率分类可能结果会更好，根据我的临床经验，我觉得分为三类更为合理。"

周启南在得知主任一次性往课题组里加了这么多人之后，也猜到了这很有可能是一次洗牌。因此，在这次会议上，他打定主意，要努力表现自己，抢占先机，只要开头压制住这些新人，后面他就可以保持自己上位者的姿态。

张建忠却有几分犹豫："但是目前没有对卒中预后分类的国际标准，我们如果想分类，应该怎么分？又怎么说服别人接受？"

这的确是一个大问题，如果自己定义，而非公认，那么总会被人找到理由反驳，经常会被质疑：这个标准是不是你们为了有一个好看的结果而故意挑出来的？

刘季雯亦是点头:"预后的标准我们必须慎重,如果这里不被认可,那么无论怎么做都是无用功。"

讨论到这里似乎陷入了僵局,其实两位主任所说的叶和安并非没有想到,只是以眼下的情况必须做出一些重要的改变,才有可能获得一些突破,如果这里不能动,那还有哪里更适合调整呢?……

他蹙眉陷入沉思,会场里大多是临床医生,在人工智能的技术口方面并没有那么专业,此时也没有想法,所有人的目光都落在叶和安身上,等待着他的意见。

这时,角落里的苏归晓突然出人意料地出声道:"我有一个想法,我觉得也许我们可以尝试调整一下影像的分析方法。最近看了一下关于卒中预后的文献,我觉得比起单纯的结构相,可能脑功能的表现与预后更加相关。"

话音刚落,一旁的周启南发出一声轻蔑的哂笑。

对面的叶和安眉头皱了起来,声音中透着冷漠:"你不会想说用功能相做模型吧?临床常规检查只有结构相,没有样本量,再好的序列也构建不起好的预测模型。"

被叶和安嫌弃,苏归晓也没有急,而是继续解释道:"我不是说要用原始的功能相,我是在想有没有可能用结构相模拟出功能相?"

这话一出,所有人都被她大胆的想法惊呆了。周启南看她的眼神中充满了嘲讽:一个什么都不懂的科研白丁,也敢在这样的场合提出这么离谱的意见,真是不知天高地厚!

也不知道是不是还在生她昨天晚上的气,叶和安语气决绝地否定了她的想法,神色冷峻,说话丝毫不留情面:"结构相和功能相相差太多,即使原始扫描出来的功能相,全脑不同区域都可能会受到噪声等因素干扰而失准,更何况是拿结构相模拟?这些复杂的问题你以为你连着熬几天夜看几篇文献就能搞明白了?"

苏归晓思考了片刻,尝试答道:"但如果我们只看病灶区域和相关网络呢?"

叶和安冷哼了一声,第三次毫不犹豫地反驳:"就用那些质量有限的临床常规序列?怎么看?"

她说一句他撑一句,接连经受叶和安的打击,而且还是在自己非专业的领域,她的底气终归没有那么足:"我没有做过,所以也不能确定,但查相关论文,看到 BOLD 序列每一个 volume 的原始图像其实和 T2-star 或者说 SWI[1] 是非常相似的,我们临床常规为了看患者有没有微出血,绝大多数卒中患者都是扫了 SWI 的,多回波的 SWI 亦可以提供一定的时间信息,再加上 T1、T2、FLAIR[2] 及 DWI[3] 这些序列会对病灶的信息有更多维的补充……"

说着说着,许是自己也有些心虚,她的声音弱了下来:"我就是提出一个想法……"

周启南的冷嘲热讽随之而来:"就算你没有做过功能影像分析,也不该把功能影像想得这么简单吧?凭临床上那些 5 毫米层厚的结构相,就幻想人人都有?先去多看几篇文献把基础知识补扎实吧!"

这次叶和安没有说话,只是他的眉头蹙得愈发紧了,微低着头,似是有些出神,在思考些什么。

在周启南的带动下,大家似乎也默认了这个想法过于离谱,不用再进行多余的讨论。张建忠和刘季雯简单沟通了几句,刘季雯做

---

1 磁敏感加权成像。
2 磁共振成像液体衰减反转序列。
3 磁共振弥散加权成像。

了总结:"接下来大家还是分头去查阅一些文献,看一看如何将预后指标变成分类变量。"

会议结束,走出会议室,苏归晓还在思考着自己想法的可行性,突然感觉肩上一重,是严安逸拍了她一下。

师兄严安逸向她竖起了大拇指:"我以前以为你只是在临床这种自己熟悉的领域比较敢说,没想到,你在科研具体来说是影像建模这样复杂的工科领域都这么敢说,实在是佩服。"

苏归晓知道严安逸在揶揄她,面无表情道:"做科研不就是要大胆创新吗?我有想法,说出来,又不会给谁造成什么损失。"

严安逸作为在各种科研课题里摸爬滚打了多年的"老油条",提点她:"那你也要考虑你这个想法现不现实啊。你看影像建模这事你自己又不会干,你提出想法,还得人家叶和安干,那你想想,如果你是叶和安,听到一个门外汉提出这么离谱的要求,你是什么心情?这是哪儿来的不懂行的煤老板在这儿指手画脚?"

苏归晓明白严安逸的意思,但辩解道:"我之前是真的觉得这个想法现实啊……"

严安逸又拍了拍她的肩:"好了,别想了,该收病人了,既然已经结束了,就别再在这个离谱的想法上浪费时间了。"

苏归晓想来想去,终也只能叹了口气,点了点头。但她没想到的是,她放下了这个离谱的想法,智影公司里却有人为此熬了个通宵。

第二天一大早到公司,见到叶和安还穿着和昨天一模一样的衣服,人也透着些许疲惫感,林一航看着他的电脑和满桌子文献,不由问:"你这是又怎么了?"他凑近看了看,"functional MRI?功能相?你昨天不是否掉了苏归晓关于功能相的提议吗?"

叶和安有些头疼地揉着额角："嗯……我后来又想了想，也不是绝对不可能。"

林一航忍不住大笑出声，嘲笑叶和安："昨天开会的时候人家说一句你撑一句，结果回来自己又巴巴地熬夜查文献研究怎么把人家的想法实现，你可真是早知今日何必当初呢？"

叶和安看着笑容灿烂的林一航，决定反手将他扫地出门。

新的一个月开始，苏归晓变更轮转科室，到了高德全主任的血管2病区，二线是吕力成。

她答应了张建忠不会给他丢人，就一定要做到。

由于她的"特殊来历"，在高德全主任的病房里，她果然无时无刻不受到关注。

早交班看病历，吕力成要问她："你觉得这个病人的瘤子是良性的还是恶性的？"

查房的时候，吕力成要问她："这个患者肝肾功值的具体数字是多少？"

手术计划准备，吕力成要问她："你觉得这台手术怎么做比较好？"

众目睽睽之下随时随地接受"灵魂拷问"已经是苏归晓的基本生存技能，而每一次不管多刁钻的问题，她都能有理有据地给出回答。

几次试探下来，吕力成看着稳定输出、几乎毫无破绽的苏归晓，摇了摇头，笑了。

看来这些日常的病房工作是难不倒她了，他先前总听周启南说苏归晓怎么怎么自以为是、能力一般，实话说，这要算是能力一般，那他们科里其他的学生岂不是都得算草包了？

但考虑到两个病房领导之间微妙的关系，夸苏归晓他是肯定不会夸的，尤其是苏归晓和高德全主任的博士生李德铭站一起的时候，只要有机会，他还是会夸奖李德铭。

吕力成也听说了苏归晓上个月底直接主刀了一台低级别胶质瘤的手术，还是张建忠主任亲自做的一助。其中的目的再明显不过，张建忠并不想让自己学生的第一台手术发生在自己对家的病房，不希望自己学生手术出现什么问题，连累自己声名受损。

苏归晓触底反弹，一战成名，在第一台手术的难度上创造了个小历史，吕力成自然也想看看她的含金量究竟如何，很快就又给她安排了一台主刀手术。

不管吕力成的安排是因为什么，但这确实正中苏归晓下怀。这天临近下班，苏归晓正在聚精会神地准备明天的手术计划，突然接到母亲的电话，电话里沈宝英的态度强硬："有重要的事，你过来接我一下。"

苏归晓一头雾水，却也不敢不去。她按照母亲的定位走进了一条商业街，好不容易找到母亲，还没说话就被拖进了一个饭店包间。

一个阿姨迎面就向她们热情地走了过来："哎呀，这就是归晓吧，姑娘长得真好看，快来这边坐。"

苏归晓打量了一下房间，里面还坐着一个与她年龄相仿的男生，他穿着一件白色衬衫，略显拘谨，大概也不是很适应这样的场合，旁边的阿姨看着应该是男生的母亲。

苏归晓当即猜出了这顿饭的目的，一个头变两个大："妈，我……"

她刚想找个理由逃掉,一回头就看到母亲沈女士凛冽的目光,她心头一凛,声音弱下来了些许:"我……"

手机在这个时候振动了起来,她如获大赦,举起手机给母亲看:"我去接个电话!"

她往包间外走了几步,母亲跟在她身后也走了过来,苏归晓接通电话,严安逸问她:"你在哪儿啊?"

苏归晓看了一眼旁边的母亲,向严安逸道:"我在医院附近万达那条街的汤城小厨,我妈带我出来相个亲,师兄你是不是找我有事啊?"

她在医院附近——有急事随时可以回医院。

她妈带她相亲——没什么重要的事。

师兄你是不是找我有事——救命啊师兄,快把我叫走吧!

苏归晓碍于母亲就在旁边听着电话,说得委婉,但堪称字字泣血啊!

偏偏一向喜欢薅她羊毛加班的严安逸今天突然良心发现了,说:"哦,你今天要相亲的话就算了,我找别人吧。"

然后他挂了电话。

苏归晓满脑子问号,这是什么"冤种"师兄?!

苏归晓的内心在咆哮,严安逸完全没有接收到她的求救信号,平时看着挺聪明的人,关键的时候脑子怎么不转了呢?她真的好想把他从电话里薅出来问问他想的什么!

沈宝英在一旁好整以暇地看着她依依不舍地放下电话:"走吧,回去吧!"

而另一边,医院办公室里,挂掉电话的严安逸忍不住大笑起来,迫不及待地和周围的人分享:"苏归晓被她妈押着相亲去了,她也有今天！哈哈……"

却听一旁有人难以置信地问："你说她去做什么了？她在哪儿？"

严安逸回头，只见叶和安不知道什么时候过来的，眉头拧成了一个死结。严安逸一怔，本能地答道："在万达那边的汤城小厨，说是相亲去了……"

下一刻，只见叶和安如同一阵风一般，离开了办公室。

一顿相亲宴吃得十分煎熬，双方母亲亲切友好地交流着，户口已经查得清清楚楚，简历也交代得彻彻底底，找工作面试都没这么具体。

男生名叫段正轩，和苏归晓同岁，是985硕士出身，选调成为的市政府公务员，长得白白净净，毕竟是在政府单位工作的，举止大方得体又会看眼色，各方面都很受家长喜欢。

段正轩的母亲说起自己的儿子更是骄傲："我儿子上学的时候是学生会会长，学校的风云人物，有好多女生追他，受欢迎得不得了！"

苏归晓母亲对男生的条件也是满意的，连连点头："是啊，小段这么优秀，绝对是潜力股！"

哪知段母却有些不高兴："我们小轩可不是什么潜力股，他一直是绩优股！"

沈宝英应声："是是，小段一直优秀。"

沈宝英说着，在桌子底下戳了一下只顾低头吃饭的苏归晓，苏归晓茫然地抬头，敷衍地点头附和："对对对。"

不经意间，苏归晓撞上段正轩的视线，发现他不知从什么时候开始一直在看着她，见她抬头，他牵唇向她露出了一个温柔的笑。苏归晓愣住了。

也不知道过了多久，这顿饭终于结束了。出了包间，沈宝英在一旁念念叨叨说着："我觉得小段工作稳定，人也聪明，还挺适合成家过日子的，你们刚才不是加微信了嘛，回头多接触接触，聊一聊。"

苏归晓也不理会，忙着呼吸了一口自由的空气。

没想到在这时，男方的母亲竟然从包间里追了出来，叫住沈宝英："我儿子刚才和我说，他对您女儿挺满意的。不过吧，我觉得女孩子做外科太累了，天天上手术哪有时间照顾家庭？不如改成内科，以后生了孩子，也好有时间和精力照顾老公和小孩。"

苏归晓和母亲同时僵住了。片刻后，沈宝英拿出了她职业的微笑，克制着自己的语气道："您儿子也可以照顾家庭啊，两个人分担一下，总会有办法解决的。"

段母却立即道："欸，那不行的，我儿子从小什么家务都没做过，做不好的。男人要忙事业，女人当然要照顾好家庭，让男人不要有后顾之忧。"

沈宝英的脸色已经不大好了。她一直不是很明白，为什么有些人明明自己身为女性，却在生了儿子之后就自觉自愿地认为女性就要牺牲自己，在家相夫教子，将糟粕观念奉为圭臬，仿佛这样就能体现出自己的优越性。

"我女儿从小在家我也没让她做过家务的，她也有事业，她一个外科医生可比公务员要忙得多！"

"对啊，所以我不是说让她改内科嘛，平时随便上上班，家里有人要去看病的时候能帮着安排一下就可以了。没做过家务婚前得赶紧学啊,女孩子不会做家务可是要被人笑话的!你刚才不也说,觉得女儿在外科天天光忙着工作,什么都耽误了嘛,咱们这是想到一起去了!"

沈宝英被段母理所当然的态度气笑了:"我不想让我女儿天天忙着工作是怕她过得太辛苦,不想让她因为压力过得不开心,而不是让她去给谁当保姆的!我女儿想干外科干外科,以后要是干不动了,想换内科换内科,但前提都是因为她乐意,而不是为了满足你们的需求!"

沈宝英顿了顿,语气决绝:"您家要求太高,我们不配,您另请高明吧。"

"归晓,我们走!"沈宝英拉着苏归晓,转身就走。

身后的段母被甩了脸子,恼羞成怒:"嘿,你们还拿上乔了,我们还没嫌弃你们是外地的呢,要不是他陈姨介绍,我们才不会来的!"

沈宝英回头:"那您可趁早嫌弃吧,外地人怎么了,你到了我们那儿,也是外地人!"

"亲切友好"的交流之后,段母被气回了饭店包间。而后一脚迈出饭店大门的苏归晓却已然顾不上这些了,初秋的夜晚,夜风微凉,路灯的光晕泛着黄,就在这灯光里,她意外地看到了一个完全意想不到的人。

"叶……叶和安?"她的声音中是掩藏不住的惊讶。

也是在这时,沈宝英跟了过来,也看到了站在她们不远处的男生,身穿白色衬衫、黑色西裤,看着就像是刚下班的样子,虽然没有精心打扮,但身形挺拔、肩背挺括、眉目俊朗,自带清俊气质,在秋风中注视着她们。

他主动向她们走了过来，先是看了一眼苏归晓，眼神中透着些许小心翼翼还有担心，却向沈宝英开口道："阿姨，不知道您还记不记得我？我是归晓高中时期的同桌，叶和安。"

开了那么多次家长会，沈宝英当然对苏归晓这个压她一头年级第一的同桌有着很深的印象，当即有些惊喜："哦！是小叶啊！你在华城上学还是工作？"

叶和安答："阿姨，我已经工作了。"

沈宝英又是一声"哦"，说道："说起来我记得你当年是不是上的华仁医科大学八年制啊？现在在哪个医院啊？"

苏归晓当年轰轰烈烈地掉进了第二志愿，沈宝英自然也关注了一下去了华仁医科大学的人，就是她的同桌，所以理所当然地以为叶和安已经毕业成了一名医生。

叶和安微垂眸，停顿了一下，苏归晓怕母亲刨根问底碰到他的痛处，赶忙道："妈……"

打岔的话还没说出来，就听叶和安认认真真地回答道："我因为个人原因做不了手术，所以不当医生了，读博期间退学创业，和朋友成立了一家医疗科技公司。"

这解释详细得连苏归晓都惊呆了，毕竟叶和安可是面对着巨额投资都一个字不想多说的人。

沈宝英已经意识到了些许不对，故意问道："那你今天在这儿是有什么聚餐吗？"

"不是，我是来找归晓的。"叶和安连掩饰的心都没有，答得干脆，还拿出他准备好的借口，"前段时间归晓在课题组组会上提出了一个想法，当时我觉得不太合理，但回去以后仔细研究了一下，发现这个想法挺有前景的,所以就想来告诉她一声。"

沈宝英故意应了一声长长的"哦"。

鬼才信!发个微信就行的事,专门跑到这里,看样子说不定等了多久终于等到她们出来,再加上他刚刚是故意向她介绍自己,摆明了就是想让她这个当妈的知道有他这么个人存在,这小子九成九是看上她家"白菜"了啊!沈宝英的嘴角忍不住微微上扬起来。

在沈宝英的目光注视中,平日工作中稳如泰山的叶和安竟露出了一丝无措,有些慌乱地问:"晚上有点冷,你们要去哪里?我送你们。"

苏归晓原是想拒绝:"不用了,你那么忙……"

沈宝英却一口答应了下来:"也行,反正我们住得也不远。"

这时,段正轩和母亲也从饭店里走了出来。沈宝英回头,看着段母不屑地哼了一声,是有意让他们看到叶和安。

段正轩和叶和安的视线撞在了一起,两个人隔着大约两米的距离,却在这一眼间感受到了彼此强烈的敌意。

沈宝英故意问叶和安:"小叶是专门来等我们归晓的啊?"

苏归晓哪里敢这么自我感觉良好,觉得叶和安是专门来等她的。母亲的问题一出来,她尴得鸡皮疙瘩都起来了,只恨不得找个地方躲起来,刚要摆手和叶和安解释,就听叶和安平静而坚决地应道:"对,我一直在等她。"

他说话的时候,目光落在了段正轩的方向,锐利中还带着威胁之意。段正轩双手插在裤兜里,如临大敌,这半路竟杀出来个"程咬金"!

这是苏归晓今晚第三次被叶和安惊到,她感觉到自己的心跳在加快,适逢叶和安转过脸来望着她,路灯晕黄的灯光下,他的眉眼竟是平日里从未见过的温柔,她的胸口忽然悸动起来。苏归晓想:一定是最近熬夜熬多了,都熬出心律不齐了。

这前前后后的微妙氛围都落在了沈宝英眼里,她不无得意地又瞥了段母一眼,说:"我们走吧。"

叶和安带路,沈宝英拉着苏归晓,跟着叶和安走到了他车旁。

沃尔沃的 SUV,如果不是租的,经济条件应该不差。

苏归晓和母亲坐在后排,叶和安问了她们的地址,输进导航,随后发动了车子。

苏归晓刚松了半口气,就听一旁的母亲问叶和安:"小叶啊,你们公司有几个人啊?以后有什么发展计划?"

苏归晓一口气没顺完,眼睛都圆了,母亲这是查户口都查到叶和安头上了?她尴尬得脚趾抠地,哪知叶和安倒是毫不介意,和沈宝英有问有答:"我们公司目前还不大,二三十个人,以后肯定是希望可以做大。但是和科技挂钩的产品科研周期长,我们又不想靠卖概念和故事骗钱,所以目前不想盲目扩张,还是先做出点成果来,打好底子。"

沈宝英点了点头,她毕竟在外企那么多年,商业上的事情也多有了解:"想法不错,趁年轻每一步走扎实。"却又话锋一转,"但科技公司前期投入大、风险高、周期长,不一定什么时候才能稳定下来,你对自己的人生有什么规划啊?打算留在华城还是回咱们市?如果留在华城的话,这里的房价那么高,你能负担得起房价吗?"

"妈……"这……这问得也太过了吧!

叶和安却一字一句认真答道:"我留在华城和回去都可以,主要看家庭需要。我之前有专利成果转化,拿到了不错的收益,前两年在华城买了一个小房子，之后结婚的话可以把现在的房子卖掉换一个更大的。不过您说的没错，创业存在风险，我现在的确没有办法保证多久会稳定下来，但我的计划是两到三年，公司的大项目步入正轨，可以逐渐稳定下来。"

沈宝英又问："那你父母呢？你父母性格怎么样？对你管得多吗？"

眼见着这场对话越来越失控，苏归晓只想找个角落躲起来。

叶和安保持真诚："我父亲是医生，母亲是管理人员，他们平时工作比较忙，不太管我，即使像我退学这样的决定，他们也没有多问，充分信任和尊重我。"

本来就不长的路程，在这一问一答之间终于到了终点。

沈宝英先下了车，苏归晓想到今晚这一连串莫名其妙又失控的事情，很难抑制住自己心里对母亲的不满，更不想回去面对沈宝英一系列的问题和教训，心一横，把车门关上了，从窗户里和母亲说："我突然想起来科里还有些工作要处理，正好蹭叶学长的车回医院，今天晚上我住宿舍，妈你先回去吧。"

沈宝英没料到苏归晓给她来这手，愣了一下。就在这片刻，苏归晓赶忙向叶和安道："快走快走！"

"阿姨下次见。"叶和安向沈宝英点头致意，随后带着苏归晓扬长而去。

苏归晓靠在座椅靠背上，长叹了一口气。叶和安从后视镜里看着苏归晓一副生无可恋的样子，不由悄悄弯起了唇。

医院很近，拐个弯就到了，苏归晓下车，叶和安也跟着她走了下来。她道了声谢，叶和安没有回答，只是伸手替她从头发上摘下了一个白色的小毛毛。

苏归晓不受控制地悸动起来。可真是不能再熬夜了,她想。

也不知道为什么,叶和安不说话,只是含着笑注视着她,眉眼温柔。她被他看得有些不自在,先开口道:"不好意思,我妈今天问你的问题有点不合适,其实你不用回答的。"

他的笑意更深了:"没关系,我想回答,我想让她多了解我一点,下次不要再给你安排相亲了。"

苏归晓抬头,讶然地看向他,只觉得自己心跳得更快了。

她机智的小脑袋瓜一下子就意识到了问题:"你怎么知道我去相亲了?"

"我去科里的时候,刚好听到严安逸在和其他人说,嘲笑你也有这一天。"

苏归晓瞪大了眼睛:"我暗示他救我他装傻,结果挂了电话就和别人嘲笑我?好他个严安逸严大头,明天不要让我看到他!"

叶和安:"……"

苏归晓这个关注重点,他刚刚明明是要和她表白,这话题怎么就拐到严安逸头上了?

他的手轻扶上她的肩,迫使她直视自己,他的声音轻得像是哄骗:"归晓,你觉得刚刚相亲的那个人有我好吗?"

苏归晓耳根子有点热,没有说话。

他又离她更近了半步,认真道:"归晓,我喜欢你,我们……"

苏归晓却在这时打断他,仿佛忽然清醒般向后退了半步,决然道:"我们不能在一起,至少这个课题结束之前不能。"

叶和安讶然,僵在了原地。

苏归晓向他解释其中的利害:"周启南原本就在四处散布谣言说我们有不正当关系,主任甚至因此想让我退出课题组,如果我们现在真的在一起了,岂不是坐实了周启南给我们的污名?我好不容易在课题中找到了方向,绝不能因为这样莫名其妙的理由出问题……"

她想着,语气愈发严肃起来:"叶和安,在这个课题结束之前,我们不可以发展出非工作的关系,你也绝对不可以因为任何原因在课题组里对我有丝毫的偏心,明白吗?"

叶和安刚刚的笑容已经彻底消失不见,看着一脸郑重的苏归晓,他从没有像这一刻这么讨厌过课题和工作。

苏归晓在吕力成手下的第一台主刀手术圆满成功。

血肿的手术难度比胶质瘤低不少,苏归晓完成得游刃有余,吕力成也不得不认可,她确实是一个神外的好苗子。

中午吃饭的时候,吕力成和周启南刚好在食堂碰上,周启南故意向他递话:"怎么样,带苏归晓是不是挺烦人的?"

吕力成幽幽地叹了一声:"是啊……"

周启南一副早知如此的样子,低头刚要吃面,就听吕力成又说:"她怎么就不是我们高主任的学生呢,这确实烦人啊……"

周启南一僵,差点被面条噎着。

在医院加班安排好患者的事情,苏归晓又看了一会儿文献,回短租房的时候时间已经不早了,她进屋一开灯,发现母亲还没睡,就坐在沙发上等着她。

沈宝英双手环胸,声音凉凉的:"吃饭了吗?"

苏归晓看着母亲的表情,就知道大事不好,心虚地点头:"吃了。"

沈宝英哪能不知道自己女儿什么样,当即瞪起了眼睛,声音愈发严厉:"真吃了?"

苏归晓知道骗不过去,不说话了。

"叶和安呢?他就看着你饿肚子?"

苏归晓一惊:"这和叶和安有什么关系?"

"你别瞒我,我昨天一眼就看出来了,他对你有想法。怎么,他还没跟你说吗?还是你串通他,两个人搞地下恋不想告诉我?"

苏归晓一个头变两个大,母亲果然是过来人,眼光过于毒辣,眼见着糊弄不过去,她只好实话实说:"他昨天是要向我表白来着,我给拦住了。"

这倒是沈宝英未曾预料到的转折:"你不喜欢他?他的工作比起段正轩是不稳定了点,不过如果真有能力也行。"

"不是。"这说来话长,苏归晓轻叹了一口气,"我现在和他在一个课题组里,这个课题组里有我们科另外一位医生,那个医生和我有利益冲突,算是竞争关系,之前我和叶和安什么关系都没有的情况下,就造谣说我靠不正当关系勾引叶和安上位,我现在要是真和叶和安在一起,只会落人口实,我能不能在这个课题组待下去都不一定。所以我和叶和安说了,在课题完成之前,我们两个保持同事关系就好。"

沈宝英先前不知道女儿工作上被人这样造谣,当即炸了:"你说什么?你们科哪个医生这么胡说八道,我们小姑娘家未婚未育,他就这么坏你名声,你告诉我,我现在就去找他算账!还有你们主任,干什么吃的?管不管得好自己手底下的人?"

眼见着母亲拍案而起,怒火无法抑制,恨不得马上就冲出门去找人算账,苏归晓只觉得头更疼了:"妈,这里面关系很复杂,不是靠找谁算账就能解决的,再说我都快三十的人了,家长居然还找到单位来,你觉得能起到什么好的作用?"

沈宝英比她更固执："快三十怎么了？快三十在我们这辈人面前也是孩子啊。不行，我得去找你们主任聊聊！"

听着沈宝英非去不可，拦都拦不住，苏归晓心里又急又气："就算你去又能有什么用？你是院长还是院士？人家主任凭什么听你的？除了显得你家孩子更无能还有什么用！"

却也是在这时，苏归晓忽然想到，在她遇到了那么大的委屈的时候，周围所有人不管是真情还是假意全都是劝她忍住，告诉她这都是常有的，只有母亲想要冲出去为她去找主任理论。

在这个世界上，有的父母有钱有势，轻而易举就能给联系到一个好导师、一份好工作；有的父母是高知，学术发展、人生之路他们都可以指引；更有的父母就是大主任、大院长，我们拼尽全力、穷极一生的努力，就是要成为人家父母那样的人。

但她的母亲，更像是这天底下无数平凡的父母，她不够有权不够有势，却有着一颗无论如何也要保护自己孩子的心。

几十年的工作经验，母亲吃过的苦、忍过的委屈大概比她吃的饭都多，又怎么会不知道这在职场上是常有的？可不管母亲自己承受过多少，事情发生在她女儿的身上就是不行，因为那是她最爱的女儿啊！

苏归晓知道自己刚刚情急之下说出的话多少有些伤人，看着母亲受了伤不说话的神情，她心里后悔得要命，走过去抱住母亲的手臂，半撒娇半解释地说："妈，你别担心，我已经可以自己解决这些问题了，像那些造谣的人，他是为了他的利益，无论我们怎么去和他理论他都不会在乎的。可只要我足够强，强到可以拿走他想要的东西，那他就会急得跳脚，我会用我自己的方式，给自己争回这一口气。"

平静下来，沈宝英也知道苏归晓说的有道理，却还是心疼自己的女儿："可是你为了争这一口气，天天不吃不喝不睡，自己的身体也会被伤到啊！"

"我知道了，妈，我之后会注意照顾好自己的。"苏归晓在母亲身上蹭了蹭，又顿了顿，去哄母亲开心，"再说了，我这么拼这么能干，不也是遗传了你吗？"

苏归晓还记得父亲去世那年，母亲临近四十岁，在外企工作，为了照顾她，放在工作上的精力越来越少，职位不上不下。公司里新人辈出，人际关系也十分复杂，又赶上效益不好，即将开始裁员，人人自危。她母亲原本都已经做好了被裁员的心理准备，她父亲却在那时候发病去世了。

生活的压力重重地落在了沈宝英一个人的肩头，那时的她非常需要这一份工资，绝对不能被裁员，沈宝英顶住了所有压力，开始了绝地反击。

苏归晓不知道那段时间母亲是怎么坚持过来的，忍着巨大的悲痛，在照顾她的同时，每天还要处理非常多的工作和应酬。那段时间里，她看到的大多数都是母亲忙碌的背影，那肩膀单薄瘦弱，可在她心里，却又如山一般坚定可靠。

沈宝英被她的言之凿凿、有理有据噎住了，半响，气闷道："那我什么样你就得什么样啊？"

"不啊，我变本加厉。"苏归晓仰起头颇有些得意道，却又笑了，"不过也说不定哪天我就觉得太累了，不干了，转头回家啃你的老去了。"

沈宝英气消了，哼了一声："我倒是希望你赶紧回来啃我老呢！"

可知女莫若母，苏归晓又怎么会呢。

十九瓣玫瑰

兜兜转转人生路

沈宝英又陪苏归晓待了几天，让她又吃了几天家里的饭，然后回家去了。

叶和安带着团队加班加点对结构相模拟功能相进行调研和尝试，并且在组会上提出讨论，想要了解团队成员的建议。

周启南只觉得这事是天方夜谭，说出来的话也不怎么好听："就算是苏归晓提出来的想法，叶总监也不至于这么上心吧？这些结构相本来质量就无法和科研核磁比，分析结构相的内容都费劲，还模拟功能相？"

周启南说着，不屑地冷哼了一声。他话里指明叶和安是因为和苏归晓有不正当关系，才在这么不切实际的想法上耗费全课题组的精力。周启南不久前在群里提出了他对于将预后转化为分类指标的标准，但叶和安仅一句"容易引起争议"就跳过了，这样的差别对待，不是偏私是什么？

叶和安这段时间每日忙着突破科学极限就已经十分辛苦，还要在会上抽出精力来面对这样无聊的人身攻击，他从心底感到疲惫和厌烦。

他无可奈何地一叹气,正要开口,一旁的陈一妍却先一步道:"我回去也查阅了一些文献,我发现,现在通过人工智能模型去模拟新序列的研究并不是没有,甚至已经可以做到通过CT影像来模拟核磁的结构相这样我们过去认为离谱的事情,既然如此,我们为什么没有可能通过现有的结构相去模拟功能相呢?既然叶学长现在提出这件事,就表明他认为这件事在方法学上有可行的空间,那我觉得这个想法的确值得探讨,既具有创新性,也具有实际意义。"

陈一妍作为神经内科的代表说出这一番话,意味着场上的天平已经发生了变化。这次合作的三方队伍中,都有人赞同这个方案,周启南反而成了会场上的少数方;同时大家的讨论都是基于对既往文献的分析,只有周启南开口便是人身攻击,对比之下也就显得他刚刚的发言更加没有水平了。

自取其辱。

周启南怎么也没有想到陈一妍竟然会帮着苏归晓说话,他原以为陈一妍和苏归晓同级,多少会有些同辈竞争的压力和敌意,再加上叶和安的因素,这两个人互相看不顺眼,没想到陈一妍竟然会主动跳出来,莫非……想借这个机会送叶和安一个顺水人情讨好他?

周启南看向陈一妍,面色难看。陈一妍倒是满不在意。

有了她的"搅局",其他人也顺理成章地说出了自己的想法。刘正龙轻咳了两声,先是给了周启南面子:"我觉得启南的担心不无道理,"接着话锋一转,"但叶总监和小陈都指出,从目前科学发展的方向看,小苏的想法或许是可以实现的,而如果我们实现了这个想法,那么这将是我们对国外研究团队的一次弯道超车,我认为值得一试!"

他停顿了一下,将语气放弱:"当然人工智能我是外行,在模型专业技术上也给不出什么特别具体的建议。"

刘正龙和周启南年龄相仿、职级相同,一直以来多少受周启南的压制,他行事一向谨慎,伺机而动。在这课题组里观察了这段时间,他大致看出了其中的利害,从课题本身来讲,他也赞同苏归晓的想法,而从结果的角度考虑,周启南拿不下这个课题,对他而言是个机会,所以才敢在这个时候先站出来表态。

他对于人工智能是外行,对于形势分析却经验老到,那一句"弯道超车"正说进主任们的心坎里。这样的局面下,即使周启南再暗示韩晓天,韩晓天也不敢多话。

胜负已分。

再开口时,张建忠已然默认了这就是他们接下来的方向:"既然要做就要做得扎实,和安你刚刚提出的功能相参数比如重复时间的问题,我认为可以从高到低进行不同的尝试,然后分别去看预测模型的效果,选择最优。"

进入人工智能模型的部分已经超出了医生的舒适区,在场的其他医生都不敢随意接话,只是点头附和主任的意见。

主任说的这些叶和安不是没有想过,只不过……

叶和安还在思考如何说会比较好,就听苏归晓在这时出声:"我有一个想法,我们可不可以新纳入小样本量的患者,在不同重复时间参数下对他们进行扫描,再比较通过结构相拟合出的功能相与哪个重复时间的结果误差最小,来决定整批数据的参数选择?"

所有人的视线再次聚焦到苏归晓身上,她在之前那个非常大胆的想法上更进了一步,又提出了一个超出原课题规划内容的试验部分,虽然这很不可思议,但是她在引导着这个课题一步步走向一个新的方向。

一个所有人都没有预想到的方向。在场的人都被她惊到了,只有苏归晓自己清丽的脸上神色依旧平静,对周围的人心骚动似乎并无知觉,明澈的目光透着些许探究地望向张建忠和叶和安,只是想要寻找自己问题的答案。

张建忠没有立即回答。

这个规划是合理的,但无疑会增加不小的成本。叶和安猜得出主任心里的顾忌,因而道:"我可以通过现有的数据估算一下这部分所需的样本量。"

这之后也就可以更好地预估时间和经济成本。

张建忠点头,是认可了。

会议结束,主任们先行离开,苏归晓收拾了一下桌子上的文件,出门的时候在楼梯间碰到了正要下楼的陈一妍。

"谢谢。"对于刚刚陈一妍在会上顶着压力第一个支持了功能相的想法,苏归晓是真心感谢,这不只是对她课题想法的认可,也替她挡住了周启南的恶意造谣。

对于陈一妍而言,事到如今,如果她还不肯面对叶和安心里那样在意苏归晓的事实,那她这个独立现代女博士也就白当了。叶和安对苏归晓是真的动心,不管他们两个人现在有没有走到一起,不管他们未来会不会在一起,她都已经输了,死皮赖脸纠缠只会让大家的关系更尴尬一些,让自己更难看一些。

那还是算了吧,就算不能和叶和安在一起,她还想要这个课题的成果呢!

"不用谢我,我不是为了帮你,我是为了帮自己,我花费了这么多时间和精力来做这个课题,当然想要获得最好的成果,谁的想法对课题有利我就支持谁。"

但坦白说，陈一妍看着苏归晓很难高兴得起来，她也不明白，为什么苏归晓可以那样"轻松"地做到她做不到的事情、得到她梦寐以求的东西。

她当然听说了苏归晓之前在手术室累得晕倒的事情，说"轻松"二字，确实对苏归晓不公平。可是两次开会，苏归晓坐在那里就说出了一个足以改变目前研究计划的想法，看起来是那样轻而易举，就好像真的只是在日常聊聊天。

苏归晓刚刚加入这个课题时甚至对科研毫无兴趣，更别提经验，而一年时间不到，她就已经有了飞速的成长，成了一个有想法的科研人员。其间，她必定付出了许多努力，可光努力是不够的，她有这个天赋。

意识到这一点，陈一妍内心就像是打翻了五味瓶，她努力忽视着自己内心的嫉妒，可怎么都觉得不是滋味。

苏归晓不知道陈一妍内心的挣扎，真诚道："即便如此，你并没有被周启南的谣言干扰，我也要感谢你的理智客观。"

陈一妍牵了牵唇，却没有笑意："我认识叶学长这么多年，知道叶学长是什么样的人，他不会拿课题开玩笑。"她的声音顿了顿，语气也沉了下去，"而且，我也很清楚周启南针对你的原因，我们同属于一个课题组，身份多少有些相似，周启南今天能用这样的手段对付你，明天就可以为了利益用同样的手段对付我，我帮你也是为了保护自己。"

与其说她帮苏归晓是为了正义，倒不如说她早已算好利害得失，没有被嫉妒苏归晓的情绪冲昏头脑，选择了自己的利益。

陈一妍说得坦诚，苏归晓一时不知该如何回应，只是又说了一声"谢谢"。

叶和安办事效率一向极高,很快就根据既往文献和模型推算出了需要新采集的功能相样本量。由于课题是多中心设计,他计划由华仁医院先开始尝试,如果方案可行,将推广至其他中心。

经过一上午讨论,叶和安成功说服了张建忠和刘季雯。在两位主任的推动下,在华仁医院的这部分数据采集进展顺利,叶和安带领团队以最快的速度进行了结构相到功能相的拟合尝试,在进行了多种方法探索之后,关键脑区的准确性可达到70%以上,初步证明这个思路是可行的。

大家因此长舒了一口气,竟然真的从这样一个如此具有突破性的想法中看到了希望,于是,所有人跃跃欲试,要在多中心中开始尝试。

但是由于这部分是原课题中并没有的设计,多中心加在一起,招募被试进行全新的核磁采集需要较大的经费支出,仅这一步就至少额外需要200万,从哪里找钱成了他们现在最大的问题。

林一航作为公司运营方面的负责人自然责无旁贷,四处联系投资方,日常奔走在化缘的路上。但林一航毕竟是非专业人士,谈判时需要有医学专业人士陪同,而叶和安和苏归晓忙着改进模型没有时间,温冠宇便被推出来跟他一起跑场。

连续多日四处奔波、四处碰壁之后,温冠宇跟着林一航回到智影公司办公室,一屁股坐下就忍不住感叹道:"我先前一直觉得林一航就是个装饰品,每次开会往那儿一坐也说不了两句话,插科打诨间就把钱挣了,但这几天跟他出去跑了几圈才发现,这活可真是太难干了！"

林一航还没来得及感动，就听温冠宇又说："不过林总，你这连谈了四五家，一家都没谈下来，多少也有点不争气了吧？"

林一航脸色一沉："你也好意思说我？开会的时候人家问课题现在的思路和之后的计划，难道不是你什么都没说出来？"

温冠宇因为尴尬，耳根有些发热："我本来就是负责配合，课题的思路和计划又不是我定的，我说不出来很正常啊！再说了，那帮人最后不投资也不是因为这两个问题啊。"

这次，林一航倒是没有再反驳。的确，他们谈不下来的根本原因还是投资公司顾虑与国外竞争的项目风险问题，以及他们提出要收购公司股权，而非单纯地投资项目。

从林一航的表情中，叶和安就已经猜出了大概，但他没有多说什么，既然林一航说交给他，那么叶和安就充分信任他。

林一航灌了口水，思考着还剩下哪些投资公司可以联系，想了想，还是抬起头来对温冠宇道："明天开始你别跟我出去了。"

林一航的视线在屋里寻摸了一圈，现在课题进展到关键时期，叶和安和苏归晓肯定不能动，除去温冠宇这个小废物，就只剩下了……

林一航清了清嗓子："陈一妍，明天你跟我出去。"

然而，换了人也没有带来好运。投资方因为担心风险，算盘都打到了智影公司的股权上，要求以低价收购股权，保证这是个稳赚不赔的买卖。

唯一与之前不同的就是，这次不用他开口，陈一妍就已经帮他算好了得失，拒绝得斩钉截铁："按照徐总您的要求，您投200万，但要拿到公司20%的股份占比，光我们这一个AI课题的前期就已经是千万级别的项目，公司所在的滨江高新区更是对生物医药前沿领域高水平成果转化有着全周期的政策支持，转化之后是上亿的价值，更何况公司还有其他项目，我们现在虽然急需用钱，但也没有被人打劫的道理。"

徐总已经听说了林一航先前被其他公司拒绝的情况，向后靠坐在椅背上，不紧不慢道："千万级别、上亿的价值又怎么样？没有兑现之前不过是一纸空谈，200万虽不算那么多，在眼下却可以决定你们的生死。更何况如果我没猜错的话，林总之所以这么着急四处找投资，而没有回去找自家父母要钱，一方面是林家公司的利润在逐年下降，一时难以拿出200万的现钱，另一方面是因为在这200万之后，你们很有可能还需要后续投资吧？"

林家与智影公司完全处于两个不同的领域，大环境艰难，父母要向自家公司和董事负责，林一航无法拖父母下场。

徐总好整以暇地看着他们，等待着他们被拆穿后的表情。

只见陈一妍惊讶地看着林一航，这番话完全超出了陈一妍的预期。

什么？林一航家居然有公司？

什么？林一航家的公司逐年衰败，他居然还有闲心出来搞什么科技公司？

什么？他们可能还需要后续投资……哦，对，他们就是可能需要啊。

陈一妍回过神来，面无表情地望向徐总："您的意思是如果我们答应您的条件，后续的投资您就都负责了？"

徐总双手交叉："不一定。"

"正如您所说，没有兑现之前不过是一纸空谈，更何况您连兑现的意愿都没有，徐总，打扰了。"

陈一妍说完，拎包起身，见林一航还坐在那里，低头睨了他一眼："还不走？"

林一航赶忙站起身来，追着出了门。

陈一妍一路沉默，气压超低，到最后还是林一航先绷不住了，主动坦白从宽："你是不是想问刚刚徐总说我家公司的事？"

陈一妍双手环胸，靠在副驾驶座上，闭着眼睛，冷声冷气道："说。"

女王发话，林一航自认好像也没哪儿对不起她，可还是有些说不清的心虚，他舔了舔嘴唇："嗯……我家确实有个公司，是我父母年轻的时候创业做卫生巾起来的。"

陈一妍睁眼，顺嘴接道："哦，卫生巾小王子啊。"

林一航的表情一变，陈一妍也注意到了："怎么？不喜欢这个称呼？"

小的时候在幼儿园还有小学被其他男孩子这么嘲笑，他当然不喜欢了！

陈一妍却是不以为然："卫生巾怎么了？女性生活必需品，提高广大女性的生活质量，多光荣的事情！怎么，瞧不起女性？"

林一航被她后面这句话问得冷汗都要冒出来，赶紧摇头，但仔细想想她说的有理有据，只恨自己当年怎么就没有她这张嘴呢。

陈一妍又问他："小王子，你家公司要不行了？"

林一航的脸色再次暗了下去："没有不行，只不过现在市场竞争压力太大，公司的市场占比逐年下降，资金周转确实遇到了一点麻烦。"

陈一妍的语气里满是揶揄:"一点麻烦就连200万都拿不出来了？你和小说里那些'天凉王破'动不动就豪掷千万的富二代也差太远了吧？"

林一航为自己辩解:"我最开始出来创业就已经用了家里给的钱和我自己所有的钱作为启动资金，我们家也不是提款机，不可能随时都能取出那么多现钱来。"

陈一妍长长地"哦"了一声，点了点头:"那就是说公司到现在加上之前的融资和滨江区的扶持都没回本呗？"

林一航:"……"

陈一妍不愧是"大算盘"，这反应速度真是绝了！

林一航咬着牙最后为自己挽尊:"科研是周期长、风险大、花费高的事情，科技创业公司早期回不了本不是很正常吗？"

陈一妍点头:"对对对，很正常，所以人家不想给你投资不是也很正常吗？"

林一航:"……"

但玩笑归玩笑，现实面对的困境终究是要想办法解决的，能联系的投资公司林一航基本联系了一遍，条件大同小异，都不愿承担风险，还提出了极为苛刻的条件。

而偏偏由于是与国外的课题组同期竞争，整个课题经不起任何拖延和等待，周启南在这个时候带着他的提议卷土重来:"既然模拟功能相的方案实施起来这么困难，为什么不暂且放弃，按照原来的想法将结局指标改为分类变量进行计算？"

大家几番争执下来，周启南最终逼得叶和安立下承诺："假如一周之内还解决不了经费问题，我们就暂时放弃模拟功能相的思路。"

周启南心满意足离去，留下叶和安和苏归晓一脑门子官司，陈一妍重重地一叹气："别说一周了，再给一个月也找不到地方要钱啊。"

林一航却在这个时候突然开口："其实也不一定。"

众人一起回头看向他。

林一航尚且有些犹豫："你们还记得那位小安总吗？"

叶和安点头："记得，但我记得你不是去找过安达公司了吗？"

"对，但我找的是安大铭，他从华仁医院康复出院后，没休整多久就回公司坐镇去了。"

苏归晓蹙眉："也就是说安达公司现在做主的是安宇成他爸？那你提安宇成做什么？"

林一航乐了，多少有点幸灾乐祸的意思："因为小安总在他爸生病期间的那一通操作，耽误了和我们公司合作的试剂盒转化项目不说，好像其他几个决定投资的项目也赔钱了，他爸回公司一看，气得把他一脚踹到分公司副总的位置上，给了他1000万，让他做出点成绩再回总公司。"

陈一妍会意："你想让安宇成投资？可是他之前不是拒绝过我们一次吗？"

"此一时彼一时，当时他是安达的代总裁，经手的都是些大项目，既要维护自己的体面，又要对董事们有交代，考虑的自然就比较多，挑花了眼也正常。但现在他只有1000万，还不能都放在同一个篮子里，他如果想要做出点成绩给他爸看看，我们这种项目再合适不过，一旦成了不仅有收益更有好名声，够他名正言顺地杀回安达总部去。"

苏归晓猜到事情没有那么简单:"那你怎么不早去找他?"

"我自己去找肯定是不行的。"林一航看着他们咧嘴一笑,手指点到苏归晓和叶和安,"你是安宇成他爸的管床医生,你是安宇成最好奇的男人,为了增加成功率,你们俩都得跟我去。"

叶和安挪开林一航指在自己面前的手指:"你这算不算是卖友求钱啊?"

林一航倒是理直气壮:"只要能找来钱,我还可以把你多卖几次。"

现实如同林一航所料,在他循循善诱、苦口婆心、诚心诚意地讲解完之后,安宇成这次的确没有再拒绝,只是陷入了犹豫。

他思索了片刻,抬起头来认真地问苏归晓:"苏医生,你确定这个课题可以取得好的成果吗?"

他知道苏归晓的性格,直来直去,只求问心无愧,因而故意用了"确定"这个词,就是想看看她到底有多大的把握。

"我是这样坚定相信的。"苏归晓几乎是毫不犹豫地点头,目光直视着他,没有丝毫退避。

又是半晌的沉默,安宇成抿唇,风险与机会并存,他明白这个项目一旦做成,会是行业标杆一样的存在,与华仁医院的合作,更是这个项目最好的背书,区区200万,若是真能成功,绝对是以小博大的商业典范,万一没能成功……那倒也无所谓,反正他现在手里的资金就是父亲给他拿来练手的,倒也不用给谁什么交代,顶多就是回去再挨几顿骂。

只是……就算叶和安不赞同他的合作理念,但他还是要问:"所以,你究竟是因为什么决定退学不当医生了?"

叶和安不愧是安宇成最好奇的男人,到了这个时候还一定要问出个究竟。

林一航嘴快,说出了大家心中所想:"你这么执着于他,不会是喜欢叶和安吧?"

安宇成的脸色一黑:"滚,我哪怕喜欢苏归晓也不可能喜欢叶和安的!"

叶和安面无表情,挡在了苏归晓身前:"那你还是喜欢我吧。"

"噗。"林一航嫌弃地撇了撇嘴,这莫名其妙的醋酸味。

安宇成在爆发的边缘:"……老子就是想知道自己把钱给了什么样的人,怎么就那么困难呢?!"

苏归晓有些担忧地望向叶和安,想要替他向安宇成解释:"肯定不是什么半途而废或者唯利是图的原因,就是一些特殊情况……"

安宇成意识到了什么:"苏医生,你知道是什么原因?"

林一航也凑了过来,惊讶道:"对啊,你竟然知道?我都不知道!"

安宇成看向林一航:"你连这都不知道还敢跟他一起创业?"

林一航:"……"

陈一妍好奇地问苏归晓:"你是怎么知道的?"

经过一通混乱的对话,苏归晓笑得有些尴尬。

暴露了。

眼见着火力要集中到苏归晓身上,叶和安终于不再躲闪了:"好了!"

他深吸一口气,向安宇成伸出了手。安宇成不明所以,还以为叶和安要和他握手,也伸出手回握上去,却被叶和安一巴掌拍开。

叶和安提醒他:"仔细看!"

自己隐藏了那么多年的秘密终于要在大家面前揭开，但他的心情比他想象的还要平静，许是拜苏归晓连喊了他几个月"外科残疾人"所赐，他好像已经有些脱敏了，又或者说那是释怀，他已经有了新的事业、新的人生路，是时候该放下了。

安宇成低头，只见叶和安的指尖在轻轻地……颤抖。在这一刻，他终于恍然大悟。

一旁，林一航亦是震惊出声："和安，原来你……你是因为不能拿手术刀才决定……我竟然今天才第一次知道！"

身为多年的老友，他不可避免地为叶和安感到惋惜，在外人眼里，叶和安聪明、干练、专业，好像具备了一切成为优秀外科医生的条件，可是命运就是这样无常。

当然，在眼下，除了惋惜，林一航不会忘了利用这一点对安宇成施压："和安，对不起，我们之前真的没有想到这里面竟然会有这样令人难过的原因在，我们不应该逼你说出来的，我们可真冷血、真无情、真真真的太过分了。你说是不是啊，安总？"

安宇成看着一秒钟戏精附体的林一航，不自在地轻咳了一声。

林一航话锋一转："不过没关系，既然安总已经得到了他想要的答案，他这么睿智又善良的人，一定会立刻与我们签订合作协议，推动课题进展。虽然你不能再成为一名外科医生，但我们还可以在医学科技上大展身手！"

林一航连装都不装了，话说完之后，目光就直直地盯着安宇成。

苏归晓和陈一妍会意，当即附和道："是啊是啊，安总一定会与我们齐心协力，立刻、马上定下合作事宜的！"

不愧是道德绑架的三把好手。此刻的安宇成真是无比后悔自己执着于知道叶和安不当医生的原因了。

面对眼前四人灼灼的目光，安宇成认命地一叹气："我签，现在就签，行了吧？"

资金问题终于得以解决，这之后联络各个中心采集核磁数据又是一番漫长的征程，等拿到这批数据，又几个月时间过去了。

就在大家摩拳擦掌准备大干一场的时候，却意外地发现，大概是由于各中心核磁型号和参数的差异，多中心数据的拟合效果比华仁的显著下降。叶和安和苏归晓查阅文献，带领团队不断尝试新的模型方法，然而效果还是不理想。

已经在公司连续熬了两周的夜，虽然对这样的情况心急如焚，但是叶和安还是将苏归晓轰回了宿舍，给她强制放了一天假。

苏归晓回宿舍的时候，一推门就听到了房间里传来的哭声，只见梁亚怡坐在椅子上，许是没有想到苏归晓会在这个时候回来，她脸上还挂着眼泪，有些尴尬地看着苏归晓。

苏归晓赶忙走过去问："怎么了？"

梁亚怡擦了把脸："也没什么，就是分手了。"

苏归晓对梁亚怡和她男朋友的印象还停留在他们之前相亲相爱的样子，有些惊讶地问："为什么啊？"

梁亚怡不以为意地摆了摆手："不爱了呗，说是我太忙，平时都见不到我，没有有女朋友的感觉，身边有女生在追求他，他被打动了。"

"可医生这个职业就是这样啊，以后毕了业情况也并不会好起来，每天上班、值班、科研各种事情，只会越来越忙。"

苏归晓伸手抱了抱梁亚怡，轻拍了拍她的后背："别太难过了。"

梁亚怡却笑了："我没事，其实我不是很难过，他不回我消息的时候我就已经隐隐约约猜到了。只不过谈了两年多，分手了，总觉得仪式感还是要有的，正在这儿酝酿着打算哭一哭，象征性地和过去告个别，你就回来了。算了，不哭了。"

苏归晓抱着梁亚怡，一时不知道该不该继续安慰她。

梁亚怡反客为主倒是快："对了，你怎么回来了？你课题怎么样了？我听说你老板再过几个月就要去竞聘副院长了，你们组现在压力都很大吧？"

苏归晓放开梁亚怡，走到一旁的椅子上坐下，一叹气："遇到了挺大的问题，花了很多钱和时间终于收集来了多中心的数据，可是现在模型的拟合结果很不理想，这思路是我提出来的，可是现在……我真害怕是我浪费了大家这么长时间，最后兜兜转转又回到原点。"

看着苏归晓罕见的沮丧模样，梁亚怡没忍住，扑哧一声笑了。

苏归晓讶然地看着她。梁亚怡这情绪转换无缝衔接，可当真是"翻脸比翻书还快"啊。

"你看咱们俩，一个爱情受挫，一个工作受挫，就这样灰头土脸地在宿舍相遇了。"梁亚怡故意用调侃的语气，说得轻松，"咱俩的情况看似不同，其实又有千丝万缕的相似，你害怕浪费了时间兜兜转转又回到原点，而我和男朋友分了手，兜兜转转又回归了单身。"她说着顿了顿，语气也变得意味深长起来，"不过我倒是觉得回到原点也没有那么可怕，无论如何，在这个过程中我们学习了、成长了，或者最起码也开心了。忘了之前哪位大佬说过，人生的路，每一步都算数，我觉得你一定可以通过在这个过程中学习到的东西，找到办法走出困境。"

苏归晓看着梁亚怡也笑了:"我刚才真是多余担心你,我发现你真是越来越像一个哲学家了。"

"那倒也没有,主要是不想努力、不想痛苦,就只能想得开了。"梁亚怡自我调侃道,看了看苏归晓的脸色又说,"你是不是很多天没有好好休息了?快睡一觉吧,也许天亮睡醒,你就会有新想法了。"

适逢苏归晓的手机振动了一下,她低头,只见叶和安发来了消息:"醒着吗?"

苏归晓敏锐地察觉到了什么,想了想回复道:"你是在'钓鱼',还是有事找我?"

手机再次振动,叶和安说:"快去睡。"

行吧,就是在"钓鱼",看她有没有睡着。

大概是真的累了太久,她这一觉无梦到天明,醒来的时候看到手机上已经有叶和安的消息:"醒了就下楼,我给你带了早饭。"

再看时间,已经是半个小时之前。他在楼下等了她那么久,也没有打电话叫醒她。苏归晓赶忙起床收拾好,下楼,果然看到了叶和安的车,他在车里还在对着笔记本敲代码。

苏归晓敲了敲车窗,随后上了车,接过叶和安准备的早餐,咬了一口包子,问他:"是不是等了很久?"

叶和安牵了牵唇,伸手擦掉她嘴角的油渍,笑道:"也没有很久,只顾着改代码,没注意。怎么样,昨晚睡得好吗?"

苏归晓点头,又问:"你呢?"

"不好,我收到大刘的结婚请柬了。"

大刘是他们高中班长,老同学都要结婚了,而叶和安这边只能眼巴巴地看着苏归晓,保持好普通同事关系。

他的声音带着怨念:"我现在只恨不得立刻马上把课题结了!"

苏归晓被他的语气逗笑了,可是笑过之后却觉得心酸和抱歉:"我没想到拟合功能相的思路做起来会这么困难,可能是我经验不足,引导大家上了一条弯路,如果确实不行,你也可以随时放弃,更改思路,千万不要顾及我。"

苏归晓怕他为了维护她的自尊心和脸面,在一条没有前景的路上再蹉跎时光。

叶和安却是由衷地笑了:"归晓,虽然我很喜欢你,但你总不至于觉得你能够影响到我的科研决策吧?我之所以会开始这部分的工作,是因为经过充分调研以后,觉得你的思路确实可行,而我现在坚持的理由也是我觉得还有办法可以尝试。"

"你真的觉得还有办法?"

叶和安点头:"当然,虽然现在咱们面临的情况确实有点棘手,但这还不是我遇到的最困难的情况,我们还有机会。"

在这一刻,苏归晓忽然意识到自己对他过去的几年所知甚少,不由问:"你还遇到过更困难的情况?那你是怎么过来的?"

"我本科到英国课题组学习的时候,当时那个课题组的老板是英国的院士,课题组很大,人非常多,关系也乱,而我因为年纪小,还有当时国际局势的特殊变化,在课题组里毫无存在感,我需要不断地找机会去完成一些别人不愿意做的工作,去给英国教授留下印象,借一切机会向他争取属于我的课题。但即使是这样,他们看好的课题也轮不到我,当时有一个课题经过他几届学生转手,都做不出来,大概是觉得没什么希望了,就扔给我了。"

叶和安说起自己经历的种种不公时还是笑着的,他想了想:"我怎么跟你形容呢?就是起初每次组会的时候,我想向英国教授沟通课题进展、寻求指导,他听我说完两句话就不想再往下听了,只会敷衍地说一些'做得好''再试试'之类的话。"

苏归晓眉头皱得简直要打结了："他这样不是在浪费你的时间吗？那你后来怎么样了？"

"我放弃了向他寻求认可或帮助的想法，转而只专注于这个课题本身。我觉得之前这个课题他们几经转手都没有放弃，就说明这个课题本身是很有科学价值的，问题一定是出在了实现的方法上面。所以，我花了很长时间去复盘他们几届学生的工作，又去查阅了大量文献，终于在半年多以后想到了新的思路，尝试出了一点结果。"

他说得这样轻松，实际所经历的各方面困难和问题，只怕要复杂千百倍。

苏归晓欣慰地笑了："你英国老板是不是很惊讶？"

叶和安点头："当然，那半年多的时间，每次组会我几乎都不怎么说话了，他们还以为我早放弃了，那次见我真的折腾出了点东西，英国教授立刻来了兴趣，拉着我足足讨论了两个小时。"

人性就是这样，既复杂又简单。

他回头望向她，语气认真又温柔："所以归晓，眼下的困难并不是绝对的，别人的看法也随时都会改变，路要如何走下去，最重要的还是你自己的判断。"

苏归晓明白叶和安的心意，应声道："好。"

二十瓣玫瑰
盛放的野玫瑰

峰回路转终于在不期然间来临。

再把相关的文献检索了一遍又一遍之后，苏归晓终于在 NEJM[1] 上的一篇论文的讨论里找到了一部分相应内容。这些内容给了她提示："如果我们通过增广先处理数据再去拟合模型，再去除多中心效应，是不是可能最大程度地增加模型的稳定性和泛化性？"

叶和安当即更改思路，重新进行了数据清洗和代码配置，由于数据量庞大，服务器连跑了几天，终于在万众期待中，结果出来了。

苏归晓凑过去想看电脑屏幕，叶和安却手快挡住了她，说："要不你来猜一猜，咱们这次能不能行？"

苏归晓心急如焚，哪里顾得上和他打哑谜，直接把他的手按到了一边去。林一航不厚道地笑了，凑到叶和安耳边说了一句："这是血脉压制啊！"

"86.2%？"看清了屏幕上的数字，苏归晓爆发了惊喜的声音，

---

1 全称 The New England Journal of Medicine，即《新英格兰医学杂志》。

"准确度可以达到 86.2%？"

叶和安点头："这还只是第一轮结果，我们还可以进一步调试。"

苏归晓开心得恨不得扑上去抱住他，想了想却转头去抱了智影公司的女同事："你们太棒了！"

叶和安唇畔的笑意更深："不，归晓，这次是你太棒了，是你提出了拟合功能相的想法，也是你找到了办法让我们走出困局，你已经是一个很好的科研人员。"

叶和安说得很是认真，当着这么多人的面，苏归晓原本有些不好意思，可想了想，从当初那个连文献里方法学翻译成中文都看不懂的科研小白，到现在可以通过自己的思考解决这么重要的科学问题，自己付出了多少努力啊！她抬起头，挺起胸膛，理应为自己的成长感到骄傲："是啊，我是一个很好的科研人员了。"

她抬眼对上他的视线，两个人不约而同地笑了。

这次结果更新出得十分及时，在还差一天就要结束投稿征集的时候，在张建忠的授意下，苏归晓和叶和安向国际卒中大会提交了他们的研究摘要。两个月后，他们收到了结果：他们的研究入选大会发言。

和他们一起入选的，还有迈克尔·布朗教授课题组的研究。组委会特意将两个发言安排在了一起，也就意味着他们会面对着最直接的比较。

因为课题分析的主要思路是苏归晓提出的，苏归晓作为第一作者上台发言。这是她第一次参加国际会议，直接面对全球顶尖的专家们，要说不紧张是不可能的。

但当站在台上，她依旧以最从容的姿态，有条不紊地讲述着团队的研究成果。在提问环节，迈克尔·布朗教授更是直接提问她:"之前从未有课题组将结构相拟合功能相运用到人类数据上,你们拟合准确度如何?是否存在为了分类的高准确性而过拟合的情况?"

好在苏归晓和叶和安早已考虑到了这些问题,并进行了充分的准备,当场翻到幻灯片最后的补充部分,展示出了充分而翔实的数据图。苏归晓又做了详细的解释,但其实已经没必要了,在场的都是行业顶尖的专家。在看到图的那一刻,迈克尔就已经明白,他们做了充分的分析,是有备而来。

再问下去,如果苏归晓团队都分析过了,只会显得他们团队的成果不仅新颖,而且翔实可靠。迈克尔没有再多说什么,只是紧蹙的眉泄露了他此时的复杂心情。

迈克尔团队的汇报紧随其后,原本是当天的压轴汇报,然而中规中矩的课题思路设计,与之前苏归晓所汇报的功能相拟合相比,似乎落了俗套,创新性显得并不突出了。

不过他们因为开始得早,中心数更多,外部验证的样本量更大。苏归晓看着屏幕上迈克尔课题组的外部验证准确性可以高达93.6%,而他们的验证准确度目前刚到90.2%。

嗯……不爽,非常不爽。

回国之后,苏归晓进入了疯狂的文献检索阅读状态,不断提出新的思路,并进行理论探讨,最终选出较为可行的方案交给叶和安去尝试。原本叶和安才是大家眼里的数据分析专家,可是不知道从什么时候开始,苏归晓成了分析思路的主控之一,叶和安都不由调侃:"我怎么感觉你像是我的产品经理。"

周启南起初还试图怂恿韩晓天去和苏归晓一较高下,但是在经历了连续一个月的文献与手术工作极限拉扯后,韩晓天彻底放弃了。看着刚下七个小时的大手术,还在噌噌往外走,像是在和他比脚速一样的苏归晓,头晕目眩的韩晓天忍不住叫住她:"苏归晓,我服了,我真的服了你了,我不跟你比了,行吗?"

苏归晓停下脚步,回过头奇怪地望向他:"你说什么?我本来也没有在和你比啊,我是要和迈克尔团队的速度比。"

这一瞬间,韩晓天只觉得无语至极,他在这儿痛苦挣扎了一个月,合着人家压根儿就没拿他当对手!伤害性挺大,侮辱性极强。看着苏归晓扬长而去的身影,他薅下头上的帽子,狠狠地摔在了地上。

但有一个现实问题却是苏归晓不得不面对的,那就是她已经进入博士第三年的学习,根据学校要求,她需要发表三分以上的SCI论文才能顺利毕业,而到目前为止,AI预测模型课题的方法和结果还没有完全确认,更别提论文撰写了。再这样下去,她很可能会毕不了业。

吃饭的时候,梁亚怡问起她论文的情况,听完也不由感叹道:"咱们年级别的同学都说你成了你老板野心的牺牲品,你老板为了冲院领导的位置,尽快出大的课题成果,把你按在AI的课题里,不让你去做点别的,出篇小文章。"

经历了那么多事情以后,苏归晓并不想再去揣测领导的心意,她更清楚的是自己的心:"其实我也不是很想在这个时候去做别的,毕竟我们还在和国外团队竞争,时间太过宝贵。就算我真的成了老板野心的牺牲品,最起码我也做了自己想做的事情。"

梁亚怡一叹气,对她的想法倒也认可:"只不过便宜韩晓天那小子了。"

从现在来看,不管是在手术还是在科研上,都是苏归晓占了上风,但如果苏归晓延毕,韩晓天在团队内部就没有竞争对手了,天选锦鲤不外如是,而他们下一届的两个师弟则是倒了血霉了,无辜被波及。但对于苏归晓而言,无论是延毕还是不延毕,那都是她的选择,当她足够强的时候,她就可以将命运握在自己的手里。

留级的话,有些手续上的问题终究还是要解决的。苏归晓填好相应的文件之后,主动去找张建忠签字,向他道:"老师,因为现在已经年底了,按照我们的毕业要求,明年四月之前需要有SCI论文接收,我担心咱们AI课题的文章可能会赶不上,所以准备申请延毕。"

张建忠扫了一眼她手里的表格,不以为然道:"我听和安说按照现在的进度,十二月可能能够出最终结果,明年一月成文投稿,四月之前并不是完全没有可能接收。等四月看看,要是实在不行再申请延毕吧,你不是还想申请留院呢吗?万一今年有机会,错过了岂不是很可惜?"

苏归晓一怔,没有想到主任会主动提起留院的事情,她自然想留院,连简历都已经准备好了,可是……

她以为张建忠是不清楚学校的规则,向他解释道:"老师,按照学校的规定,如果我现在以个人原因申请延毕的话,就是普普通通的延毕,但如果等到明年四月我因为没有文章不得不延毕,学校就会认为是导师失职使得学生没能按时毕业,为了保护学生,学校就会出了一个政策,会停掉导师下一学年的招生资格。"

张建忠神色未变,几乎没有丝毫犹豫:"我知道,没关系。"

苏归晓彻底愣住了。张建忠一年的招生资格会涉及两个博士、起码三个硕士,为了她很有可能都会被牺牲掉,而现在他就这样轻飘飘地说"没关系"?

张建忠还要赶着去趟医务处，见她不说话，抬腿就走。也不知从哪里来的勇气，苏归晓突然紧跑两步追了上去："张老师，我能请问下您，最开始究竟是因为什么选择让我这个几乎没什么科研基础的学生加入AI这个课题组当中吗？"

大主任的脚步慢了下来，明净的镜片之下，主任的目光不同于往常的锐利，多了几分似是看着孩子般的温情。张建忠轻叹气："女生在外科，尤其是神经外科工作是非常不占优势的，我既然收了你，肯定也不想你在我这儿待了三年，毕业之后再去干别的。AI这个课题虽然很难，但假如能做出来，你也可以有更多的资本找到工作。"

当然，走到如今，苏归晓能够引导课题思路走上一个新的方向，对于张建忠而言也算是意外之喜了。

在苏归晓心里，张建忠主任一直如同一座高山一般，不管是在身份上还是在专业技术上。此时，她看着自己的老师，他虽然依旧高大，依旧是需要她仰望的存在，却不似从前那般冰冷遥远了。

年过半百，因为每日来自各方面的巨大压力，张建忠的头发已经花白，他看着苏归晓又是一叹气，在这一刻的心情大概就像是面对着自己的儿女，那复杂又别扭的情感不知如何表达。

他会为她着想给她机会，也会在她可能传出丑闻的时候立刻想要换掉她，可他终究还是一个会去托自己学生一把的老师。苏归晓忽然心酸得说不出话来。

后来苏归晓和叶和安说起这件事的时候，叶和安猛地回过头："你说什么？你还想延毕？"

苏归晓理所当然地点了点头："课题做不完当然得延毕了，没关系的，亚怡说的有道理，人有的时候没必要那么着急，先把眼下的每一天过好更重要。"

"我急!"叶和安的脸都要绿了,他走到苏归晓身前,扶着她的肩注视着她,一字一句认真道,"毕业,在一起,结婚。"

"课题一定会及时完成的。"他几乎从牙缝里挤出了这句话。

不只是叶和安和苏归晓,就连陈一妍、温冠宇甚至严安逸都快要在办公室住下了,经过整个团队昼夜不停地努力,他们终于赶在十一月底就提前完成分析。所有人聚集在会议室里看着结果汇总,当苏归晓的最后一句话话音落下,会议室里久久没有声音,而后,还是张建忠最先开始缓慢而有力地鼓起掌,接着全会议室爆发了雷鸣般的掌声。

这一路走来太不容易了,从前期筹备的风雨飘摇,到项目开始时因为和国际团队的竞争而不被看好,再到苏归晓的突发奇想改变了课题的发展方向但也每天惶惶不安,直至今日,一切的飘忽不定,在这一刻终于有了答案。可这还没有结束。

根据他们得到的消息,迈克尔团队已经在上个月开始了文章撰写,而且最微妙的是,在上次会议之后,他们似乎也在他们的分析中加入了部分模拟功能相的内容。如果让迈克尔团队借鉴他们的思路,成了全世界第一个做出模拟功能相模型的团队,那么对苏归晓和叶和安而言,过去那么久的努力将会成为永久的遗憾。

这之后又是一连串不眠夜不必言说,其间苏归晓还经历了叶和安多轮的严厉鞭策,稿子修改的版本双手双脚都数不过来。

深夜智影公司叶和安的办公室里灯火通明,她坐在叶和安身边,听着叶和安一边看她写论文一边嫌弃她:"这句话写得还是太绝对了，很容易被审稿人挑刺，再改。"

光这一句话她都改三遍了，叶和安还是不满意，还不说清楚怎么改，就让她自己悟。苏归晓咬牙切齿："还好我们现在只是普通同事的关系，不然我一定一分钟都忍不了，要和你分手！"

叶和安闻言愣了一下，许是想了想心里也有点后怕。然而下一刻，他看到了屏幕上的一个逗号，眉头又拧紧了："苏归晓，一个纯英文论文你怎么会打出中文逗号？！"

苏归晓："……"

当"临终"的苏归晓终于将"最终版"打在文档标题上，那一刻她心里涌上来的满足感，无可比拟。

偏偏一旁又有一个声音不合时宜地插了进来："你在这儿自我陶醉什么呢？稿子能不能送审都不知道呢，赶紧给我提交系统！"

苏归晓："……"

怎么说呢，自从叶和安全权包揽了论文撰写相关的主要审查工作以后，苏归晓和张建忠的师徒关系越来越好，但她看叶和安真是越来越不顺眼了。

意外也不意外地，迈克尔团队和他们投了同一个 SCI 杂志。

从逻辑上推也十分合理，大家都想要投到影响力最高的期刊上，除了偏爱临床对照试验的四大顶刊，从研究的类型来讲，合适且医学影响力最高的期刊就是 *Lancet Neurology*（《柳叶刀神经病学》）。

苏归晓他们听说这件事，是在另一个会议上，迈克尔发言时自己提到了文章正在审稿中。两个非常类似的题目，甚至在方法学思路上也有重叠——毕竟迈克尔团队"借鉴"了功能相的想法，杂志很有可能会只留一个。留下的那个将会第一个发在国际顶刊上，成为真正的王者，而失败的则会流落到不知道哪个期刊上，成为永久的遗憾。

科学界虽然是尽可能公平的，但像这样的 SCI 顶刊都是欧美人作为编辑，他们时常在各种各样的会议或者交流中碰面，要说没有一点偏心，那是不可能的。

在这样的时间点，这个课题、张建忠副院长竞聘的成败、苏归晓能否准时毕业全部取决于这篇文章能否被选中。眼见着苏归晓明显地焦虑起来，叶和安握住她的手问她："你是不是已经将你的论文做到尽可能完善了？"

苏归晓点头。

"那就没什么可怕的了。"

苏归晓明白他的意思，却还是担心："可如果迈克尔团队的文章也写得很好呢……"

"那就看命了。"叶和安顿了顿，握着她的手更用力了几分，"但我相信，我们的会更好。"

他是那样笃定，这份笃定源自他对苏归晓以及整个团队的信任。他们已经做到了最好，已经做到了他们所能做的一切。

而幸运的是，结果被叶和安说中了。

让所有人都意想不到的是，国际大佬迈克尔团队的文章在经历外审之后，竟然直接被拒了。因为他们在最后关头才加入了功能相关的模拟分析，整个分析非常匆忙，补充的材料不够，缺乏许多关键参数，结果显得并不可靠，尤其是在和苏归晓团队的文章的对比之下显得劣势更为突出，审稿人和编辑在谨慎考虑和讨论后，最终决定直接拒稿。

而苏归晓这边虽然又被要求补充了许多数据，但是能给修改机会本身就是一种认可,在他们根据要求认真地完成之后,文章终于被正式接收。而此时刚刚好,还是三月。

知道结果那天,小财主安宇成开着他的玛莎拉蒂,运着鱼子酱寿司和各种各样的奶茶,来到办公室探班庆祝。陈一妍调侃他:"就这点吃的喝的?电视里一般这种时候财主不都是直接发钱的吗?"

安宇成有些尴尬地笑了笑:"我现在不是没钱嘛,不过等我以后负责总公司了就会有钱了!"

"那你什么时候会去负责总公司?"

他爸还结结实实勤勤恳恳地工作呢,他就算是回到总公司也不可能是最高负责人!安宇成想了想说:"再过个十来年?"

陈一妍翻了个白眼,嫌弃地看着他和林一航:"你们两个富二代,真是打破了我对有钱人的所有幻想!"

办公室里,大家笑作一团。

论文和专利转化双丰收,张建忠在竞聘副院长的最后关头逆转局势,大获全胜。

苏归晓也顺利提交毕业论文,博士毕业的大论文五万多字,她自己从头到尾反反复复检查了不下十遍,才和韩晓天一起将毕业论文交到导师张建忠的手里。张建忠一向以挑剔和注重细节出名,对着韩晓天的论文,他几乎是翻两页就画个大圈,不仅内容的准确性、公式的规范性欠缺,甚至存在错别字、标点符号全半角混用的问题。张建忠的眉毛越拧越紧,脸色也越来越差:"我就这么快速地过一遍,就能抓出这么多问题,你花了几天写成这样?给我回去从头改完再给我看,过了才能提交!"

韩晓天底气不足,却还是小声道:"老师,实在抱歉,我这段时间一直在忙着找工作,论文……论文是从这两周开始重点赶的,我回去根据您的意见再改改。但是老师，教育处要求最晚今晚十二点前提交，我怕……我怕会来不及……"

张建忠听懂了韩晓天的意思，面色一沉，抬手将韩晓天的论文狠狠地摔在了桌子上："怕来不及你最后一天才交？你是在逼我吗？"

韩晓天连忙摇头："不是，老师，我没有那个意思，我只是怕毕不了业……"

张建忠冷哼了一声，态度坚决，是下了最后的决定："你怕毕不了业，就不怕这个论文带着你的名字传到网上跟你一辈子被人指指点点吗？你不怕我怕！"

张建忠说完，一甩手，翻开了苏归晓的毕业论文，明确不想再和韩晓天沟通。韩晓天面如土色，张了张嘴，却终究是没敢再说什么。

卡在老板心情最差的时候让老板看自己的毕业论文会怎样呢？韩晓天用眼角的余光瞟向苏归晓，虽然自己刚刚丢人丢大发了，但苏归晓现在所面临的绝对不是什么好局面。刚刚被骂过后的狼狈使得他现在心情复杂而微妙，微妙地期待着接下来的苏归晓也会经历类似的事情，这样在他的心里，他们就又可以回到平等的位置，他便不必觉得自己丢人了。

张建忠低头快速翻阅，短暂的沉默和思考后，将论文合上放回了桌面上，开口只有两个字："交吧。"

与老师的目光对视，苏归晓缓缓牵唇，由衷地笑了。

这论文中的每一个字都是她自己写的，不再有叶和安也不再有其他老师为她指点，但她依旧赢得了张建忠的认可。

韩晓天愣住。出了主任办公室，韩晓天头也不回地快步离开，是显而易见的不爽。

和周启南一起去食堂吃饭的时候，韩晓天还端着电脑，边吃边忙着改论文,伸筷子的时候都顾不上看,一筷子伸进了吐出来的骨头堆。

"欸欸欸——"周启南出声提醒韩晓天。

韩晓天回过神,看了看自己脏了的筷子,一声叹息,索性彻底放下了筷子。

周启南劝慰他:"其实主任说什么你也不用太在意,主任要求高是大家都知道的事,今天你挨骂也不一定是你的论文有多不好,我觉得就大概改改,再去找主任求情就可以了。苏归晓没挨骂也不一定是她写得有多好,她刚发了《柳叶刀》大子刊,主任怎么看她都顺眼罢了。"

韩晓天没有说话,只是看着手机上的文件,那是苏归晓应主任要求发在群里让他参考的毕业论文,眸光微暗。他比谁都期望周启南说的是对的,可偏偏看完苏归晓论文的那一刻,他就清醒了。

旁边心内科的黄医生像是听到了有意思的事情,突然开口:"对了,我们也听说了你们那篇大子刊,你们厉害啊!我看你们文章里写的模型准确度可以达到将近95%,下一步是不是要往临床转化了啊?"

周启南脸色微沉,冷哼了一声:"什么临床,不过是砸进所有资源好不容易搞出了一篇论文而已,能有什么用?真来了病人还不是得靠医生?什么AI,骗骗别人就得了,别把自己骗了……"

黄医生没想到周启南的态度会这样直白而消极,先是一愣,随后有些尴尬地笑了笑:"老周啊,我记得你也是这论文的作者之一吧?论文作者都这么不看好这成果吗?哈哈……"

周启南不以为意地挑眉:"就是因为是作者才知道这种东西有多没意义,大家发论文还不是为了找个工作、升个职称、多点奖金,谁还真的是为了什么改变世界啊？何必当真！"

黄医生笑了笑："那倒也是，唉，都是身上的枷锁啊……"

大家相视一笑，多少唏嘘尽在不言中。

周启南没想到的是，还没出手术室，就接到了妻子的电话。

原本以为是妻子又提醒他，晚饭给他妈妈过生日，订了餐厅可千万不要迟到，也因此电话一接通，想也没想就直接说："不用催了，手术结束了，我收拾收拾半个小时内就出医院。"

"你不用出医院了！妈出事了，突然说不了话、动不了了，我叫了救护车，还有十分钟到你们医院，你快准备一下！"周启南妻子语气焦急迫切，话像连珠炮一样向周启南砸了过来。

周启南脑海中有一瞬的空白，他竭力调动自己医生的本能让自己冷静下来："你说什么？这种情况多久了？"

"妈中午睡了个觉，下午就一直没出来，我刚刚觉得不对劲，进屋去叫妈，就发现这样了。"

周启南的心一沉："妈几点睡的觉？"

"大概中午十二点吧……"

周启南的心再一沉，他抬头看了一眼手术室墙上的表，十二点，这就意味着如果母亲真的是卒中，那么按照醒后卒中的计算方式，已经将近五个小时了……

周启南面色凝重，挂断电话向急诊飞奔而去。

他的预感没有错，在进行完一系列检查之后，果然发现了梗死病灶和堵塞的血管。

周母卒中的症状着实不轻，左侧上下肢偏瘫，肌力几乎完全没有，构音障碍严重到只能发出最简单的音节，就连小便都出现失禁。

妻子一时也慌了神："妈本来说中午休息一会儿，下午我们早点出发来医院一起接你去吃晚饭的，我左等右等不见妈出来，进去看了看才发现妈已经这样了……"

今天母亲七十岁生日，周启南却只能握着她满是茧子的手，看着病床上她憔悴又虚弱的样子，鼻翼发酸："妈，你别害怕，我一定想办法救你！"

神经元的死亡不可逆转，一旦等过了急性期那些缺血的神经元都死亡之后，再想缓解缺血性卒中症状是非常困难的。可现在已经超过溶栓的时间窗，内科溶栓是不可能了，现在唯一有可能在急性期挽救将死的神经元的办法就是外科取栓。

现在距离周母入睡的时间已经过去五个多小时了，手术的窗口是在六小时内，时间非常紧迫。

同事们得知消息之后，已经第一时间帮助周母安排好了手术室，原本正要下班的张大冬主任也在第一时间做好了上台准备。然而就在母亲即将被推进手术室的时候，周启南突然接到了张建忠的电话："小周，你到我办公室来一下。"

"主任，我母亲……"

还没等他说完，张建忠就打断了他，语气坚决："我知道，你过来一下。"

去主任办公室的路上，周启南想了很多种原因和可能，却怎么也没有想到，推开办公室的门，他看到的不只是张建忠，还有苏归晓和叶和安。周启南疑惑："主任，您找我？"

张建忠看了一眼苏归晓，又看了一眼周启南："确切地说，是小苏和小叶找你。现在入院急性缺血性卒中的被试数据会自动进入咱们的 AI 预后模型进行推算，就在刚刚，他们看了你母亲的模型预测结果，模型建议不要手术。"

周启南几乎是惊呆在了当场，只觉得荒诞："主任，你在跟我开玩笑吧？AI模型？那只是个概念，出论文唬人用的罢了，您总不会当真了吧？"

苏归晓正色严肃道："周老师，我们一直是当真的，从来不是唬人用的！在决定找你之前，我们仔细地研究了阿姨的情况……"

周启南只觉得可笑，打断她："研究？就凭你，一个还没毕业的博士？我当了十多年的医生，见过成百上千的患者，有比你多得多的临床经验，不需要你来替我研究！"

"人的能力是有限的，再多的临床经验也不能保证识别出所有特殊的情况。你可能见过成百上千的患者，但 AI 模型用到的数据却早已上万，我们将阿姨的各方面情况与这上万例患者进行了比对……"

"我没有时间听你在这里胡扯！"周启南顿了顿，抬头看见了墙上的表，像是突然明白了什么，"我知道了，你是知我妈她很快就要超出手术时间窗了，故意拖延时间让我妈错过手术机会来报复我是吧？"周启南的眼睛已经红了，说话时透着狠意，他用手指着苏归晓，"我告诉你，苏归晓，如果我妈有什么三长两短，你等着！现在给我滚开！"

叶和安抓住周启南指着苏归晓的手："周医生，请你理智一点，没有人要报复你，我们都是因为想要救你母亲才会在这里的！模型的预测结果显示，如果你母亲接受取栓手术，术后三天再出血的概率高达 80%，可能会要命的！"

周启南用力甩开叶和安："我不信！你少吓唬我！就凭你们那

个模型？骗鬼去吧！"

周启南的手机在这个时候振动了起来，他接起电话，听筒里是韩晓天的声音："南哥，阿姨的手术已经准备好了，就等你了。"

"我现在就过去！"

周启南收起手机，转头就要离开，却被叶和安拦下。张建忠在一旁沉声道："小周，至少给我们三分钟，让小苏把话说完你再决定！"

"主任！"

张建忠提高了音量："听她说完！"

"周老师，这里有50个来自不同中心的患者，他们和你母亲的病情非常相似，在这些人里面卒中后出血转化的概率高达63%，而与你母亲不同的是，他们都是40～60岁年龄段的患者，你母亲比他们的年龄高、基础病更多，术后出血风险近乎80%！我知道你在担心什么，阿姨这次卒中的症状很重，可能会有非常严重的后遗症，哪怕冒险你也想要救阿姨我们都能理解，但是这么高的风险，你确定阿姨的身体能承受吗？"

苏归晓说着，将平板塞给了周启南："我说完了，你自己决定吧。"

叶和安将办公室的大门打开，示意周启南随时可以离开，周启南一低头就看到了平板电脑上的核磁图像，一眼僵住。

的确，正如苏归晓所说，这些患者的梗死灶与他母亲很像，而且病因学也是一致的，原本想要转头就走的周启南沉默了。他双手拿起平板电脑，点开了这些患者的病例，一页一页向下翻阅，当看到其中几名患者卒中后出血转化甚至最终死亡的时候，他眸光渐渐暗了下来。

其实不是想不到，只是心中仍存有太多的侥幸，期望母亲会是幸运的那个，可是苏归晓用 80% 这个数字，戳破了他所有的幻想。

母亲的病情有太多不利因素了，年龄、基础病、梗死面积、位置等，她现在的样子固然令人痛心，可还能陪在母亲身边或许就已经是上天的恩赐，他真的要赌这 20% 的机会吗？如果赌输了呢？

不，他不能接受，如果这样，他宁可不要去赌。

他缓缓放下手里的平板电脑，没有说话。

手机在这个时候再次振动起来，电话那边的韩晓天语气中透着焦急："南哥，麻醉师要准备开始麻醉了，你快到了吗？"

周启南抬眼，面对着眼前三人的目光，抿了抿唇，终是道："不做手术了……"

"南哥你说什么？信号不好我好像没听懂。"

周启南提高了声音，终于下定了决心："我说，我妈不做手术了，转到内科保守治疗！"

周母出院的那天是个大晴天。

原本正被出院病历搞得焦头烂额的苏归晓突然觉得身后有人在拍自己，她回头，就看到周启南推着轮椅，轮椅上坐着一位老阿姨，看起来左侧肢体活动无力，但精神状态很好。

苏归晓抬头看了一眼周启南，反应了一下，突然意识到这可能就是周启南的母亲。

"阿姨，您找我有事？"

周母点了点头，大概是因为构音障碍，她的话一字一字说得很慢，但好在苏归晓能够听懂："谢、谢、你……"

苏归晓之前虽然没有见到周母发病时的样子，但看到了周母的病历，构音障碍的评分拉满，就说明她根本无法发出有意义的音节，而现在她可以说话，就是不幸中的万幸。虽然没有进行急性期的取栓手术，但通过其他神经元的代偿，周母的症状在逐渐好转，就算不可能完全恢复，会有很明显的遗留症状，但最起码有了生活的希望。

周母虽然发声吃力，但还在继续："你会是个……好、医、生！"

苏归晓一怔。她从前从未能从周启南口中获得的认可，现在，她却从周母口中听到了。

站在母亲身后的周启南有些别扭地避开了苏归晓的目光，母亲要说的话他拦不住，又或许他打心底里也是这样认为的。

回过神的时候，苏归晓由衷地笑了，如同一朵玫瑰绽放在凛冬的阳光里。她俯下身，握住周母的手："我会努力的。"

凭借这项出众的 AI 模型科研成果和优秀的临床手术能力，苏归晓终于通过了医院的两轮笔试加三轮面试，成功拿到了今年华仁医院神经外科唯二的两个录取名额之一，成了华仁医院神经外科第一个入职的女医生！

而这次，无论大家有多惊叹，再没有任何人提出异议。

实至名归。

她是无人看好的种子，曾经历了最漫长的黑夜，也接受了狂风暴雨的洗礼。当穿过荆棘、越过沙漠，她终于成了这荒野当中盛放的第一朵野玫瑰。